ROSIE BLAKE

LIEBES LEBEN VERZWEIFELT GESUCHT

Roman

Ins Deutsche übertragen von
Barbara Först

LYX
EGMONT

Die Originalausgabe erschien 2014
unter dem Titel *How To Get a (Love) Life*
bei Novelicious Books,
an imprint of Novelicious Books Ltd, Oldham, UK.

Deutschsprachige Erstausgabe Juni 2015 bei LYX
verlegt durch EGMONT Verlagsgesellschaften mbH,
Gertrudenstraße 30–36, 50667 Köln

Dieses Werk wurde vermittelt durch die Literarische Agentur
Thomas Schlück GmbH, 30827 Garbsen.

1. Auflage
Redaktion: Ralf Schmitz
Satz: Greiner & Reichel, Köln
Printed in Germany (670421)
ISBN 978-3-8025-9653-7

www.egmont-lyx.de

MIX
Papier
FSC FSC® C083411

ROSIE BLAKE
Liebesleben verzweifelt gesucht

Prolog

Ich stand in der Halle und studierte die Flugziele. Der Flieger nach Griechenland sollte in knapp zwei Stunden abheben. Mein großer grauer Rollkoffer, den ich am Morgen in aller Eile gepackt hatte, stand erwartungsvoll neben mir. Ich würde auf Reisen gehen.

Um mich herum hielten Verliebte Händchen und kicherten wie verrückt. Aufgeregte Kinder starrten mit staunenden Augen auf die hell erleuchteten Abflugtafeln. Eine junge Mutter schmuste mit ihrem perfekten, reizenden Baby. Ein Papa drückte seinen Jüngsten an sich, während der große Bruder ihm auf den Rücken zu klettern versuchte.

Keiner war allein.

Eine einsame Träne rann mir über die Wange. Wütend wischte ich sie weg. Was sollte das eigentlich? Warum war ich hier? Wie hatte es nur *so weit* kommen können?

Als ich meinen Koffer auf die Schlange vor dem Schalter zurollte, fühlte ich, wie mir jemand auf die Schulter tippte.

»Auch auf Reisen, wie?«

Die Stimme gehörte einer Frau, die aussah, als wollte sie für *X-Factor* gecastet werden. Ihr neonoranges Top schaffte es nicht ganz, das käsige Fleisch zu bedecken, und ihre gewaltigen Ohrringe sahen aus wie bizarre grüne Monde, die ihren Kopf umkreisten. Ihre Kleidung verkündete unübersehbar »Teenager!«, aber die feinen Fältchen um ihre Augen verrieten, dass sie die dreißig bereits überschritten hatte.

»Ähm … ja.«

»Krass! Ich auch!« Sie lachte – wobei sie einen Vorderzahn mit Lippenstiftspuren entblößte – und wies mit einem korallenroten künstlichen Fingernagel auf ihr umfangreiches Gepäck. »Und nur das Nötigste dabei – wie immer. Ha-ha.«

Ihr schrilles Lachen gellte mir in den Ohren.

»Oh ja«, nickte ich, um höflich zu bleiben, während jede Faser meines Körpers schrie: Lass mich in Frieden, du aufgekratzte Airport-Tussi! Siehst du nicht, dass ich mich am liebsten zu einer Kugel zusammenrollen und in Tränen ausbrechen würde?

Doch die Frau blieb entschlossen an meiner Seite, manövrierte ihren Koffer neben den meinen und bot mir einen Streifen Kaugummi an.

»Nein, danke«, lehnte ich höflich ab.

Sie schob sich das Ding in den Mund und quasselte ungeniert kauend weiter. »Ich war schon drei Mal auf so einer Reise und hab immer einen abgeschleppt.« Sie unterbrach sich kurz und setzte zu einer Kaugummiblase an, die sie aber zum Glück nicht aufblies. »Auf der letzten Reise hab ich einen Typen 'ne ganze Woche lang gevögelt, und kaum sind wir gelandet, wird er von seiner *Frau* abgeholt. Autsch!«

Sie grinste mich an. Ich musste irgendwie reagieren.

»Das ist ja *furchtbar*«, murmelte ich.

»Ja, wie man's nimmt. Hat wohl nicht sein sollen. War aber auf jeden Fall besser als der Kerl von 2011. Wie der geklammert hat! Ich musste ihm schließlich unter die Nase reiben, dass ich echt nicht auf behaarte Rücken stehe.«

Darauf ich: »Äh ...«

»Also, wollen Sie auch was aufreißen?«

Ich klappte den Mund auf, aber die Worte blieben mir im Hals stecken. Stattdessen fragte ich mich abermals, was in aller Welt ich in dieser Warteschlange zu suchen hatte.

»Ihr erstes Mal?« Sie legte erwartungsvoll den Kopf schief.

»Ja«, bestätigte ich in dem Augenblick, als mich die hinreißend gebräunte Person hinter dem Check-in-Schalter heranwinkte. Ich trat an den Schalter und schob ihr meinen Ausweis hin. Die aufgekratzte Airport-Tussi linste mir über die Schulter. Ich wartete darauf, dass die Check-in-Frau sie in die Warteschlange zurückscheuchte, aber sie glaubte offenbar, dass wir zusammen reisten, denn sie nahm nun auch ihren Pass entgegen. Ich wandte mich an die Airport-Tussi und sagte stockend: »Das ist … mein erster Singleurlaub.«

Sie quietschte vor Vergnügen, und ihr rosa glänzender Mund formte ein überraschtes »O«. Ein hochgewachsener Mann in der Nachbarreihe kicherte spöttisch.

Ich räusperte mich und fuhr fort. »Ja, ich bin Single und fahre in Urlaub, um jemanden kennenzulernen, der sich in mich verliebt.«

Die Check-in-Frau band einen Zettel um meinen Koffergriff und hob ihre exakt gezogene Augenbraue. Mit weit ausgebreiteten Armen wandte ich mich der wartenden Menge zu. »Es ist das erste, das *allererste* Mal, dass ich einen Singleurlaub mache«, winselte ich. »Ich habe gestern Abend gebucht, weil es mir richtig vorkam. Ich musste einfach … ich wollte … ähm …« Ich verstummte wie eine Idiotin und stierte meinen Koffer an, der bereits auf der Waage stand.

Plötzlich glaubte ich zu hören, dass jemand meinen Namen rief, und mein Herz machte einen Satz. Ich fuhr so schnell herum, dass meine Haare flogen, und suchte hoffnungsfroh die Menge ab …

Nichts.

Alles nur Einbildung. Eine leichte Übelkeit überkam mich.

Die Airport-Tussi legte mir ihren fleischigen Arm um die Schultern.

»Wir sollten im Flieger zusammensitzen, echt. Ich zeige dir meine Urlaubsbilder vom letzten Jahr. Hab sie alle auf dem Handy. Alle.«

Ich schniefte, nickte kurz und ergab mich in mein Schicksal. »Toll.«

Nicola Brown, wie konntest du nur so tief sinken?

1

Single, weiß, weibl., 29, humorv., NR. Unter k. Umst. an Bekanntschaft oder mehr mit nettem Mann interessiert.
Chiffre 235

Es macht mich rasend, wenn nicht alles an seinem Platz ist. Anscheinend kann ich mich erst dann wohlfühlen, wenn alles um mich herum seine Ordnung hat. Gerade hatte ich eine zusammengeknüllte Papierkugel Richtung Papierkorb geworfen, diesen aber verfehlt. Die Kugel war quer durchs Zimmer geflogen, war vom Korbrand abgeprallt und verschandelte nun den Boden. Und ich konnte an nichts anderes denken. Ich hätte sie liegen lassen können – wie so ziemlich jeder andere es getan hätte –, das Ding störte doch niemanden …

Mir gegenüber saß Caroline, den Kopf mit den ungebändigten, kastanienbraunen Locken über den Schreibtisch gebeugt, ganz und gar auf ihre Arbeit konzentriert. Um sie herum das übliche Chaos aus Bonbonpapier, Rechnungen, Broschüren und Fotos. Caroline hatte nicht mal gemerkt, dass etwas to tal aus dem Lot war. Natürlich nicht. Für alle anderen war die Welt ja auch noch in Ordnung.

Um mich abzulenken, stierte ich so lange auf das Porträtfoto eines Schauspielers in meiner Hand, bis das Bild vor meinen Augen verschwamm. Und ohne dass ich es wollte, wurden meine Augen wieder von der kleinen Papierkugel auf dem Fußboden angezogen.

Ich trommelte mit dem Stift auf den Schreibtisch.

Lass es einfach, Nicola.

Es hatte keinen Sinn. Mit einem tiefen Seufzer erhob ich mich, ging zum Papierkorb, hob die Papierkugel auf und beförderte sie dorthin, wo sie hingehörte. Dabei versuchte ich mir einzureden, ich wollte mir nur die Beine vertreten. Aber wem wollte ich etwas vormachen?

Caroline blickte auf, als ich an ihrem Schreibtisch vorbeiging.

»Schon Lunchzeit?«, fragte sie hoffnungsvoll.

Ich grinste ironisch. »Wir haben gerade mal zwanzig nach elf, Caroline.«

Sie zog eine Grimasse und tippte weiter. *Wie* sie das machte, war mir allerdings ein Rätsel, denn ihre Tastatur war stets unter einer Flut von Papieren und neonfarbenen Haftnotizen begraben. Wie Caroline in diesem Chaos *überhaupt* etwas fertigbekam, ging über meinen Verstand. Wichtige Unterlagen steckten unter Stapeln von (ebenso wichtigen) Papieren, doch sie schaffte es stets, genau das hervorzuzaubern, was wir gerade brauchten, und lachte noch, wenn sie mein ungläubiges Gesicht sah. Sie nannte das ihr »organisiertes Chaos« – für mich war es Schwarze Magie. Ich fand es bestürzend, dass jemand so leben konnte, denn Caroline Harpers Schreibtisch war die perfekte Spiegelung ihres Lebens. Immerhin störte mich ihr Chaos nicht mehr, ein Zeichen dafür, wie sehr ich sie im Laufe der Zeit ins Herz geschlossen hatte. Ich beneidete Caroline um ihre lockere Art. Wer zu uns kam, konnte sich auf eine freundliche Begrüßung und einen heißen Kaffee freuen. Schauspielerinnen, mal wieder ohne Engagement und am Rande der Verzweiflung, verließen das Büro lächelnd und von neuer Hoffnung erfüllt. Am Telefon lachte Caroline mit potenziellen Kunden und kicherte über deren Geschichten. Ich hatte mehr mit den Buchungen und der Suche nach neuen Talenten sowie allgemein damit zu tun, dass im Büro alles wie am Schnürchen lief. Caroline sagte oft, ich sei das Zahnrad ihrer Uhr, was mehr Sinn ergab als viele ihrer anderen Sprüche. Beispielsweise ihr gestriges Bonmot: »Viel Geschwafel und kein Pyjama.« Was mehr war, als ich jemals über ihren Mann erfahren wollte.

Wir waren ein tolles Team, Caroline und ich, und das war schon erstaunlich, wenn man bedachte, was für einen seltsamen Eindruck ich beim Vorstellungsgespräch vor vier Jahren gemacht hatte …

Die Agentur Sullivan, die größte Schauspieleragentur Bristols, residierte im ersten Stock eines georgianischen Gebäudes am Anfang der Park Street. Unten auf der Straße tobte das Leben; die Buchhandlungen und die Cafés mit ihren farbenfrohen Markisen waren gut besucht. Reizende Boutiquen säumten die Straße, die am Fuß des Hügels eine Biegung machte. Schon das imposante Ambiente – eine schwere Eichentür, dann ein Treppenhaus voller Schwarz-Weiß-Aufnahmen von Schauspielern – machte mich nervös. Ich blieb kurz auf dem Treppenabsatz stehen und betrachtete verwirrt einige schmutzige Fußstapfen auf dem eierschalenfarbenen Teppichboden, schmierige Fingerabdrücke auf den großen Schiebefenstern und eine sterbende Yuccapalme. War es überhaupt möglich, eine Yucca umzubringen? Ich atmete tief ein und dann sehr langsam aus und versuchte mich zu beruhigen. Der gläserne Schriftzug auf der Tür verkündete: »Agentur Sullivan«. Ich klopfte zaghaft, meine Hände waren feucht. Dann wartete ich, die Hand um meine schwarze lederne Umhängetasche gekrallt. In der Milchglasscheibe sah ich meinen Umriss. Ich strich mein kürzlich frisch geschnittenes Haar glatt.

»Herein, immer herein!«, rief eine Frauenstimme.

Mit einem Lächeln, das freundlich und selbstsicher wirken sollte, trat ich ein.

»Ha-haa!«, schrie ein kleiner, als Pirat verkleideter Junge und stieß mit seinem Entermesser nach meinem Bauch. Da er eine Augenklappe trug, konnte ich nur *ein* bedrohlich funkelndes Auge erkennen.

Ich wich zurück, legte eine Hand auf die Brust und stieß einen Schrei aus.

»Wer bist du? Ha-haa!«, wollte der kleine Pirat wissen und fuchtelte drohend mit seinem Schwert.

Eine Frau, die zehn Jahre älter sein mochte als ich, mit einer Menge roter Locken auf dem Kopf, freundlichen Augen und einem kleinen Mädchen auf dem Schoß, blickte auf. »Ben, mach der Dame keine Angst. Sei lieb.«

Ben drehte sich um seine eigene Achse, ha-haate die Frau an – seine Mutter, wie ich annahm –, rannte zu einem Drehstuhl, schwang sich darauf und machte sich daran, mit beiden Händen wild auf eine Tastatur zu hämmern.

»Willkommen, hi, ich bin Caroline«, sagte die Frau grinsend. »Ich würde ja aufstehen und Ihnen die Hand geben, aber …« Sie wies nickend auf das kleine Mädchen und richtete dessen grüne Haarschleife. »Alice, Ben, sagt Guten Tag zu, äh …« Sie stutzte und schaute auf das Blatt, das vor ihr auf dem Tisch lag.

»Nicola.«

»Nicola, ja, natürlich! Es tut mir leid, ich leide wohl an Mutterschaftsdemenz … also, ehrlich gesagt, wenn's um Namen geht, bin ich ein hoffnungsloser Fall.«

»Ist schon in Ordnung«, gab ich zurück, während ich mich verstohlen nach einer Sitzgelegenheit umsah. Der kleine Pirat hatte inzwischen den Telefonhörer abgenommen, brüllte sein »Ha-haa!« hinein und schmetterte ihn wieder auf die Gabel. Ich lächelte ihn an, doch er war zu sehr in seine Piratenwelt eingesponnen, um es zu registrieren. »… musste die beiden zur Arbeit mitnehmen, weil meine Tagesmutter mich im Stich gelassen hat. Sie passt normalerweise an den Donnerstagen auf die Kinder auf, aber … *nicht, Alice!*«

Alice schleuderte ihr Trinkpäckchen mit Apfelsaft auf Carolines Schreibtisch, und der Inhalt versickerte im Keyboard.

»Verflucht.« Caroline bog ihre Tochter zur Seite, griff sich ein schmuddelig aussehendes Feuchttuch und versuchte die Bescherung aufzutupfen. Sie trug eine Art farbigen Poncho, und während sie tupfte, klingelten kleine Glöckchen, die offenbar in den Saum eingenäht waren.

Ben, der den neuerlichen Tumult spürte, sprang von seinem Drehstuhl, fuchtelte wieder mit seinem Schwert und befahl mir: »Geh über die Planke, geh über die Planke!«

Ich erwog ernsthaft, sogleich kehrtzumachen und vor diesem Irrsinn zu flüchten, als ein Mann aus einem Nebenraum kam und mit seinen breiten Schultern in dem beengten Raum zusätzlich für Platzmangel sorgte.

Er fuhr sich mit der Hand durch die dunklen Haare. »Caroline, ich habe den verdammten Chris am Apparat, und er fragt nach Einzelheiten für seine Voiceover-Aufnahme am Montag. Wo hat Suzy bloß die Computer-Infos hingelegt …?« Er verlor den Faden, als er mich in der Nähe der Tür gewahrte. Einen Moment lang wirkte er verwirrt, dann leuchteten seine Augen auf. Mit drei langen Schritten durchmaß er das Zimmer und streckte mir die Hand hin. »Es tut mir leid. Sie müssen Nicola sein und sind zum Vorstellungsgespräch gekommen. Ich bin James, James Sullivan. Wir haben letzte Woche miteinander telefoniert.« Ich beugte mich vor, ergriff seine Hand und drückte sie fest. Vor Kurzem hatte ich einen Bewerbungsratgeber gelesen, und darin stand, wie entscheidend der erste Händedruck sein kann. Ich fragte mich so intensiv, ob mein Händedruck wohl fest genug war, dass ich darüber ganz vergaß, seine Hand auch wieder loszulassen. Als es mir auffiel, zog ich sie so hastig zurück, als hätte ich mich verbrannt.

»Das bin ich!« Meine Stimme klang erstickt.

»Sehr gut. Und Sie sind zu früh dran.« Er warf einen Blick auf die Uhr über der Tür. »Ach nein, gar nicht, Sie sind ja pünktlich, auf die Minute. Wunderbar, prächtig, dann treten Sie doch bitte ein, und entschuldigen Sie die Kraftausdrücke von eben und das, äh, Gemetzel, aber es war ein harter Tag … ich meine, eine harte Woche.«

»Harter Monat«, murmelte Caroline gerade so laut, dass ich es hören konnte.

Ben zerrte am Saum von James' marineblauem Pullover.

James nahm unverzüglich Haltung an. »Was liegt an, Käpt'n?«

Ben hielt ihm einen Stoß Papiere hin, die, aus James' erleichterter Miene zu schließen, genau jene Information enthielten, nach der er gerade gesucht hatte.

James bedankte sich mit einem »Ha-haa, Kumpel!« bei dem Jungen und wandte sich dann wieder mir zu. »Wie es scheint, haben Sie Konkurrenz, Nicola«, lachte er und zerzauste dem Kleinen das Haar. Bevor ich etwas erwidern konnte, beschloss Ben, dass er jetzt ein Hubschrauber sein wollte (da er den Posten eines persönlichen Assistenten offenbar nicht aufregend genug fand), und rannte mit rotierenden Armen durch den Raum, worauf seine Schwester Alice vergnügt in die Hände klatschte und erneut ihr Trinkpäckchen fallen ließ. Caroline saß einfach da und lachte, während der Saft über einen Notizblock rann und auf den Boden tropfte.

2

Behutsam stieg ich über drei Spielzeugautos, Helikopter-Ben und ein Malbuch mit Bildern von Thomas der kleinen Lokomotive und folgte James in sein Zimmer.

Als er die Tür hinter mir schloss, hörte ich das beruhigende Säuseln eines Klassiksenders, die Kinderstimmen waren dagegen nur noch schwach zu vernehmen. James wies auf einen abgewetzten braunen Ledersessel vor dem Kamin. »Setzen Sie sich doch. Tut mir leid, dass ich Sie habe warten lassen.«

»Das macht doch gar nichts«, erwiderte ich und setzte mich behutsam, ein Bein hinter das andere geklemmt, der Rücken kerzengerade.

»Das war ja eine nette Einführung«, grinste er und förderte unter Papieren, abtrünnigem Büromaterial und einigen deplatziert wirkenden Goldmünzen meinen Lebenslauf zutage. »Aus dem Piratenschatz«, erklärte er, dann sah er auf, ertappte mich bei meinem höflichen »Arbeitslächeln« und hüstelte verlegen. »Also, Nicola, Ihr Lebenslauf hat mich wirklich beeindruckt. Wie ich sehe, besitzen Sie viel Erfahrung mit hektischer Büroarbeit.« Er überflog meine Referenzen. »Sie haben als Chefsekretärin für einen Headhunter gearbeitet. Da hatten Sie sicher jede Menge zu tun?«

»Ja, da stimmt«, antwortete ich steif.

»Was wollen Sie dann als persönliche Assistentin in einer kleinen Agentur wie der meinen?« Seine grauen Augen musterten mich forschend. Ich wand mich unbehaglich auf meinem Sessel.

»Ich … wollte mich verändern. Ich dachte, die Tätigkeit in einer Schauspieleragentur wäre eine neue Herausforderung, ein neuer Anfang, ein Schritt in die richtige Richtung, ähm …«

Ich verhaspelte mich. Ich war mir ziemlich sicher, dass *Weil ich wirklich verzweifelt bin* oder *Weil ich ohne Arbeit meine Miete nicht zahlen kann* als Gründe nicht gelten würden. Mir wurde heiß. Es war wirklich sehr heiß im Raum. Meine Hände schwebten über meinem Rock und wollten ihn glatt streichen, um einfach *irgendetwas* zu tun.

»Keine Angst, Nicola«, sagte James freundlich. »Um die Wahrheit zu sagen, brauche ich dringend eine gute Assistentin, der es nichts ausmacht, sich richtig ins Zeug zu legen. Natürlich werden Sie auch mit übersteigerten Egos, Anrufen während irgendwelcher Dreharbeiten entnervter Schauspieler und schwierigen Kunden fertig werden müssen. Aber mit Ihrer Erfahrung«, er warf einen Blick auf meinen Lebenslauf, »dürften Sie damit wohl kaum ein Problem haben.« Er lächelte und zeigte dabei eine Reihe makellos weißer Zähne. »Also, wann können Sie anfangen?«

Ich starrte ihn verwirrt an. *Das war's schon?* »Ich, also, ähm, ich …«

»Oh, tut mir leid, dass ich so mit der Tür ins Haus falle. Hätten Sie lieber eine schriftliche Offerte? Es ist in der Tat so, dass wir zurzeit völlig festgefahren sind, und Sie wären genau die Richtige für den Job. Könnten Sie sich vorstellen, für mich zu arbeiten?« Ich betrachtete ihn nun ein wenig genauer. An seinem Hals zuckte eine Ader, und seine Augen waren leicht blutunterlaufen. Ich verspürte den Drang, auf der Stelle Ja zu sagen, um ihn zu retten. Andererseits wollte ich keine übereilte Entscheidung treffen. Das war nicht meine Art.

Vor meinem geistigen Auge sah ich die Liste meiner übrigen Bewerbungsgespräche. Ich wollte jedes Vorstellungsgespräch erst mal fein säuberlich abhaken. Mein Herz schlug schnell. Das hier war mein erstes Vorstellungsgespräch. Was, wenn dieser Job nicht der richtige für mich war? Was, wenn Caroline und ich nicht miteinander auskamen? Was, wenn James als Chef ein Albtraum war? Was, wenn …?

Als ich wieder aufblickte, sah ich sein angestrengtes Lächeln, seine blutunterlaufenen Augen … und ertappte mich bei einem Nicken.

James sprang begeistert auf und schüttelte mir die Hand. »Das ist ja hervorragend! Sehr gut.«

Ich konnte nicht umhin zu lachen.

»Also, wann *können* Sie anfangen?«, wiederholte er seine Frage.

Ohne auch nur einen Augenblick ernsthaft darüber nachzudenken, wie ich es sonst zu tun pflegte, hörte ich mich antworten: »Heute.«

»Caroline, kommen Sie!«, rief James durch die Tür. »Rasch! Bevor der Zauber gebrochen ist, und sie es sich anders überlegt!«

Caroline erschien in der Tür. Sie balancierte ihre Tochter auf einem Bein und hielt die Hände hoch, da Ben mit einem Hefter auf sie zielte, den er offensichtlich zu einer Pistole zweckentfremdet hatte.

»Sagen Sie, dass es gute Nachrichten sind«, bat sie und hob ihre Tochter auf das andere Bein.

»Nicola hat sich bereit erklärt, sofort mit der Arbeit anzufangen.«

Caroline humpelte so schnell, wie es einer Frau mit einem Kleinkind auf einem Bein möglich ist, auf mich zu. »Das ist ja fantastisch! Ich *liebe* Sie jetzt schon.« Bei jedem Wort klirrten ihre Halskette und die Glöckchen in ihrem Poncho.

»Nun, ha-haa«, sagte James. »Ich glaube, unser Schiff ist

in guten Händen, und man kann die kleinen Piraten heim zu Fischstäbchen und Pommes bringen. Was sagst du dazu, großer Pirat?« Er schaute Ben an, der den Hefter dankenswerterweise gesenkt hatte.

»Das wäre unglaublich nett«, sagte Caroline. »Aber vielleicht sollte ich Ihnen erst noch alles zeigen, damit Sie nicht völlig hilflos dastehen …« Sie unterdrückte ein Gähnen. Alice nutzte ihre Erschöpfung und versuchte, an ihrem Bein höher zu klettern.

Caroline tat mir ein bisschen leid. Sie sah wirklich angeschlagen aus. »Sie können ruhig gehen, ich komme schon zurecht«, sagte ich so fröhlich und kompetent, wie ich nur konnte.

Mehr Ermutigung brauchte sie nicht.

»Sind Sie sicher? Danke! Ich schulde Ihnen was! Bis morgen dann!« Und damit sammelte sie Handtasche, Mantel und ihren ungebärdigen Nachwuchs ein und rauschte hinaus. James folgte ihr wenig später, da er einen wichtigen Termin zum Mittagessen hatte, und ich blieb allein auf dem blauen Teppichboden zurück, was mich nicht wenig verwirrte. Ich hatte nicht erwartet, zwanzig Minuten nach Antritt meines neuen Jobs allein gelassen zu werden. Äußerst unorthodox und ein Zeichen ungewöhnlichen Vertrauens. Woher wollten sie wissen, dass ich keine Diebin war, die sich auf den Raub von Büromaterial spezialisiert hatte? Ich sah mich an meinem neuen Arbeitsplatz um und ließ langsam die angehaltene Luft entweichen. Bevor ich mich jedoch an meinem Schreibtisch niederlassen konnte, entdeckte ich eine dicke Staubschicht auf dem Aktenschrank, eine Menge schmutziger Kaffeetassen und ein paar verstreute Piratenmünzen auf dem Teppichboden. Ich zog an meinen Fingern, bis sie knackten, und begab mich in die Küche, in der Hoffnung, dort Reinigungsutensilien zu finden. Es gab hier offensichtlich eine Menge zu tun.

Der Knall der Haustür brachte mich mit einem Schlag in die Gegenwart zurück. Ich wappnete mich innerlich für James' bevorstehende Ankunft. Während ich über jedes noch so kleine Detail in Carolines Privatleben informiert war (sie war sehr mitteilsam), wusste ich über James so gut wie nichts. Bekannt war mir allerdings, dass er unzählige Freundinnen hatte. Seine derzeitige Flamme – Tahlula oder Tuilie oder Tinkerbell oder irgendein anderer exotischer Name – machte irgendetwas Künstlerisches mit Kleidung. Sie rauschte immer mal wieder in großartiger Manier auf der Suche nach James in die Agentur, plauderte mit den Schauspielern und bestellte einen Espresso, den die allzeit freundliche Caroline ihr aus dem Café nebenan besorgte.

James Sullivan fegte wie ein Wirbelwind zur Tür herein und hechtete in gerader Linie auf sein Büro zu, wobei er gleichzeitig seinen Kamelhaarmantel abstreifte. »Caroline, tun Sie mir einen Gefallen? Rufen Sie Pamelas Assistentin an und sagen Sie ihr …«

»*Guten Morgen*«, grinste Caroline und winkte mit ihrem Kugelschreiber.

Er blinzelte. »Ach so, ja, guten Morgen. Nicola, würden Sie bitte Chris ausrichten, dass er sich wegen dieser Kamerawerbung entscheiden muss? Und könnten Sie Prince Productions wegen der Honorare Dampf machen, die für die Wiederholung ihrer Polizeiserie fällig sind? Danke.« Damit stürzte er in sein Büro und schlug die Tür hinter sich zu. Einige Sekunden später machte er sie wieder auf und steckte den Kopf zu uns herein. »Sie sind ein Schatz. Beide.«

»Gern geschehen.« Caroline lachte, als die Tür wieder zufiel. Dann drehte sie sich zu mir und schüttelte den Kopf. »Der Mann sollte mal ein bisschen langsamer machen, sonst hat er mit fünfunddreißig den ersten Herzinfarkt.«

»Der Meinung bin ich auch.« Ich nickte, während ich widerwillig Chris' Nummer wählte.

Chris war einer unserer erfolgreichsten Schauspieler. Das war gut. Aber es war ein Albtraum, sich mit ihm zu befassen. Das war schlecht. Mich mochte er allerdings, und das gestaltete den Umgang mit ihm etwas leichter. Als ich Chris das erste Mal sah, saß er auf James' Schreibtisch und brüllte vor Lachen, den schönen Kopf zurückgeworfen und die gebleichten Zähne gebleckt. Es geschah selten, dass ein Mann mir Eindruck machte, aber selbst ich musste (widerwillig) zugeben, dass Chris wirklich sehr gut aussah. Er besaß das lässige Selbstvertrauen eines Mannes, der daran gewöhnt ist, Erfolg bei Frauen zu haben. Er hatte eine Unmenge an Werbespots gedreht und spielte jetzt erstmals eine Hauptrolle in einer Seifenoper. Vor Kurzem hatte man ihm einen Werbespot für eine Digitalkamera angeboten. Chris sollte einen heißen Helden spielen, der eine heiße Frau traf, mit der er viele heiße Blicke tauschte etc. Chris wusste seit einer Woche von dem Spot, hatte aber immer noch nicht sein Okay dazu gegeben. Andere Schauspieler kamen Woche für Woche und fragten nach Jobs, wollten ihre Bewerbung auf den neuesten Stand bringen und riefen umgehend zurück, wenn wir uns bei ihnen gemeldet hatten. Nicht so Chris. Er hatte so was nicht nötig. Ich seufzte, als ich seine träge, geschmeidige Stimme auf dem Anrufbeantworter hörte: »Sie haben den Anschluss von Christopher Sheldon-Wade gewählt … Sie wissen ja, wie's läuft.«

»Chris, hier Nicola von der Agentur Sullivan. Wir brauchen umgehend Ihre Zusage für den Kamera-Werbespot, damit wir uns mit dem Kunden abstimmen können. Würden Sie bitte zurückrufen, sobald Sie diese Nachricht erhalten? Danke.« Ich legte den Hörer auf, wobei ich darauf achtete, dass der Apparat exakt parallel neben meiner Schreibunterlage stand.

Caroline blickte nicht einmal auf. »Er wird nicht zurückrufen, das weißt du doch, Nic. Es gefällt ihm, dass du ihm hinterhertelefonierst.«

»Ich weiß«, brummte ich verdrießlich.

»Er sitzt da, Nic, er sitzt vor seinem Telefon, wenn es klingelt, und lacht uns aus!«

Ich schob eine Haarsträhne hinters Ohr. »Das tut er nicht!«

»Jede Wette. Was dieser Bursche braucht, ist ein ordentlicher … ein ordentlicher …« Sie fuchtelte auf der Suche nach einer passenden Formulierung mit ihrem Kugelschreiber. »… eine ordentliche Kopfnuss«, schloss sie triumphierend.

»Äh …« *Kopfnuss?*

»Ehrlich, Nic«, fuhr sie angeregt fort. »Er stolziert herum, wirft seine Haare zurück, will sich nie auf irgendwas festlegen und besitzt nicht mal so viel Anstand, uns Bescheid zu geben, wenn er *krank* ist.« Sie legte den Stift hin, um Anführungszeichen in die Luft zu hacken. »Ist ihm völlig schnuppe, ob wir einen Job für ihn an Land ziehen oder ein Vorsprechen arrangieren, er ruft niemals zurück, nein, niemals nicht …«

Das schrille Klingeln des Telefons stoppte ihre Tirade. Feixend hob ich den Hörer ans Ohr.

»Also, *er* ist es bestimmt nicht.« Sie verschränkte die Arme vor der Brust.

Ich streckte ihr die Zunge raus und grinste selbstgefällig. »Chris, wie *nett*, dass Sie so schnell zurückrufen.«

Caroline verdrehte die Augen. Das Grinsen verging mir allerdings schnell, denn Chris säuselte in die Leitung: »Nicola, Schatz … werde ich jemals Ihren Schlüpfer sehen dürfen?«

Sofort war ich vollkommen durcheinander. Ich bemühte mich um einen geschäftsmäßigen Ton: »Schön, also die Werbeagentur möchte, dass Sie bestätigen …«

»Ihre Stimme ist so sexy am Telefon, Nicola«, flüsterte er glucksend.

Wie stets versuchte ich, sachlich zu bleiben. Chris war es gewohnt, dass die Frauen ihm zu Füßen lagen, und er war ziemlich pikiert gewesen, als ich mich gegen seinen Charme immun zeigte. Seitdem schien er wild entschlossen zu sein, mich zu einem Date zu überreden. Ich befand mich in einer vertrackten Lage, denn er war einer unserer besten Kunden, also musste ich ihm so weit wie möglich entgegenkommen. Deshalb ersann ich seit vier Jahren fadenscheinige Ausreden. Und es grauste mir vor jedem seiner Anrufe.

»Äh, Chris, ich hätte einfach gerne eine Antwort, damit ich den Werbeleuten Bescheid sagen kann.«

»Nicola, nie wollen Sie *spielen*. Immer nur Arbeit, Arbeit, Arbeit.« Er seufzte. Ich stellte mir seine vollen Lippen als kindischen Schmollmund vor.

»Ja, nun, das ist halt mein Job«, erinnerte ich ihn und platzierte meinen Stift auf seinen Platz, exakt rechts von der Tastatur. »Also, Chris …«

»Also, Nicola«, neckte er mich. Meine fehlende Begeisterung schreckte ihn nicht im Geringsten ab.

»Chris«, wiederholte ich.

Caroline warf mir einen fragenden Blick zu. Mir wurde langsam unbehaglich zumute.

»*Nicola.*«

»Ja.«

»Nicola, Nicola, Nicola«, fuhr er fort, »meine Antwort lautet …« Er hielt inne, und ich wartete, um ihm keine neue Steilvorlage zu liefern.

»Lautet …«

Ich wartete.

»Lautet … Ja!«, deklamierte er.

Ich stieß unhörbar den angehaltenen Atem aus. »Wunderbar, das ist ja wunderbar. Also gebe ich das gleich weiter und sage Ihnen dann, wann Sie zum Dreh erscheinen müssen.«

»Tun Sie das, Nicola«, säuselte er wieder.

»Sicher. Okay, das wäre dann alles!«, sagte ich aufgeräumt und froh, dass dieses Telefonat nun ein Ende finden würde.

»Ach, Nicola«, sang er mit schrecklich affektierter Stimme.

»Ja, Chris?« Ich knirschte mit den Zähnen.

»Ich sehe Sie bald«, flüsterte er. Und legte mit brüllendem Gelächter auf. Ich starrte verblüfft auf den Hörer.

Caroline schaute nicht einmal von ihrer Arbeit auf. »Scheißkerl«, murmelte sie, und ich schnaubte verächtlich.

3

Wie üblich flog der Morgen nur so dahin, das Telefon klingelte unablässig, und ich hatte kaum Zeit, einen Schluck von meinem gekühlten Mineralwasser zu trinken, das ich mir um elf einschenkte. Um fünf vor eins schwenkte ich meinen Drehstuhl herum. Caroline blickte auf.

»Muss wohl fünf vor eins sein«, feixte sie.

»Ha, ha, ha, ja, du hast gewonnen.«

»Du bist so pünktlich wie eine Uhr.«

Ich zuckte lediglich die Achseln. Ich mochte nun mal feste Gewohnheiten! Caroline pflegte mich immer damit aufzuziehen, aber ich begriff nicht, was daran so schlecht sein sollte, die Dinge stets zu gegebener Zeit zu erledigen. Ich holte eine *Zellophantüte* aus meiner obersten Schreibtischlade.

»Oho, was genießt du denn heute Schönes?«, neckte Caroline, die über meinen wöchentlichen Ernährungsplan gut unterrichtet war. »Lass mich raten«, sie legte beide Hände an die Schläfen und massierte sie wie ein Medium, das eine Vision hat. »Ist es … Avocadosalat mit Pinienkernen?«

Schweigend zog ich den Behälter mit Avocadosalat mit Pinienkernen aus der Tüte. Ich schaute erst auf, als sie kicherte und »Bingo!« rief. Das Blut stieg mir in die Wangen. Ich holte mein Besteck hervor und spülte es sorgfältig in unserer Miniküche, dann breitete ich ein Geschirrtuch auf meinem Schreibtisch aus, um bloß keinen Fleck zu hinterlassen. Daraufhin setzte ich mich wieder und widmete mich meinem Salat. Während ich aß, lief mir beim Gedanken an meinen Nachtisch, eine

Schokoladen-Biskuitrolle, das Wasser im Mund zusammen, doch dieser Luxus war nicht vor Viertel nach eins erlaubt. Ich stellte mir die weiche Schokoladenhülle vor, unter der sich das saftige Biskuit verbarg, das überdies mit einer Creme gefüllt war. Sehnsüchtig starrte ich über meinen Salat hinweg auf die süße Versuchung.

Caroline kicherte. »Wag es ja nicht, sie vor halb zwei anzurühren«, sagte sie und deutete auf die Biskuitrolle.

Ich lachte beifällig, wie um zu zeigen, dass es mir gar nichts ausmachte. Aber ich würde diese Biskuitrolle nicht bis halb zwei liegen lassen. Ich musste meinen Nachtisch um Viertel nach eins verspeisen. Daran war gar nichts Merkwürdiges.

»Jetzt komm schon, Nicola«, neckte sie weiter. »Nicht vor halb zwei. Was wetten wir?«

Caroline forderte mich oft auf diese Weise heraus. Ohne jedoch selbst einen Einsatz zu machen. Den ich aber auch nie eingefordert hätte.

»Lass mich in Ruhe«, sagte ich, kaute entschlossen einen Möhrenschnitz und beäugte voller Argwohn meine Biskuitrolle. Würde Caroline sie mir wegschnappen, nur um zu beweisen, dass sie recht hatte? Würde sie mir meine einzige Mittagsfreude vergällen? Ich biss mir auf die Lippen.

Ich knabberte am Salat, erfreute mich am Geschmack der Avocado und wünschte einen winzigen Augenblick lang, ich hätte ein Dressing dazugegeben. Doch der Augenblick ging rasch vorüber, denn ich hörte im Geiste die mahnende Stimme meiner superschlanken Mutter durchs Büro hallen: »Gierige kleine Hüpfer tragen große Schlüpfer.«

Wieder warf ich einen Blick auf meine Biskuitrolle.

Caroline seufzte traurig, während sie mir bei meinem ersten Gang zuschaute. »Ich wünschte, ich könnte mich mit Salat zufriedengeben«, sagte sie und biss in ein riesiges, üppig belegtes

Baguette. Der Anblick von dermaßen viel Käse und Fleisch war beinahe unanständig. Caroline schnappte sich, was sie kriegen konnte, die Sorge um Ernährung konzentrierte sich eher auf ihre Kinder oder ihren Mann David. Als sie sich einen Krümel von der Lippe wischte, merkte ich, dass sie ihr Riesensandwich in weniger als vier Minuten bewältigt hatte.

»Beeindruckend!«, lachte ich.

»Ich bin auf den Weltrekord aus«, erklärte sie feierlich. »Wart's nur ab, Nicola, es kommt der Tag, an dem das Essen auf der Welt knapp wird, und dann werden die Leute mit den vielen überflüssigen Pfunden eine ganze Weile länger durchhalten als ihr Hungerhaken. So, und jetzt hol ich mir ein Snickers, willst du auch ...?« Die Frage erstarb ihr auf den Lippen, und sie seufzte erneut. »Ich bring dir Tic Tac mit.«

Der Regen hielt sich hartnäckig, die schweren Tropfen rannen in ihren unvorhersehbaren Bahnen über die Fensterscheibe. Ich schaute auf die Straße. Eine Frau kämpfte mit ihrem Regenschirm und ihrem Kind, schimpfte erst mit dem einen und dann mit dem anderen, weil sie ihr nicht gehorchen wollten. Ich war froh, nicht draußen sein zu müssen, sondern in unserem gemütlichen Büro zu hocken, in einer Heizungswärme, die fast als tropisch bezeichnet werden konnte, unter Postern mit stillen Ozeanen und wogenden Sanddünen.

Caroline, von ihrem Snickers-Ausflug zurückgekehrt, saß am Schreibtisch, öffnete die Tagespost und warf alle Werbesendungen gnadenlos in den Papierkorb. Es war ruhig, behaglich, gemütlich. Und doch hatte ich wie immer das quälende Gefühl, etwas vergessen zu haben, eine Lücke in meinem Leben füllen zu müssen. Als ich wieder in den grauen Himmel schaute, trat ein Gesicht vor mein inneres Auge. Dichtes blondes Haar, die Wangen von der Kälte gerötet. Er legte mir zärtlich einen schwarzen Schal um den Hals, und der Blick seiner Augen brachte mich zum Zittern. Dann streckte er mir eine Hand in einem dicken Handschuh entgegen, lud mich ein, zu ihm aufs Eis zu kommen. Ich nahm seine Hand und wurde von einer Woge der Liebe überrollt.

Ich schüttelte das Bild ab, senkte den Blick auf den Schreibtisch und tadelte mich für meine Unkonzentriertheit während der Arbeit. Ich hatte fast alle Kontakte, die mit »W« anfingen, in die »P«-Spalte verschoben.

Konzentrier dich, Nicola.

Ich vernahm ein leises Pfeifen und schaute auf. Caroline studierte den Lebenslauf eines hoffnungsvollen, aufstrebenden jungen Mimen, der einen Agenten suchte. Sie atmete geräuschvoll ein und hauchte dann: »Oh. Der ist ja zum Anbeißen!« Dann hielt sie eine Schwarz-Weiß-Aufnahme eines nachdenklich aussehenden Adonis in die Höhe. »Nicola, schau dir den an!«

»Danke sehr, Caroline, aber ich verdaue gerade mein Mittagessen.«

»Sieht er nicht toll aus? Ein Gesicht, für das viele Schiffe in See stechen würden.«

»*Göttlich*. Aber ich glaube, diese Ehre gebührt Helena.«

»Echt eine Sahneschnitte, aber …«, sie stutzte, »… an Patrick kommt er trotzdem nicht heran, stimmt's?«

»Hm«, machte ich unverbindlich.

Komm mir nicht schon wieder mit Patricks Foto, bitte nicht … Doch Caroline holte ihn bereits aus der Schublade. Und nahm ihre altbekannte Pose ein: Sie starrte mit glasigen Augen auf das Karteifoto, das sie behutsam mit beiden Händen hielt, um es ja nicht zu knicken.

»Sieh ihn nur an«, seufzte sie.

»Oh Gott«, kicherte ich und lehnte mich im Stuhl zurück. »Du musst *loslassen*, Caroline.«

»Sieh ihn dir … bloß mal an«, wiederholte sie, erhob sich abrupt und drückte sein Konterfei an ihren mächtigen Busen.

»Caroline«, mahnte ich lachend, als sie mit dem Bild von Patrick auf mich zukam: Patrick, ihr Liebling unter den Schauspielern, die von uns vertreten wurden, ihre Nummer eins, der absolute Tophit.

»Sieht so aus, als würde er einem direkt in die Augen schauen, nicht wahr?«, gurrte sie und hielt mir das Foto des jungen Mimen – strahlendes Lächeln, Augen wie tiefe Seen, in denen man versinken konnte, glänzend schwarzes Haar – unter die Nase.

»Ja, ja, er sieht ganz nett aus«, nickte ich. Ich wusste schon, was jetzt kam.

»Nett?«, prustete sie. »Mehr fällt dir dazu nicht ein, Mädchen? Sieh dir nur diese Augen an, diese Wangenknochen, dieses schön gemeißelte Gesicht und nicht zuletzt das Haar, in dem man den ganzen Abend wühlen möchte. Sieh nur diese langen Wimpern und diesen geheimnisvollen Blick, als ob er sagen wollte: *Leg dich zu mir, komm her, ich will dich* …« Sie seufzte verträumt und streichelte das Foto.

»Hm, ich gebe ja zu, dass er sehr gut aussieht«, sagte ich und verbiss mir ein Kichern. Caroline konnte nämlich ziemlich böse werden, wenn ich Patricks kantiges Gesicht nicht zu würdigen wusste.

»Herrgott, Nicola, kannst du nicht ein bisschen überzeugter tun? Würde es dich überhaupt interessieren, wenn er in diesem Augenblick zur Tür hereinkäme?« Sie wies mit dramatischer Geste auf die Tür.

»Ähm.« Ich folgte ihrer Armbewegung und erwartete beinahe, Patrick dort stehen zu sehen. »Ja, sicher«, erwiderte ich im Versuch, die Unterhaltung so schnell wie möglich zu beenden.

Doch Caroline war unbarmherzig. »Wenn er jetzt hereinkäme und sagen würde …« Sie hielt sich das Foto vors Gesicht. »… Nicola, meine Schöne, fahr heute Abend mit mir nach Paris und geh mit mir essen. Lass dich unters Sternenzelt führen und verwöhnen.« Sie verteilte Luftküsschen und wedelte auffordernd mit dem Foto. Ich musste beim Anblick dieser merkwürdigen Puppe mit dem Kopf eines hübschen jungen Mannes und Carolines hüpfenden Brüsten kichern.

»Hör schon auf, Caroline!«, quiekte ich.

Sie fuhr fort, Luftküsse zu produzieren und sie besonders sinnlich klingen zu lassen.

»Hör auf«, beharrte ich mit mehr Nachdruck.

Da endlich ließ sie das Foto sinken. »Und was hast du heute Abend vor? Was wäre, wenn dich tatsächlich ein Mann nach Paris einladen würde?«

»Ich hab einen netten ruhigen Abend zu Hause geplant.«

»Kein heißes Date in petto?«

»Nein.«

»Kein Schatz, der für dich kocht?«

»Nein. Du weißt doch, dass ich keinen Freund habe.«

Caroline legte das Foto auf ihren Schreibtisch und sah mich ernst an. »Ich weiß. Aber das ist doch Wahnsinn, Nic. Du bist eine wunderschöne junge Frau, du könntest jeden haben.«

»Fang nicht wieder mit diesem Blödsinn an.«

»Das ist kein Blödsinn. *Du* bist Blödsinn!«

Wir starrten einander mit steinerner Miene an, dann musste ich lachen. James steckte den Kopf zu uns herein. »Was ist denn so lustig?«

»Nichts. Gar nichts ist lustig«, sagte ich hastig, bevor Caroline irgendetwas verlauten ließ, das mir peinlich werden könnte.

Caroline schaute mir gerade in die Augen. Mit traurigem Lächeln sagte sie: »Nein, lustig ist das wirklich nicht.«

4

Ich lebte allein. In vielerlei Hinsicht wäre ich eine ausgezeichnete Mitbewohnerin: Ich bin so ordentlich, dass es an eine Zwangsstörung grenzt, ich ordne meine DVDs nach Listen und beschrifte sämtliche Lebensmittel mit gut lesbaren Etiketten. Nachdem ich es sieben Jahre lang so gehalten habe – drei in London und vier in Bristol –, ist es mir zu einer lieben Gewohnheit geworden. Es geht nur um mich, um meine Wohnung, meine Sachen. Keine Scherereien, kein Zank um die Fernbedienung, keine kleinlichen Sorgen, derentwegen man sich streiten müsste, keine harmlos erscheinende Bemerkung, die einen in eine grässliche Schublade verfrachtet, in der man niemals stecken wollte.

Keiner da, der einem das Herz brechen könnte.

Wenn man bedenkt, wie sehr ich das Alleinsein liebte, hätte ich eigentlich überrascht sein müssen, als ich die Wohnung bei meiner Rückkehr hell erleuchtet vorfand. Ich hätte überrascht sein müssen wegen der köstlichen Küchendünste, wegen des plärrenden Fernsehers. Und ich hätte doppelt überrascht sein müssen, als ich meinen großen Bruder Mark ertappte, wie er sich lässig auf meiner cremefarbenen Ledergarnitur fläzte. Doch ich war nicht im Geringsten überrascht.

»Wie zum Teufel bist du wieder reingekommen?« Die Müdigkeit machte meine Stimme kratzig.

»Ach, Schwester, was für ein reizender Empfang.« Mark sprang auf und stellte den Ton ab. »Dein durchgeknallter spanischer Hauswirt hat mich reingelassen und mir freundlicherweise den Ersatzschlüssel geliehen.« Der jetzt an seinem Finger baumelte.

»Er ist Portugiese«, berichtigte ich.

Mein Bruder zuckte die Achseln. »Trotzdem durchgeknallt.«

Ich nahm mir vor, meinem Hauswirt mal gründlich die Meinung zu sagen, wusste aber, dass ich nicht den Mut dazu haben würde. Nach meinem Einzug hatte ich ihm in der ersten Zeit immer höflich zugenickt, hatte mich bei ihm bedankt, weil er kommentarlos die Post des Vormieters eingesammelt hatte. Doch dann war er persönlicher geworden und hatte versucht, mich nach meinem Leben auszufragen. Er hatte angefangen, mich »Niecola« zu nennen und mir kleine Präsente vor die Wohnungstür zu legen (Biskuitrollen, Kärtchen, Blumen, ein Porzellankaninchen). Ich besaß nicht den Mut, ihm zu sagen, er solle das lassen, und nahm an, er würde mein Schweigen als Beleg nehmen, dass seine Liebe nicht erwidert wurde. Kritisch wurde es, als ich heimkam und zwei Handtücher auf meinem Bett vorfand, die zu zwei küssenden Schwänen gefaltet waren. Da hatte ich meinen Bruder alarmiert, damit *er* meinem Vermieter ein paar passende Worte sagte, aber die beiden hatten sich blendend verstanden. Typisch. Der Hauswirt hatte Mark versprochen, nie wieder ohne Erlaubnis meine Wohnung zu betreten, nie wieder meine Handtücher zu irgendwelchen Tieren zu formen, und damit war die Sache bereinigt, ohne dass ich eine einstweilige Verfügung beantragen musste. Aber leider waren mein Vermieter und mein Bruder jetzt so dicke Freunde geworden, dass Julio sich nichts dabei dachte, Mark in meine Wohnung zu lassen.

Mark war das, was man »charakterstark« nennt, was im Grunde bedeutete, dass er sich zuweilen hart an der Grenze des gesellschaftlich Akzeptablen bewegte. Er hatte einen wilden braunen Haarschopf, lebte praktisch in seiner abgewetzten Lederjacke und fuhr ein Moped, das er behandelte, als wäre es ein Motorrad (folglich ein akzeptables Transportmittel). Er arbeitete im Planetarium – das wie ein gewaltiger silberner Fußball im Stadtzentrum aufragte – und verbrachte seine Tage damit, wissbegierigen Kindern die verschiedenen Sternbilder zu zeigen und einen Imagefilm über sich an diverse Produktionsfirmen zu schicken, da er die Hoffnung nicht aufgab, eines Tages ein sehr erfolgreicher Wissenschaftsmoderator zu werden. Er grollte mir, weil es mir immer noch nicht gelungen war, ihm einen Job an Land zu ziehen, und glaubte, dass ich absichtlich sämtliche Kontakte zu Producern, die für wissenschaftliche Sendungen und besonders für BBC-Dokumentationen arbeiteten, vor ihm geheim hielt. Mark liebte alles, was mit Wissenschaft zu tun hatte, wobei seine ganz besondere Leidenschaft den Fledermäusen galt. Sie waren seine einzige, wahre Liebe: »Wärst du nicht auch fasziniert, wenn du wüsstest, dass es mehr als elfhundert Arten von Fledermäusen gibt und dass sie zwanzig Prozent der Säugetierpopulation der Erde stellen?« Wohl wahr.

Mark interessierte sich kaum für das andere Geschlecht, er zog die Sicherheit eines Labors und eine Reihe farbiger Teströhrchen als Gesellschaft vor. Einmal hatte ich ihn gefragt, wohin er in den Flitterwochen fahren würde, und er hatte in vollem Ernst geantwortet, dass er sieben Tage in einer Höhle verbringen würde, um die nächtlichen Gewohnheiten der Townsend-Langohrfledermaus zu studieren und zu fotografieren. Als ich zu bedenken gegeben hatte, dass seine Liebste vielleicht nicht besonders scharf darauf wäre, ihren Kopf auf ein aufblasbares Kissen zu betten und in einem Schlafsack zu nächtigen, während kleine Fledertiere über ihr den Sturzflug übten, hatte mein Bruder mich nur verständnislos angestarrt. »So viel Ausrüstung könnten wir gar nicht mitnehmen. Aufblasbare Kissen sind eine Verschwendung von Rucksackraum.«

Seit Kurzem zeigte er jedoch Interesse an der Weiblichkeit. Mark ging allmählich auf die fünfunddreißig zu und hatte beschlossen, dies sei das richtige Alter, um »zur Ruhe zu kommen«. Und er nahm fälschlicherweise an, bei mir, seiner kleinen Schwester, könne er am besten Frauen meines Alters kennenlernen. Also schneite er ab und zu herein, in der Annahme, dass ich mich zufällig in Gesellschaft eines Teams sportlicher, geistreicher Handballerinnen befand oder vielleicht einen Buchclub mit attraktiven, bebrillten jungen Damen zu Gast hatte.

»Jetzt sag schon, wem verdanke ich dieses unerwartete Vergnügen?«, fragte ich und wies mit einer beredten Geste auf die Art hin, wie er sich auf meinem Mobiliar ausgebreitet hatte. »Heute Abend etwa nichts vor, Bruderherz? Kein heißes Date in petto? Oder bist du nur gekommen, um meinen Couchtisch mit deinen hässlichen Boots zu besudeln?« Ich fixierte seine Treter. (Ob es wohl einen zweiten Mann in England gab, der im einundzwanzigsten Jahrhundert noch Doc Martens trug?)

»Was du brauchst, Schwesterherz, ist 'n Tee«, sagte Mark, nahm seine Stiefel vom Tisch und schlurfte in die Küche. »Oder Wein!«, rief er. »Wo ist der Wein?«

»Im Kühlschrank!«, schrie ich zurück, während ich wie wild die Stelle auf dem Tisch polierte. Unter dem Spülbecken stand Glasreiniger … *Soll ich warten, bis er zur Arbeit gegangen ist? Ach, was spielt das schon für eine Rolle? Ich hol mir jetzt den Reiniger, sonst hab ich keine ruhige Minute mehr.*

Mark sah nicht im Geringsten überrascht aus, als ich mich an ihm vorbeidrückte und mit Tuch und Spray bewaffnet ins Wohnzimmer zurückkehrte. Als er aus der Küche kam, sah der Couchtisch wieder wie neu aus. Ich bedankte mich für das Glas Wein und holte zwei Untersetzer.

»Wollte dich bloß sehen, Schwesterherz. Ein Date hatte ich gestern Abend schon.« Er setzte sich auf die Sofalehne.

»Ach, tatsächlich?« Jetzt war ich neugierig. »Und – wie ist es gelaufen?«

»Gelaufen?« Er schaute überrascht auf. »Gut, nehme ich an. Ja, für ein Date könnte es positiv bewertet werden.«

»Wie war sie denn so?«

»Ach, hoffnungslos«, sagte er mit wegwerfender Geste.

»Aber du hast doch gerade gesagt, dass es gut lief?«

»Das Date ja. Aber die Frau war ein Totalausfall.«

»Ach, was war denn so verkehrt an ihr?«, fragte ich. »War sie langweilig?«

»Nein.«

»Hässlich?«, wagte ich mich vor.

»Nein.«

»Verrückt?«

»Nein.«

»Zu laut?«

»Nein.«

»Zu still?« Allmählich hatte ich das Spielchen satt.

»Nein.«

»Zu … wenig Interesse für Fledermäuse?«

»Nein. Zu alt«, erklärte Mark sachlich.

»Reizend. Wie alt war sie denn?«

»Dreiunddreißig.«

»Dreiunddreißig ist doch nicht alt!«

»Spielt eh keine Rolle mehr«, verkündete er aufgeräumt. »Ich hab morgen Abend mein nächstes Date.«

»Schnelle Arbeit, Bruderherz«, musste ich zugeben. »Und, wie läuft's im Planetarium?«

»Super …«, sagte er.

Oh Gott. Jetzt *musste* ich fragen. »Und, äh, wie geht's mit der

Suche nach einer TV-Show über Fledermäuse voran?« Ich versuchte, fröhlich und heiter zu klingen.

Er atmete theatralisch aus, das Weinglas in seiner Hand zitterte gefährlich. »Ich bin zwar brillant, aber bis jetzt unentdeckt, und mir läuft die Zeit davon.«

»Blödsinn«, sagte ich – und dann, nach einer Pause: »Du bist überhaupt nicht brillant.«

Er sah mich entgeistert an.

»Das war ein Scherz«, beeilte ich mich zu sagen. »Du musst einfach weiter Bewerbungen abschicken und Kontakte knüpfen. Was ist eigentlich mit Snake Man?«

Snake Man war ein spezieller Strohmann bei der BBC, der meinem Bruder einen Fünf-Minuten-Beitrag in einer Tiersendung im Natural History Channel verschafft hatte. Mark hatte zweihundertfünfzig Pfund für zwei Tage Dreharbeiten eingesackt und sich für den Rest des Jahres wie Richard Attenborough benommen, des Öfteren bei unerwarteten und unpassenden Gelegenheiten. (Ich erinnerte mich insbesondere an Tante Hildas Leichenschmaus, als eine Bemerkung Marks bei meinem Onkel einen neuerlichen Tränenstrom ausgelöst hatte: »Hilda hat Tiersendungen *geliebt*.«) Seit Marks triumphalem Auftritt bei der BBC hatte es allerdings keine weiteren Aufträge und keine Anrufe von Snake Man mehr gegeben.

»*Du* musst doch wissen, ob es Jobs in der Darstellerwelt gibt«, sagte er grantig und trank einen Schluck Wein.

»Hör mal, ich hab dir schon tausendmal gesagt, dass wir *Schauspieler* vertreten. Wir sind nicht auf die Nische von Wissenschaftsmoderatoren spezialisiert.«

»Ach, komm schon, Schwesterherz, du hast doch mit dem ganzen Kram zu tun«, brummte er. »Ihr Agenturleute drückt euch doch ständig auf Preisverleihungen rum.«

»Preisverleihungen?«, erkundigte ich mich lachend.

Mark glaubte immer noch, dass ich regelmäßig zu den BAFTA Awards ginge, wo unsere Kunden kleine goldene Statuen empfingen und sich in gefühlvollen Reden bei ihren *wunderbaren* Agenten bedankten.

»Heute habe ich einem unserer Kunden einen Werbespot für eine Digitalkamera verschafft. Wir werden mit Einladungen zu Preisverleihungen nicht gerade überhäuft«, betonte ich.

»Na ja, aber ihr tauscht euch doch bestimmt mit anderen Agenturen aus«, schnaubte er, nicht bereit aufzugeben.

Ich seufzte. »Ich werde versuchen, mehr Kontakte zu Produktionsfirmen aufzubauen, die nach nicht mehr ganz taufrischen Moderatoren suchen, die eine ungesunde, unnatürliche Obsession für Fledermäuse hegen«, leierte ich brav mein Sprüchlein herunter.

»Danke, Schwesterherz«, sagte Mark. Seine Miene hellte sich auf. Sein Gehirn schien nicht fähig, meinen Sarkasmus zu erfassen.

In der Küche klingelte die Zeitschaltuhr. »Abendessen«, verkündete er grinsend.

»Super, was hast du denn besorgt?« Doch mein übliches Mittwochsessen mit gegrilltem Lachs, jungen Kartoffeln und Zuckerschoten würde ich nicht dafür sausen lassen.

»Pizza.«

Mark wetzte in die Küche. Nach einer beträchtlichen Geräuschentfaltung für jemanden, der bloß einen Teller finden musste, kehrte er zurück und präsentierte mir auf einem hölzernen Schneidebrett die Pizza. »Fresschen ist fertig, Schwesterherz!« Und senkte das Schneidebrett ehrerbietig auf meinen Couchtisch. Ich zuckte zusammen, als Krümel auf die glänzende Fläche sprangen.

»Ich will nichts, danke. Ich mach mir später was«, sagte ich und verzog das Gesicht.

»Ach, komm schon, Nicola, ist doch genug da!« Er schob sich einen großen Happen in den Mund. »Sei bloß nicht so verkrampft! Du bestehst doch nur noch aus Haut und Knochen. Entspann dich, nimm dir ein Stück Pizza, dann geht's dir gleich besser.«

Wie gebannt starrte ich auf den schmelzenden Käse, die Peperoni, die Fleischstückchen und all die anderen Köstlichkeiten. Die Kruste war leicht gebräunt und sah köstlich aus, es roch wie in einer Bäckerei am frühen Morgen. *Wäre es wirklich so schlimm, ein Stückchen Pizza zu essen?* Ich überlegte kurz, doch dann schob ich die Versuchung entschlossen von mir. Ich hatte den Lachs bereits gekauft, und Donnerstag war Hühner-Risotto-Tag, der Lachs würde also verderben, wenn ich ihn heute nicht aß.

Ich schüttelte den Kopf. »Nein, wirklich nicht, ich mach mir gleich was. Ich bin, äh, nicht in der Stimmung für Pizza.« Und damit stand ich auf und hätte dabei vor Gier fast auf meinen indischen Seiden-Woll-Teppich gesabbert.

»Du hast Probleme, Schwesterherz«, sagte Mark mit vollem Mund. Ein winziger Käsefaden baumelte von seiner Unterlippe.

Es war wie ein Schlag in den Magen. »Was?«

Er seufzte. »Nichts, Schwesterherz. Mach du dir deinen … Lachs, stimmt's? Weil's ja mittwochs immer Lachs gibt.«

Ich schlurfte in meine Küche, wobei ich mir vorkam wie ein besonders törichter Eigenbrötler.

5

Den ganzen Morgen über brütete ich über Marks Worten. *»Du hast Probleme.«* Das hatte mich echt aufgewühlt. Ich wollte Caroline fragen, ob sie derselben Meinung war, aber jedes Mal, wenn ich den Mund aufmachte, verließ mich der Mut. Ich versuchte mich auf die Arbeit zu konzentrieren, ja, ich versuchte es wirklich, aber bevor ich wusste, wie mir geschah, platzte ich heraus: »Hast du schon gewusst, dass ich mit neunzehn in Australien Bungee-Jumping gemacht habe?«

Caroline hörte auf zu tippen und starrte mich mit großen Augen an. »Nein, hab ich nicht.«

»Fünfundvierzig Meter, und ganz allein.«

»Na, das klingt doch nach 'ner Menge Spaß.«

»Und einmal bin ich auch getrampt«, schnatterte ich weiter. »Erinnerst du dich noch an die Ölkrise? Also, ich war in Wiltshire und musste dringend nach London, weil ich an dem Abend zu Take That wollte, mit Natalie, die einen Silberblick hatte, aber die Tickets billiger kriegte … und da hab ich einfach ein Auto angehalten und bin eingestiegen!«

»Das war aber tapfer«, bemerkte Caroline und runzelte nachdenklich die Stirn.

»Ja, finde ich auch.« Ich senkte den Kopf und strich über mein graues Wollkleid. »Findest du, dass ich zu spießig bin?«

»Spießig?«, wiederholte sie.

»Du weißt schon … dass ich irgendwie festgefahren bin? Verklemmt?« Jetzt sprudelten die Worte nur so heraus, weil ich ihr begreiflich machen wollte, was ich meinte.

»Es ist schon so, dass immer alles …«

»… so sein muss, wie ich es will?«, ergänzte ich.

»Genau.« Sie schwieg einen Moment. »Ähm, es wäre vielleicht nicht so schlimm, deine, äh, Gewohnheiten ein bisschen zu lockern …«

»Lockern?«

»Du weißt schon, die, ähm, genaue Einteilung deiner Tage und dein Ernährungsplan. Und die Tatsache, dass du immer für dich bleibst. Du *könntest* mal ein bisschen mehr unter die Leute gehen«, sagte sie vorsichtig. »Ich meine, fühlst du dich zu Hause nicht schrecklich einsam?«

»Nein, tu ich nicht«, erwiderte ich heiter. »Ich bin es gewohnt, allein zu sein.«

Sie sah mich auf eine Weise an, die nur als mitleidig bezeichnet werden konnte.

»Ich meine, ich bin gerne allein«, erklärte ich.

»Aber du bist noch so *jung*.« Ich verdrehte die Augen, weil ich begriff, dass sie nun mit ihrem altbekannten Vortrag loslegen würde. »Du scheinst solche Angst davor zu haben, dich einfach mal …«

Ich hob die Stimme. »Sorry, ich hätte nicht damit anfangen sollen. Ich habe nur laut gedacht, mach dir keine –«

»Nein, Nic, du hast mich schließlich gefragt.« Ihre Stimme hob sich um eine Oktave. »Und deshalb solltest du mir jetzt zuhören.« Caroline wurde nie laut. Ich starrte auf meine Tastatur, ohne etwas zu sehen, hörte nur ihre Stimme. »Du solltest ausgehen und dich amüsieren, anstatt dich zu fragen, ob dein Möhrenschnitz exakt fünf Zentimeter misst. Du solltest Leute treffen, du solltest mit Freunden ausgehen, du solltest Männer kennenlernen, unter Menschen sein, ein bisschen *Spaß* haben.«

»Okay, Caroline.« Ich hob die Hände, zum Zeichen, dass es reichte.

»Nein, Nic, du hast mich schließlich *gefragt*«, beharrte sie. »Und deshalb *antworte* ich dir jetzt.«

»Schon gut, danke, ich hab's verstanden. Können wir es jetzt gut sein lassen?«, bat ich.

Ich hörte, wie eine Tür geöffnet wurde. Caroline stutzte mit offenem Mund, vorübergehend an einer neuen Attacke gehindert.

»Nicola«, sagte James.

Ich erschrak und wirbelte herum.

»Nicola, würden Sie bitte in der Alexandra Street vorbeischauen und die Druckprobe für unser neues Poster abholen?«

Ich starrte ihn einen Moment lang verständnislos an, dann sickerte der Sinn seiner Worte ein. »Oh, sicher, klar, natürlich, James«, stotterte ich.

»Alles okay bei euch?«, fragte er und lächelte uns beide mit hochgezogenen Brauen an.

»Absolut super!«, erwiderten wir im Chor.

Er warf uns einen letzten zweifelnden Blick zu, dann verschwand er wieder in seinem Zimmer.

Ich seufzte, schnappte mir meine Handtasche und ging zu unserem Drucker, ohne Caroline noch einen Blick zu gönnen.

Ich brachte ihr von meinem Ausflug ein Twirl mit, und rasch kehrte wieder Normalität ein. Gepriesen sei die Macht der Schokolade. Erleichtert sah ich, dass Caroline vollauf beschäftigt war. Sie stellte den Terminkalender für das kommende Jahr zusammen und brummte dauernd Dinge wie »Ich glaube nicht, dass es nur noch sieben Wochen bis Weihnachten sind« und »Wo zum Teufel ist bloß die Zeit geblieben?«.

»Nic«, sagte sie schließlich, »ich lege den Urlaub fürs nächste Jahr fest. Ich nehme eine Woche im Januar, um die Kinder auf die Schule vorzubereiten. Wann willst du freihaben?«

»Oh, ähm, darüber hab ich noch gar nicht nachgedacht«, sagte ich achselzuckend.

»Na schön, aber sag Bescheid, wenn du es weißt.«

»Ich wette, den Valentinstag hast du schon längst für dich reserviert«, kicherte ich.

Im letzten Jahr hatte David Caroline im Privatjet eines Freundes, den er sich fürs Wochenende geliehen hatte, nach Rom geflogen. »Total überzogen«, hatte sie sich beklagt, obwohl sie insgeheim hingerissen war. Und ich hatte mich schon das ganze Jahr über gefragt, womit David sich im Jahr darauf selbst übertreffen wollte.

»Nix da, ich nehme mir den Fünfzehnten frei«, sie grinste anzüglich, »denn ich werde ganz bestimmt nicht *nach* dem Valentinstag arbeiten. Zu lieben und zu ehren und so weiter …«

»Iiihh.« In gespieltem Entsetzen hielt ich mir die Ohren zu. »Hör auf, so zu reden, ich bin noch jung und unschuldig.«

»Was ist mit dir, Nic? Warum nimmst du nicht am Valentinstag frei, damit du Zeit für … jemanden hast?«

»Ich glaube eher nicht, Caroline. Ich hatte noch nie am Valentinstag ein Date.«

»Wie, noch *nie*?« Sie runzelte ungläubig die Stirn.

»Nein, noch nie.« Ich lächelte kläglich.

»Aber du bist doch schon mal am Valentinstag gefragt worden, ob du mit einem Jungen ausgehen willst?«

»Äh, nö«, murmelte ich, plötzlich sehr verlegen.

»Das ist ja schrecklich«, sagte sie fassungslos. »Wirklich schrecklich.«

»Es ist nicht schrecklich«, widersprach ich, um nicht in Panik zu geraten.

»Aber warst du nicht drei Jahre lang mit einem Mann zusammen, und hat der dich nie …?«

»Nicht, Caroline«, warnte ich.

»Aber … aber …«

»Vergiss es einfach. Es ist egal!«

»Natürlich, ich, also, es ist bloß …« Sie versuchte sich wieder zu beruhigen, doch es gelang ihr nicht. »Nein, ehrlich, es ist schrecklich.« Sie schüttelte den Kopf, und wir schwiegen verlegen.

Kurze Zeit später sprang Caroline von ihrem Stuhl auf und schritt entschlossen auf meinen Schreibtisch zu.

»Na schön«, sagte sie und streckte die Hand über meinem Kopf aus. Ich duckte mich, falls sie beschlossen haben sollte, mir eine Kopfnuss zu verpassen. Aber das hatte sie gar nicht vor. Caroline nahm den verblichenen Kalender herunter, der hinter mir an der Wand hing (ein Kalender von 2006 mit Gemälden der Impressionisten, der stets April anzeigte, weil uns allen die Ballerina von Degas am besten gefiel). Sie blätterte bis Februar vor und nahm ihren breiten roten Marker zur Hand, mit dem sie einen Kreis um den Vierzehnten malte. Dann legte sie den Kalender auf die Papiere, die ich gerade bearbeitete, und baute sich vor mir auf. Ich starrte auf das Kalenderblatt – *Die Theaterloge* von Renoir – und dann ungläubig zu ihr hoch.

»Du, Nicola Brown«, sagte sie und richtete ihren Zeigefinger auf mich, »wirst mir jetzt mal gut zuhören.«

Ich schluckte.

»Bis zu diesem Datum«, sie deutete auf die umkreiste 14, »wirst du von einem tollen Mann eine Einladung zum Valentinstag bekommen haben.«

»Caroline –«

»Ruhig! Bis zum Valentinstag hast du *alles* in deiner Macht Stehende getan, um ein Date an Land zu ziehen, und erst dann werde ich, Caroline Harper, dich nie mehr wegen deines Liebeslebens unter Druck setzen. Oder wegen deines fehlenden Liebeslebens. Nie, nie mehr.«

Ich zog eine Braue hoch. Aber Caroline war noch nicht fertig.

»Kurz gesagt«, verkündete sie pompös und mit blitzenden Augen, »ich fordere dich heraus, dir ein Liebesleben zuzulegen.«

Was?

»Und? Nimmst du die Herausforderung an?«

»Nein!«, stotterte ich empört. »Das ist doch albern!«

»Wage es endlich mal!«

»Hör auf, Caroline.« Ich wand mich unter ihrem bohrenden Blick.

»Wage es, und ich werde nie mehr davon reden!«

»Caroline, ich kann nicht, und ich will nicht, es ist …« Meine Stimme versagte, während ich auf den rot umkreisten 14. Februar starrte.

Caroline hatte mir den Fehdehandschuh hingeworfen. Ich starrte ihn wie hypnotisiert an. Ich konnte das nicht. Es war eine blöde, eine dämliche Idee. *Oder?*

»Nein, ich kann nicht.« Ich schob den Kalender fort. »Es tut mir leid, Caroline. Das mache ich nicht.«

6

Als ich an diesem Abend in meine Wohnung kam, lag mir eine Last auf dem Herzen. Mein Domizil, sonst so hell und großzügig, schien für mich allein einfach viel zu groß. Ich holte die Hähnchenbrust für das Abendessen aus dem Kühlschrank und zerlegte sie in feine Streifen. Ich hatte ein seltsames Gefühl der Leere in der Brust, das sich nicht mit einem Achselzucken abtun ließ. Es war, als sei alles in meinem Leben sinnlos geworden. Ich schalt mich selbst, ging entschlossen ins Wohnzimmer und legte die fröhlichste Musik aus meiner Sammlung auf. Doch selbst die *Musical Theatre's Greatest Hits* in voller Lautstärke vermochten mich nicht aus meiner gedrückten Stimmung zu reißen. *»Close Every Door«* aus *Joseph* steigerte dieses Gefühl noch. Ich ertappte mich dabei, wie ich das Geschirrtuch an die Brust drückte, dramatisch ins Leere starrte und in den Song einfiel. Caroline hatte recht. Ich war einsam. Absolut allein, und niemand anderer als ich konnte daran etwas ändern.

Ich dachte an ihre Herausforderung, an das, wofür sie stand, und welche Möglichkeiten sie mir bot. Doch dann stieß ich einen tiefen Seufzer aus. Ich hatte nicht den Mut, sie anzunehmen. Man musste sich ja bloß anschauen, was mir damals widerfahren war. Ich hatte ihm vertraut, und daraus war nur Schmerz entstanden. Beziehungen waren furchtbar. Allein und ohne Partner ging es mir besser. Ich würgte die Musik ab, ließ mich aufs Sofa fallen und zappte wahllos durch die Kanäle. Aber es schien, als ob das Universum sich gegen mich verschworen hätte: Auf BBC lief eine Wiederholung von *Coupling – Wer mit wem?*, auf E4 *Friends* und auf ITV2 *Love in a Cold Climate*. Danke schön, Welt. Seufzend entschied ich mich schließlich für *Saw* auf Film 4. Vielleicht würde dieser Horror – Menschen, die entscheiden mussten, ob sie Schlüssel aus ihrem Kopf entfernen oder lieber explodieren wollten – mich von meinem Kummer ablenken.

Während einer besonders teuflischen Todesart, bei der ein Schraubenschlüssel eine tragende Rolle spielte, läutete das Telefon. Ich meldete mich mit dumpfer Stimme. Als ich hörte, wer der Anrufer war, sank meine Laune auf den absoluten Tiefpunkt: Sie hatte es immer noch geschafft, mich zur Weißglut zu bringen.

»Hi, Mum.«

»Bitte nenn mich nicht so, das klingt so gewöhnlich.«

»Wie möchtest du denn lieber genannt werden?«, zischte ich.

»Hast du kürzlich etwas von deinem Vater gehört?«, fragte sie, ohne auf meine Frage einzugehen.

»Von welchem?«, witzelte ich.

»Werd bloß nicht frech.«

Mutter war bereits zum dritten Mal verheiratet. Ihr Liebster war ein äußerst erfolgreicher Investmentbanker mit gefärbten Haaren und einem Porsche Cabrio. Der absolute Gegensatz zu meinem Vater, der ein ständig am Hungertuch nagender Künstler mit strähnigen Haaren war und dessen kühne Bilder immer gleich aussahen, auch wenn man sie verkehrt herum aufhängte.

»Nein, ich habe nichts von Dad gehört«, seufzte ich.

»Schön. Falls du etwas hören solltest, richte ihm doch bitte aus, dass er mich anrufen soll. Guy und ich wollen ein Ferienhaus auf Menorca kaufen, und aus einem unerfindlichen Grund möchte Guy darin Bilder deines Vaters aufhängen. Vermutlich ist er verrückt, aber er lässt sich nicht davon abbringen.«

»Ich weiß nicht, wie ich ihn erreichen soll, Mutter, er ist immer derjenige, der sich bei mir meldet. Du weißt doch, wie er ist.«

»Allerdings«, sagte sie resigniert. »Nun, ein Versuch könnte nicht schaden.« Sie machte Anstalten aufzulegen. »Und bei dir? Alles in Ordnung?«

»Ja«, erwiderte ich automatisch.

»Gut. Okay. Bye, Nicola, ich sehe dich dann auf der Veranstaltung.«

»Ach, stimmt, am Einundzwanzigsten, nicht?« Ich verdrehte die Augen und hauchte ein stummes »Oh Gott« zur Decke empor.

»Wusste ich's doch, du hast es vergessen.«

»Nein, hab ich nicht. Ich freu mich ganz *schrecklich*.«

»Kein Grund, sarkastisch zu sein«, brummte sie. »Muss jetzt Schluss machen.«

Sie legte auf, bevor ich mich richtig verabschieden konnte.

Ich schaltete den Horrorfilm aus und suchte in der Küche nach meiner halben Flasche Merlot für Notfälle. Ich schenkte mir ein großes Glas ein, schmeckte den Wein aber kaum. Die Stille meiner Wohnung lastete auf mir. Ich nahm noch einen großen Schluck. Mein Leben kam mir aussichtslos vor. Die Küchenuhr am Ofen blinkte. Es war erst halb zehn, aber für heute reichte es. Die Vorstellung meines überbreiten Bettes mit den cremefarbenen Bezügen aus ägyptischer Baumwolle war zu verlockend. Morgen früh würde alles besser aussehen.

Ich hatte eben meinen Kopf aufs Kissen gebettet, als mein Handy klingelte. Verdammt! Warum hatte ich das Ding nicht ausgeschaltet? Verschlafen meldete ich mich.

»Mum, ich …«

»Schwesterherz!«, trällerte Mark. »Du bist zu Hause, Gott sei Dank.«

Ich mühte mich in eine sitzende Position. »Oh, Mark. Hi. Dachte, du hättest 'ne Verabredung.«

»Hatte ich auch.«

»Schlimm?« Ich rieb mir die Augen.

»Grässlich. Ich steh grade vor deiner Tür. Julio hat mich reingelassen, warte mal …«

Was?!

Ich hörte, wie ein Schlüssel im Schloss umgedreht wurde, und dann meinen Bruder, der »Danke, Julio!« sagte. Darauf eine portugiesische Stimme: »Kein Problem. Sagen Sie Nieeecola, dass ich sage ›Hallo‹.«

»Liegst du etwa schon im Bett, Nic?«, fragte Mark und zog die Augenbrauen hoch, als er ein wenig schwankend in meiner Schlafzimmertür stand.

»Nein.« Ich hüllte mich in das schützende Federbett. »Ich bin … ich … hab gelesen.« Ich wies auf mein Buch, das drei Meter entfernt auf der Kommode lag.

»Hm. Du lügst ja.«

Ich verdrehte die Augen. »Ich beuge mich deiner überlegenen Beobachtungsgabe.«

»Ich mach Tee, willst du auch einen?«

»Tee? Nein, Mark, ich will keinen Tee, sondern Antworten. Erstens, warum bist du hier, und zweitens, wann gehst du wieder?«

»Ich war auf dem Heimweg von meinem Date, da hat mein Motorrad den Geist aufgegeben. Ein Taxi hab ich mir nicht leisten können, also bin ich zu dir gekommen!« Er fügte ein »Ta-Da!« als Zugabe hinzu und schwankte auf mein Bett zu. »Außerdem wollte ich meine kleine Schwester sehen. Ja, genau!« Er zwickte mich in die Wange, als wäre ich ein Baby.

Er roch nach abgestandenem Cidre und Cheese-and-Onion-Chips. Er war sichtlich betrunken.

»Na schön«, sagte ich und wehrte seine Hand ab. »Ich mache das Gästezimmer zurecht, und du sorgst für den Tee.«

»Ausgezeichnet.« Er schlurfte in die Küche, und ich versuchte, den Lärm zu überhören, den ein Mann bei der Bereitung von zwei Bechern Tee veranstalten kann. Bald schon saßen wir auf dem Sofa, der heiße Tee vertrieb meine Müdigkeit, und Mark schien ein wenig nüchterner zu werden. Allerdings amüsierte er sich damit, Schattenfiguren an die Wand zu werfen, die es miteinander trieben. Ich wackelte mit den Zehen und fühlte mich zum ersten Mal an diesem Abend vollkommen entspannt. Mark war zumindest eine Ablenkung von meinen schmerzlichen Gedanken.

»Mit wem warst du aus?«, fragte ich.

»Mit Carole«, erwiderte er.

Ich setzte mich so abrupt auf, dass mein Tee beinahe überschwappte. »Carol, wie in DIE Carol?«

»Nein, *Carole*«, berichtigte er. »Ich hab sie Anfang der Woche kennengelernt. Carole mit ›e‹ am Ende.«

»Carolee?«, kicherte ich.

Mark starrte mich nur an. Ich machte den Mund rasch wieder zu.

»Was ist denn mit DER Carol? Was ist mit diesem kleinen, ähm … Problem?«, wagte ich mich vor.

»Er scharwenzelt immer noch um sie herum.«

»Oh.«

Mark nickte traurig. Seit fast zwei Jahren war er in Carol verliebt, eine Kollegin aus dem Planetarium. Sie hatte lange, feuerrote Haare, eine schmale Taille, große Brüste und interessierte sich für Naturgeschichte. Das war natürlich der Hauptgrund, warum mein Bruder ihr verfallen war.

»Wir haben neulich darüber gestritten, welches Säugetier, ob lebend oder ausgestorben, das lebenstüchtigste wäre, und sie sagte: die Lemuren.« Er kicherte in sich hinein. Der Spott in seiner Stimme schien mich zu drängen, den Kopf zu schütteln und »UNMÖGLICH!« zu rufen. Lächelnd wiederholte er in verträumtem Ton: »Lemuren.« Mark lebte in seiner kleinen Fledermaustierwelt, seinem ganz persönlichen Paradies. »Wahrscheinlich hat sie das bloß gesagt, weil bei dieser Art die Weibchen dominant sind«, sinnierte er. Dann sah er mich plötzlich an, und in seiner Miene stand Entschlossenheit. »Ich werde sie heiraten.«

»Okay, das ist Plan A, aber lass uns spaßeshalber annehmen, dass er nicht klappt, was wäre dann Plan B, Mark? Gibt es eine andere?«

»Nein.«

»Ach, komm schon … Wie war denn die Frau, mit der du heute ausgegangen bist?«, insistierte ich.

»Grässlich.« Er schauderte und wollte offensichtlich nicht weiter ins Detail gehen. Dann fügte er nachdenklich hinzu: »Und zu alt.«

»Schon wieder? Du hast es echt mit dem Alter, Mark.«

»Sie ist zu alt«, beharrte er.

»Wie alt denn?«

»Dreiunddreißig.«

Das kam mir bekannt vor.

»Brüderchen, hast du ein Problem mit der Dreiunddreißig im Allgemeinen oder nur mit Frauen, die zufällig in diesem Alter sind? Warum findest du das so schlimm?«

»Weil sie höchstwahrscheinlich unfruchtbar ist«, erklärte er mit lässigem Achselzucken.

»Wie bitte? Mit dreiunddreißig?«

»Nein, das nicht, aber wenn ich sie längere Zeit umworben

habe, mit ihr herumgereist bin, ihr einen Antrag gemacht habe, sie geheiratet und schließlich geschwängert habe, dann wird sie nicht mehr im gebärfähigen Alter sein. Also brauche ich eigentlich eine jüngere Frau, um Zeit für alle diese Dinge zu haben. Dann kann ich sie befruchten und mit meinem Leben weitermachen.«

Ich hörte mir diesen Sermon an. Fassungslos.

»Was?«, fragte Mark verständnislos. »Was hast du denn?«

Eine Stunde später lag ich im Bett und konnte nicht einschlafen. In meinem Kopf schwirrten die Gespräche des Tages. Ich wälzte mich ruhelos auf der Matratze hin und her. Die reizende Meinung meines Bruders über Frauen, die das Pech hatten, bereits dreiunddreißig zu sein, hatte mich doch sehr erschüttert. Natürlich konnte ich seine Vorstellungen nicht ganz ernst nehmen, aber unruhig machten sie mich trotzdem. Musste ich mir demnach Sorgen machen? Als ich noch jünger war, hatte ich mir nie vorgestellt, dass ich mit neunundzwanzig allein im Bett liegen würde, ohne die Möglichkeit einer Beziehung am Horizont. Ich hatte mir nicht vorstellen können, dass das Leben den eigenen Erwartungen nicht einmal annähernd entspricht. Man stellt sich vor, dass man eine Arbeit findet, einen Mann kennenlernt, sich verliebt, heiratet, ein Haus mit Garten kauft, Kinder bekommt, ein größeres Haus mit Schaukeln im Garten kauft, seine Kinder großzieht und schließlich in Rente geht und einen Kursus in Aquarellmalerei belegt. So hatte sich das in meiner Fantasie immer abgespielt. Aber wie viele Menschen können tatsächlich auf so ein erfülltes Leben zurückblicken? War meine Mutter nicht bereits zum dritten Mal verheiratet? War mein Bruder nicht mit vierunddreißig immer noch Single? Und mein Leben? War ich nicht komplett vom Kurs abgekommen?

Diese Gedanken gefielen mir ganz und gar nicht. Ich strampelte meine Bettdecke fort und ließ die kühle Luft über mich hinwegstreichen. Dann stand ich auf und tappte ins Bad, leise, um meinen Bruder nicht zu wecken, der zweifellos mitten in seinem Lieblingstraum steckte: »Ich erwache und ich bin ein Flughund, ja …«

Ich musterte mich im Spiegel: mein herzförmiges Gesicht und meinen kurzen Bobschnitt, der den langen, schlanken Hals betonte. Meine blaugrauen Augen hatten schwache rote Ränder, und wenn ich meinem Spiegelbild zulächelte, bildeten sich ein paar winzige Fältchen um die Augen. Meine Lippen schienen seit Neuestem ein wenig dünner geworden zu sein. War meine Kinnlinie immer noch so konturiert wie früher? Lief auch *mir* die Zeit davon? Im Moment passte mir das Alleinsein ganz gut, aber bald schon würde ich dreiunddreißig sein, sechsunddreißig, neununddreißig. Was, wenn ich dann anders darüber dachte? Würde es dann nicht zu spät sein?

Ich schob eine Haarsträhne hinters Ohr und schaute mir tief in die Augen. Vielleicht hatte Caroline ja recht, und ich musste ein Risiko eingehen und mich auf die Welt da draußen einlassen. Vielleicht *konnte* ich es aushalten, mich ein- oder zweimal zu verabreden. Vielleicht war es an der Zeit, die Vergangenheit hinter mir zu lassen.

Ich lehnte meinen Kopf an das kühle Glas und schloss die Augen. Etwas war anders geworden. Ich wusste, dass ich nicht glücklich war. Nicht richtig. Ich atmete tief durch. Vielleicht konnte ich tapfer genug sein, das Wagnis einzugehen. Denn tief im Herzen wusste ich, dass ich nicht ewig so weitermachen wollte wie bisher.

»Ich mach's«, flüsterte ich Caroline am nächsten Tag zu.

»Hm?« Sie schaute von ihrer Tastatur auf.

»Ich nehme deine Herausforderung an. Sag mir, was ich tun soll. Ich mach's.« Ich streckte ihr die Hand hin. »Die Wette gilt. Am nächsten Valentinstag habe ich ein Date.«

Caroline lachte nicht, wie ich erwartet hatte. Stattdessen ergriff sie meine Hand, schüttelte sie und strahlte übers ganze Gesicht.

»Ausgezeichnet.«

7

Singlefrau mit gutem Einkommen und schönen Augen sucht Mann, der gerne in diese schauen möchte.
Chiffre 367

Mein Wochenende wurde durch ein beharrliches Summen eingeläutet. Das Summen kam aus dem Wohnzimmer, und falls es sich nicht um einen sehr fröhlichen und sehr unvorsichtigen Einbrecher handelte, musste es Basia sein, die den Wochenputz erledigte. Da ich in puncto Reinlichkeit ein klein wenig gewissenhaft (nun gut, beinahe zwanghaft) war, hatte ich eine Polin mit Namen Basia beauftragt, jeden Samstag mit dem Staubtuch über sämtliche Oberflächen zu wischen und dafür zu sorgen, dass Küche und Bad nur so blitzten. Basia war geradezu krankhaft fröhlich und hantierte überaus energisch mit einer Flasche Flüssigreiniger und einer Scheuerbürste. Als ich in die Küche kam, war sie so munter wie stets und lachte aus unerfindlichen Gründen ihr Spiegelbild in einer Kasserolle an.

»Ach, Mies Brown, ich Sie wecken?«, fragte sie und versuchte vergeblich, eine bekümmerte Miene aufzusetzen: Ihr strahlendes Lächeln traf mich wie ein Schlag ins Gesicht.

»Nein, nein, ich hab nur grade meine Augen ausgeruht.«

Basia sah mich fragend an, also schloss ich demonstrativ die Augen. Sie warf den Kopf zurück und lachte aus vollem Hals. Ich setzte den Kessel auf und wünschte, etwas von Basias Lebenslust würde auf mich abfärben. Missmutig erinnerte ich mich daran, wie ich gestern mein Leben verpfändet hatte (im wahrsten Sinne des Wortes, denn zehn Minuten nachdem ich Carolines Herausforderung angenommen hatte, bestand sie darauf, dass ich die Abmachung schriftlich niederlegte).

»Ich, Nicola Brown, Wohnung C, 26 Hewston Gardens – ist das wirklich notwendig?«, hatte ich moniert, »verspreche hiermit, alles in meiner Macht Stehende zu tun, um bis zum kommenden Valentinstag eine Verabredung zu haben, die ich nicht vorher absage. Ich verspreche, die Liebe zu suchen und nicht vor ihr zu fliehen.«

An diesem Punkt hatte ich die Augen verdreht, worauf Caroline bellte: »Wirst du wohl fortfahren, Nicola Brown aus Wohnung C?!«

»Ich verspreche, neue Leute kennenzulernen und mich *in der Welt* umzuschauen. Und ich verspreche, Risiken einzugehen, wo ich vorher vielleicht gekniffen hätte.«

Also hatte ich den Pakt unterzeichnet, und während ich es tat, hatte ich Erleichterung verspürt, weil ich sämtliche Verantwortung an DIE WETTE delegiert hatte und somit bereit war für jede Herausforderung, vor die sie mich stellen würde. Heute jedoch war ein neuer Tag. *Was hatte ich mir nur dabei gedacht?* Während das Wasser kochte, kam mir in den Sinn, dass meine ganze Selbstanalyse vielleicht nur darin begründet gewesen war, dass ich mich ein bisschen down gefühlt hatte. Offensichtlich hatten mich Marks grässliche Vorstellungen über »Fruchtbarkeit« ziemlich deprimiert. Hinzu kam Carolines Mahnung, dass ich zu wenig Risiken einging. Also hatte ich wohl ein wenig übereilt gehandelt.

Mit einem »Klack!« sprang der Schalter am Wasserkessel hoch. Ich zuckte zusammen und brachte Basia zum Lachen, die gerade das Kochfeld putzte. Ich schenkte mir einen Kaffee ein und bot ihr ebenfalls einen an. Sie machte den Eindruck, als platzte sie vor Glück. »Mies Brown, danke schön, ja, ich würde gern eine.«

Ich machte mich an die Bereitung von zwei Tassen. »Milch?«, erkundigte ich mich auf dem Weg zum Kühlschrank.

»Oh ja, danke Ihnen, ja.« Fröhlich streifte sie die Gummihandschuhe ab.

Ich gab Milch in ihren Kaffee und wagte zu fragen: »Zucker? Ein Löffel?«

Ich wartete auf ihre Antwort, während der Löffel abwartend über ihrem Becher schwebte. Basia faltete die Hände. »Ein Löffel, fantastisch, ja.«

»Da, bitte schön.« Ich reichte ihr einen Becher und huschte aus der Küche, bevor sie mich umarmen oder mir zu Ehren eine Kerze anzünden konnte.

Im Wohnzimmer mit den weiß gestrichenen Wänden und den hellbraunen Vorhängen ließ ich mich dankbar auf meine Couch sinken und fuhr fort, über die Wendung meines Schicksals zu grübeln. Schon gestern wollte ich eine Stunde nach Unterzeichnung der Vereinbarung nichts mehr mit der Sache zu tun haben. Aber bevor ich Caroline mitteilen konnte, dass alles ein schrecklicher Irrtum war, dass es mir gut ging und diese Wette absolut unnötig war, hatte sie sich mit Feuereifer auf ihre Aufgabe gestürzt. Bis zum Mittag hatte sie mir bereits die Namen von sechs Männern aus ihrem Bekanntenkreis gemailt, die für ein Date infrage kamen, und mir überdies den Link zu einer Website namens *findmeamate.com* geschickt, auf deren Homepage sich zwei Nilpferde küssten. Zu jedem Namen auf der Liste der infrage kommenden Männer hatte Caroline freundlicherweise ein paar Gründe hinzugefügt, warum sie in die engere Wahl gekommen waren. Nummer vier beispielsweise, ein Mann namens Brian, war Bootseigner (sie gab nicht an, ob es sich um eine Jacht oder ein Paddelboot handelte) und Besitzer eines Ferienhauses. Nummer sechs fuhr gern zu Weinproben nach Frankreich (ich nahm an, dass Caroline dies als positive Eigenschaft wertete und mir nicht durch die Blume mitteilen wollte, dass er Alkoholiker war: »Ja, ich verkoste gern Wein in Frankreich, England, hick ... Island, Mexiko, hick ... eigentlich überall ...«). Nummer zwei war selbstständig und vorher *nur ein Mal verheiratet gewesen*. Ich hatte ihre Liste gründlich studiert und mich gefragt, ob ich überhaupt einen dieser Männer kennenlernen wollte. Das wäre doch ... *peinlich*, oder? Dennoch rührte mich Carolines Eifer, und ich verbrachte eine höchst ungemütliche Stunde damit, zu überlegen, wie ich ihr beibringen sollte, dass ich die Herausforderung, wenn überhaupt, nur auf meine Weise annehmen wollte. Da ich nicht zu übereiltem Handeln neigte, hatte ich bereits die Rudimente eines Plans entwickelt: Ich würde mir mein altes Adressbuch vornehmen und alle Männer darin unterstreichen, und dann würde ich diejenigen durchstreichen, von denen ich wusste, dass sie verheiratet waren oder in langjährigen Beziehungen lebten. Auch Familienangehörige fielen unter diese Kategorie (selbst entfernte Verwandte – mit Schaudern erinnerte ich mich an Hugh, einen Cousin zweiten Grades, der sich am Gedenktag zum Ende des Ersten Weltkriegs auf mich gestürzt hatte). Dann wollte ich in Microsoft Excel eine Tabelle erstellen. Ich würde die Namen der Männer alphabetisch auflisten und in einer zweiten Spalte die Gründe *für* eine Verabredung eingeben und in einer dritten, welche Gründe *dagegen* sprachen. Dann würde ich eine vierte Spalte mit einer möglichen Gesamtpunktzahl von 20 einrichten. Diese Punkte stammten aus einem Balkendiagramm, in dem ich sämtliche Eigenschaften, positive wie negative, des potenziellen Partners aufzählen würde, um den höchsten Grad an Vereinbarkeit herauszufiltern. Ich überlegte gerade, mit welchen Farben ich die

Balken in meinem Diagramm kennzeichnen sollte, als mich ein zu einem Papierflieger gefaltetes Blatt an der Stirn traf und mir in den Schoß trudelte. Ich klaubte den kindischen Schrieb auf und las: »19 Uhr. Café Rouge, nächsten Dienstag.« Ich wollte Caroline fragen, was zum Teufel das bedeutete, aber sie telefonierte gerade, also begnügte ich mich damit, zornig in ihre Richtung zu gestikulieren. Doch sie streckte nur begeistert den Daumen in die Höhe. Nachdem sie aufgelegt hatte, schwenkte sie ihren Drehstuhl zu mir herum.

»Jetzt hab ich dich verkuppelt«, verkündete sie.

»Mit wem?«, fragte ich barsch.

Sie zeigte auf den Apparat. »Mit ihm.«

»Mit wem?«, fragte ich aufgebracht und fuchtelte mit den Händen. »Dem Telefonisten? Dem Mann von der British Telecom?«

»Nein, nein, mit ihm.« Wieder zeigte sie auf das Telefon. »Mit dem Mann, mit dem ich gerade gesprochen habe!«

»WAS? Und mit wem hast du gerade gesprochen?« Ich war fassungslos. »Wir sind hier nicht das Thai Bride Takeaway, Caroline, du kannst mich doch nicht einem völlig Fremden verkaufen. Er könnte ein Monster sein!«

»Nein, ich KENNE ihn, du dummes Ding«, kicherte sie. »Ich hab nicht aufs Geratewohl eine Nummer gewählt, eine Männerstimme gehört und gedacht: Bingo! Obwohl … eigentlich keine schlechte Idee«, murmelte sie und sah sich suchend nach dem Telefonbuch um.

»Also, wer ist es? Brian? Richard?« Ich nahm ihre Liste zur Hand.

»Och, er steht nicht auf der Liste.« Sie winkte ab.

»Und warum nicht?«

Sie stutzte und legte die Stirn in Falten. »Hm … gute Frage. An ihn hatte ich überhaupt nicht gedacht.«

»Und warum nicht?«, beharrte ich. »So toll kann er ja wohl nicht sein, wenn du vergessen hast, ihn auf die Liste zu setzen, auf der im Übrigen folgender Mann steht: ›Nummer fünf: George – sehr witzig, hat 2010 eine ganz kurze Gefängnisstrafe abgesessen, aber das könnte ein Justizirrtum gewesen sein, wie man ihn aus *Die Verurteilten* kennt.‹ Du wolltest mich also mit einem Knacki verkuppeln, bevor dir schließlich Mr-Namenlos-aber-begehrter-Junggeselle-2013 eingefallen ist?«, fragte ich und zeigte aufs Telefon, vor Erbitterung ein wenig atemlos.

»Sein Name ist Andrew. Und er ist ein reizender Mensch«, sagte sie mit Nachdruck.

»Dessen bin ich mir sicher, aber ich werde mich nicht mit ihm verabreden.«

»Aber du musst, Nic. Er freut sich schon so darauf.«

»So sehr kann er sich gar nicht freuen – er kennt mich ja noch gar nicht«, sagte ich und wandte mich wieder meiner Arbeit zu.

»Nein, das stimmt nicht. Er hat dich *gesehen*«, sagte Caroline in einem Ton, der in meiner Fantasie sofort ein Bild von Andrew erstehen ließ, wie er mit einem Nachtsichtgerät vor meiner Wohnung lauerte.

»*Wo* hat er mich gesehen?« Ich drehte mich wieder zu ihr um und wollte etwas hören, das meinen Stalker-Verdacht beschwichtigen würde.

»Ach, irgendwo«, erwiderte sie und bestätigte damit meine schlimmsten Vermutungen.

Das war also gestern gewesen. Date Nummer eins stand fest. Am Dienstagabend. Mit diesem Andrew. Caroline hatte sich glatt geweigert, ihn noch einmal anzurufen, um die Verabredung abzusagen, sondern mir stattdessen feierlich den Eid vorgelesen, den ich immerhin unterzeichnet hatte. Falls besagter

Dienstag keine Ergebnisse lieferte und da ich schließlich nicht meine gesamten Pläne für mein zukünftiges Glück Caroline überlassen wollte, die sich zuweilen kaum der Namen ihrer Kinder entsinnen konnte ... sollte ich lieber selbst in Aktion treten. Ich beschloss, Nachforschungen anzustellen, und bald saß ich in der Stadtbibliothek, einen Bücherstapel zu meiner Linken und einige hastig gekritzelte Notizen auf einem DIN-A4-Block zu meiner Rechten. Ich war auf einer Erkundungsmission. Ich brauchte Antworten. Ich musste danach trachten, die Suche nach einer Verabredung am Valentinstag, die Suche nach einem Liebesleben, ein wenig einfacher zu gestalten. Bislang hatte ich einzelne Kapitel aus sieben Beziehungsratgebern und zwei Artikel zum Thema gelesen. Ich hatte die folgenden Lektionen gelernt:

Wenn ein Mann eine Frau anruft, sollte sie das Gespräch beenden, damit er mehr will.

Wenn ein Mann eine Frau anruft, sollte sie ihn das Gespräch führen lassen: Dann weiß er, dass er das Sagen hat!

Wenn eine Frau einen Mann anziehend findet, dann sollte sie versuchen, ein Spiegel seiner Körpersprache zu sein.

Männer mögen Frauen, die wissen, was sie wollen.

Wenn eine Frau einem Mann gefällt, dann wird er Wege finden, sie während der Unterhaltung zu berühren.

Wenn eine Frau einem Mann gefällt, dann kann es sein, dass er sich in ihrer Gegenwart distanziert verhält.

Wenn ein Mann eine Frau anruft, sollte sie sich erst nach seinem dritten Versuch melden.

Wenn ein Mann eine Frau anruft, dann sollte sie sich innerhalb einer Stunde bei ihm melden. Das zeigt ihm, dass sie interessiert ist!

Eine Frau sollte eindeutige Signale aussenden, damit der Mann weiß, dass sie sein Interesse erwidert.

Eine Frau sollte sich nicht in die Karten schauen lassen, um sicherzugehen, dass sein Interesse nicht abflaut.

Eine Frau sollte distanziert und kühl sein. Das wird der Mann faszinierend finden.

Eine Frau sollte freundlich und entgegenkommend sein. Kein Mann will mit einer miesepetrigen Ziege ausgehen!

Wenn ein Mann interessiert ist, wird er den ersten Schritt tun.

Männer mögen es, wenn Frauen den ersten Schritt tun.

Ich vergrub den Kopf in den Händen und beschloss heimzugehen.

8

Singlefrau sucht Mann, der Die Kunst, den Mann fürs Leben zu finden *nicht gelesen hat, der nicht weiß, dass »Männer vom Mars und Frauen von der Venus« sind, und der Frauen nach einer angemessenen Zeitspanne zurückruft. Ach ja, und er sollte sich nicht fragen, was es bedeutet, wenn in einer SMS keine Küsse vorhanden sind. Oder gleich drei.*
Chiffre 78511

Das Wochenende konnte als totaler Reinfall meiner Forschungen auf dem Gebiet »Wie erobere ich einen Mann?« gelten, Carolines Begeisterung für »ihr Projekt« hingegen war ungebrochen.

»Hast du gestern Abend die neueste Folge von *Time Team* gesehen?«, überfiel sie mich, kaum dass ich meinen Hintern auf dem Bürostuhl platziert hatte.

»Äh … nein. Ich bin eigentlich kein so begeisterter Fan von *Time Team*«, gestand ich, nippte an meinem Echinacea-Tee und blätterte im Kalender.

»Ach, echt nicht?« Sie zog eine Braue hoch, als hätte ich eine besonders sensationelle Bemerkung gemacht. »Also hast du die Folge nicht gesehen, wo sie in einer alten Brauerei Bier brauen?«

»Nö.«

»Also, da war dieser Brauer«, legte sie los. »Der war ziemlich groß und klasse gebaut …«

»Das ist ja … schön«, sagte ich verhalten.

»Ja. Er war so eine Mischung aus Christian Bale und Edward Norton.«

»Äh … okay?«, erwiderte ich, wobei ich überlegte, wie sie es anstellen wollte, Christian und Ed so umzugestalten, dass sie zu einer Person verschmolzen. »Ist ja toll.«

»Ja, nicht zu groß, aber auch nicht, du weißt schon … nicht ohne Substanz.«

»Gut für ihn.«

»Also, gefällt dir eine, äh, solche Bauweise?«

»Bauweise?«, fragte ich verständnislos.

»Ja – wie ein Mann gebaut ist. Man könnte es *muskulös* oder *normal gebaut* nennen.«

»Hat ihm sicher gut gestanden«, grinste ich. Caroline hatte sich offensichtlich in diesen Komparsen verknallt.

»Gut. Also ein ›Ja‹«, sagte sie und tippte etwas ein.

»Äh … was heißt denn jetzt Ja?«, fragte ich.

Sie stutzte. »Dass du normal gebaute, muskulöse Männer magst.«

»Stimmt.« Ich bedachte sie mit einem argwöhnischen Blick.

Caroline nickte fröhlich und begab sich wieder an ihre Arbeit.

Als ich eine Weile später mein übliches Montagsmenü, bestehend aus exakt gleich langen Selleriestangen und einem Goji-Beeren-Wellnessdrink, zu mir nahm, meldete Caroline sich wieder zu Wort.

»Augen.«

Sie war eine Stunde lang so ungewöhnlich still gewesen, dass ich ihre Anwesenheit fast vergessen hatte.

»Hm?« Ich schaute auf.

»Augen. Sind sie wichtig für dich?«, fragte sie, während ihre Finger abwartend über dem Keyboard schwebten.

»Ob Augen *wichtig* für mich sind? Was soll das denn heißen?«

»Gefallen dir Männeraugen?«

»Eigentlich gefällt es mir, dass Männer Augen *haben*, Caroline, aber ich begreife immer noch nicht, was diese ganze Fragerei …«

»Oh, sorry. Ich wollte damit nur sagen, interessiert es dich, welche Augenfarbe Menschen haben, also, so im Allgemeinen?«

»Nein, Caroline«, seufzte ich. »Ich mag eigentlich alle Augenfarben. Meiner Meinung nach kommt es nicht auf die Augenfarbe an. Ich bin kein Augen-Rassist.«

»Also können Menschen deiner Meinung nach jede Augenfarbe haben?«, hakte sie nach.

»Ja, von mir aus können sie auch komplett durchdrehen und sich farbige Kontaktlinsen kaufen. Wir leben schließlich in einem freien Land.« Ich schüttelte ungläubig den Kopf. Ich hatte Caroline schon des Öfteren schrullig erlebt, aber in den letzten Stunden hatte sie sich selbst übertroffen.

»Gut. Schön. Die Augenfarbe eines Menschen macht dir also nicht das Geringste aus … und das gilt auch für Männer, nicht wahr?«

»Ja, für Frauen, Männer und Kinder. Kennst du viele Leute, die mit Augenfarben ein Problem haben?«, fragte ich am Rande der Verzweiflung.

»Nein«, erwiderte sie fröhlich und hämmerte auf ihre Tastatur. »Ich bin bloß neugierig. Ich persönlich mag ja blaue Augen, aber ich wollte einfach mal wissen, was anderen so gefällt.«

»Na schön«, sagte ich, dann lenkte mich das Telefon ab. Ich meldete mich mit der üblichen Formel: »Hier Agentur Sullivan, Nicola am Apparat.« Augenblicke später suchte ich im Korb für ausgehende Post nach einem Vertrag, der heute Morgen schon hätte unterzeichnet werden müssen. Ich schalt mich für meine Nachlässigkeit. James war zum Glück da, deshalb musste ich nur dafür sorgen, dass er seine Unterschrift unter den Vertrag setzte, dann konnte ich ihn per Fahrradkurier auf den Weg bringen. Wie hatte ich diesen Vertrag nur vergessen können? Ich hatte zugelassen, dass meine persönlichen Probleme meine Arbeit beeinträchtigten.

Ich klopfte schüchtern an James' Tür. Wahrscheinlich hatte er gerade etwas schrecklich Wichtiges zu tun, und ich störte ihn mit lästigen Verwaltungsaufgaben. Ich hörte seine Stimme. Da er kein Meeting hatte, nahm ich an, dass er telefonierte. Ich starrte auf den Vertrag in meiner Hand. Er musste unterzeichnet und in der nächsten halben Stunde losgeschickt werden. Ich konnte nicht länger warten. Ich holte tief Luft und klopfte wieder. Diesmal hörte ich »Herein« und betrat sein Zimmer. Dort schritt James auf und ab und sprach in eine blaue Vase, die er an einem zerfransten Band um den Hals trug. Ich starrte ihn entgeistert an. Er sagte: »Also, dann bestell doch einfach was in Wildleder« und: »Peter Jones ist eine großartige Idee« in die Vase. Ich zögerte. Was ging denn hier ab? Warum sprach mein Chef in ein Stück mundgeblasenes Glas, das er äußerst prekär an seinem Hals balancierte? Sicherlich hatte er Stress und arbeitete zu viel, aber war er deshalb jetzt völlig übergeschnappt? Sollte ich Hilfe holen? Oder zumindest Caroline Bescheid sagen? Oh nein! Caroline war im Notfall keine Hilfe. In den Arbeitsrichtlinien fand sich keine Direktive, die auf einen solchen Fall anwendbar war. Das wusste ich, weil ich die Richtlinien selbst verfasst hatte.

»Ja, ja, nein, es ist bloß Nicola. Okay, gut«, sagte er in die Vase. »Ja, mach nur. Okay. Bye.«

Er beendete das Gespräch mit der Vase. Ich starrte ihn mit offenem Mund an. »Äh, Mr Sulli…, James, ich wollte … ich muss …« Jetzt hatte ich vergessen, was mich zu ihm geführt hatte. Ohne dass ich es wollte, fixierte ich die Vase an seinem Hals.

»Das sieht bestimmt merkwürdig aus, Nicola.«

Ich seufzte erleichtert. Immerhin war es ihm aufgefallen.

»Also, das würde ich nicht unbedingt sagen, aber ich … sehen Sie … ähm … VERTRAG!«, bellte ich unvermittelt und fuchtelte ihm mit den Papieren vor der Nase herum. »Sie müssen das hier bitte unterschreiben.« Endlich war mir wieder eingefallen, was mich zu ihm geführt hatte.

»Sie haben sicher kleine Hände, Nicola, nicht wahr?«

»Äh …«

Was war heute bloß los?

»Ähm, ja. Ich glaube schon, dass sie relativ klein sind«, murmelte ich.

»Nun, Sie sind ja eine Frau, also müssen Sie kleinere Hände haben«, murmelte er und nahm die Vase vom Hals.

»Als wer?« Kinder? Hobbits? Worauf wollte er hinaus?

»Sehen Sie, Nicola, mir ist mein Handy in diese Vase gefallen, und ich kriege es nicht wieder raus, weil diese blöden blauen Kugeln herumflutschen und mir ständig in die Quere kommen. Ich will die Vase aber auch nicht kaputt schlagen, weil sie ein Geschenk von Thalia ist. Es würde ihr bestimmt auffallen, wenn sie nicht mehr da wäre, also kann ich sie nicht einfach …«

»Schon gut.« Ich hob eine Hand, um seinen Redefluss zu stoppen. Dann lächelte ich. Die Erleichterung musste mir vom Gesicht abzulesen sein, denn James brach in Lachen aus.

»Hat wahrscheinlich so ausgesehen, als wäre ich vollkommen durchgeknallt, wie?«, sagte er. »Mit einer Vase reden?«

»Ja, irgendwie schon.«

James stellte die Vase auf den Schreibtisch, und ich spähte hinein. Ich konnte das Handy unter den blauen Gelkugeln ausmachen, wusste aber auch, dass meine Hände *nicht* klein genug waren. Dennoch versuchte ich es. James sah hoffnungsvoll zu, wie ich meine Hand in die Vase tauchte, das Gesicht vor Anstrengung verzerrt, und mit den Fingerspitzen herumtastete, um sein Handy zu fassen zu bekommen. Aber jedes Mal, wenn ich an die Glaswand stieß, stiegen die blauen Kugeln empor und machten es mir unmöglich, den Apparat herauszufischen.

»Tut mir leid«, sagte ich, nachdem ich mich volle fünf Minuten lang vergeblich bemüht hatte.

»Dann kann nur noch der Hammer helfen«, seufzte James, als ihm klar wurde, dass er sein Handy wohl nie mehr in einem anderen Zustand sehen würde. »Trotzdem danke, Nicola.«

»Nichts zu danken.« Ich zuckte die Achseln. Ein paar peinliche Sekunden verstrichen, dann fiel mir wieder ein, weswegen ich gekommen war. »Der Vertrag! Sie müssen den Vertrag unterschreiben!« Ich hielt ihm einen Füller und die Papiere hin. Rasch kritzelte er seinen Namen darunter, ich schnappte mir die Unterlagen und machte, dass ich hinauskam. Doch an der Tür übermannte mich die Neugier und ich drehte mich noch einmal um. »Aber wie konnten Sie das Gespräch überhaupt annehmen?«

Ich wurde vom Klingeln seines Handys unterbrochen. Fasziniert sah ich zu, wie James einen Kugelschreiber aus der Tasche zog, sich über die Vase beugte und auf das Handy einstocherte. Dann grinste er mich an. »Hallo«, meldete er sich. »Hi, Thalia, ich hab dich auf Lautsprecher gestellt.«

Ich erwiderte sein Grinsen und nickte ihm noch einmal zu. James zuckte die Achseln und hängte sich die Vase wieder um den Hals.

Immer noch grinsend kehrte ich an meinen Schreibtisch zurück.

»Ach, da bist du ja endlich, Nicola«, sprach Caroline, kaum dass ich mich gesetzt hatte.

Oh Gott.

»Ja?«, seufzte ich.

»Ich hab gerade an die neuesten Kinofilme gedacht und mich gefragt, welcher wohl dein Lieblingsfilm ist.«

»Ähm ... weiß nicht, ich hab keinen Lieblingsfilm.«

»Oh.« Ihre Schultern sanken herab. Sie sah niedergeschlagen aus. Wow. Caroline musste ein echter Filmfan sein.

»Ich mag gut gemachte Dramen«, sagte ich, um sie aufzumuntern.

»Das ist ja prima! Und hast du ein Lieblingsdrama? *Legenden der Leidenschaft* zum Beispiel? Oder *Der englische Patient*? *Der letzte* –«

»Ja, ja. *Der englische Patient*, das ist mein Lieblingsfilm«, unterbrach ich sie, bevor sie mich weiter mit Filmen nervte.

»Gebongt.« Sie strahlte mich an und klickte mit ihrer Maus. Caroline war schon eine merkwürdige Person.

In diesem Stil ging es den ganzen Morgen weiter. Bis vierzehn Uhr hatte Caroline wissen wollen, ob ich ungewöhnliche Sportarten ausübte, ob ich Christin, Hindu, Atheistin, Sikh, Agnostikerin oder »Sonstiges« sei, und zweimal hatte sie nachgefragt, ob ich das Nesthäkchen der Familie sei. Ich hatte furchtbar viel Papierkram zu erledigen gehabt und ihre Fragen nebenbei beantwortet, ohne mich zu fragen, warum sie plötzlich so sehr an meinen religiösen Überzeugungen und sportlichen Neigungen interessiert war.

So gegen 14 Uhr 11 sagte sie dann: »Ähm ... Nicola ...«

»Ja, Caroline«, erwiderte ich friedlich, da ich nun eine Frage zu meinen Lesegewohnheiten oder bevorzugten Städten oder der Regelmäßigkeit meiner Darmtätigkeit erwartete.

»Ähm ... magst du Kinder?«, erkundigte sie sich beiläufig.

»Ob ich sie mag? Äh …«

Ich wusste es nicht. Um die Wahrheit zu sagen: Kinder machten mir ein wenig Angst. Sie waren zerbrechlich, mit der Aufschrift »Vorsicht! Glas!« versehen und total von einem abhängig. Gar nicht zu reden von dem Kacka und den Gerüchen und den Bazillen. Aber einer Frau wie Caroline, die in ihren Nachwuchs vernarrt war, konnte ich das wohl kaum verraten.

»Willst du mal welche? Eines Tages? Kinder, meine ich?«, drängte sie.

»Ja, sicher, äh … wenn der Richtige kommt«, erwiderte ich vage. Caroline tippte etwas, dann sah sie mich wieder an.

»Und wie steht's mit Rauchern?«, fuhr sie fort. »Du kommst mir nicht gerade wie ein Mensch vor, der Raucher toleriert, aber ich bin einfach neugierig …«

»Meinst du rauchende Kinder oder Raucher im Allgemeinen?«, witzelte ich.

»Raucher als Gruppe. Vergiss jetzt die Kinder, ich rede bloß von Rauchern, vom Rauchen an sich, wie stehst du dazu?«

»Hör mal, Caroline, ich weiß nicht, warum du an diesem öden Montagmorgen unbedingt alles über mich wissen musst, aber was ich weiß, ist, dass du etwas im Schilde führst. Was das Rauchen angeht, *ich* mag's nicht, aber mir ist es total wurscht, ob andere mal eine paffen wollen. War's das jetzt?« Ich funkelte sie finster an.

»Bei dir zu Hause?«

»Wie bitte?«

»Macht es dir etwas aus, wenn bei dir zu Hause geraucht wird?«, fragte sie.

Ich seufzte.

»Caroline, stellst du eine Anonyme-Raucher-Gruppe zusammen, die sich bei mir treffen soll? Denn die Antwort lautet: ›Ja.

Es *macht* mir etwas aus.‹ Ich dulde keine Raucher in meiner Wohnung.«

»Gut, puh, hatte ich mir schon gedacht.« Und wieder hämmerte sie in die Tasten.

»Okay. Was schreibst du da eigentlich dauernd?«

»Nichts«, erwiderte Caroline, ihre Augen glitten rasch nach links, dann nach rechts.

»Du lügst!«

»Es ist eine …« Wieder klickte sie mit ihrer Maus. »Eine …«

»Ja?«

»Eine Pressemeldung.«

»Wofür?«

»Oh, ähm …« Sie schloss kurz die Augen. »Eine Presseerklärung für einen neuen … einen neuen … Ach, hol's der Teufel!« Ihre Schultern sackten nach vorn. »Na gut, es ist keine Presseerklärung, mein kleiner Poirot, sondern ein Gefallen für dich. Es sollte eigentlich eine Überraschung sein.«

»Was für ein Gefallen denn?« Ich hegte den starken Verdacht, dass dieser Gefallen mir nicht gefallen würde.

Wir zuckten beide vor Schreck zusammen, als James wortlos an uns vorbeirauschte und die Agentur verließ. Ich schüttelte nur den Kopf und wandte mich wieder an Caroline. »Was soll das alles?«, zischte ich.

Caroline hob beschwichtigend die Hände. »Schon gut, schon gut! Ich hab dich bloß auf dieser Dating-Website eingetragen.«

»Neeeein!« Ich vergrub den Kopf in den Händen.

»Sieh mal, Nic, du musst gar nichts weiter tun. Sieh dir einfach mal diese Männer an. Manche sind richtig zum Anbeißen.«

»Hm …«, stöhnte ich, noch nicht überzeugt.

»Ehrlich, wenn ich zehn Jahre jünger wäre …«, seufzte sie verträumt. »Pass auf, ich schicke dir den Link, und dann kannst du dir selber anschauen, wer sich da so rumtreibt. Deine Beschreibung klingt toll. Ja, ich weiß, dass du toll *bist*, aber jetzt *hörst* du dich auch toll *an*, weil du toll bist … Ach, Nic, lies es einfach!«

»Schon gut, schon gut«, sagte ich und hob ergeben die Hände. »Ich schau es mir mal an, aber …«

Bevor ich meinen Satz beenden konnte, stürmte James schon wieder herein. Er hielt einen Hammer in der rechten Hand und wirkte äußerst entschlossen.

»Alles in Ordnung hier?«, fragte er mit einem Blick auf unsere besorgten Mienen.

»Äh … ja. Alles bestens«, antwortete Caroline.

»Super, einfach super«, beteuerte ich zusätzlich, während wir, von bösen Vorahnungen erfüllt, auf den Hammer starrten.

»Dann ist es ja gut«, meinte James, stapfte in sein Büro und warf die Tür hinter sich zu. Plötzlich blitzte es zu meiner Rechten grell auf.

»Lächeln!«, befahl Caroline, die plötzlich wie ein Springteufel neben meinem Schreibtisch auftauchte. »Ist für dein Profil auf der Website.«

Ich blinzelte ein paarmal, um die schwarzen Flecken zu vertreiben, die der Blitz auf meiner Netzhaut hinterlassen hatte. Wenige Augenblicke später verkündete Caroline triumphierend: »Ich hab's abgeschickt!«

Ich sank auf meinem Stuhl zusammen. Jetzt war es geschehen: Nicola Brown befand sich im Internet. Auf einer Dating-Website. Beängstigend. Aber war es falsch, sich selbst wie ein Marktschreier anzupreisen? Millionen Menschen machten so etwas jeden Tag. Seltsamerweise trug der Gedanke nicht zu meiner Beruhigung bei.

Mit einem »Pling« wurde mir eine eben eingegangene Mail angezeigt. »Willkommen bei *Find Me A Mate*, Nicola Brown!«

Die beiden Nilpferde knutschten. Ich vergrub meinen Kopf in den Händen. OMG.

Aus James' Büro vernahmen wir das Klirren einer Vase.

9

Singlefrau möchte einen Mann kennenlernen. Keinen Internet-Spinner, der vorgibt, athletisch gebaut und 30 zu sein, während er in Wahrheit 55 und krankhaft fettleibig ist.
Chiffre 90002

Als ich an diesem Abend nach Hause kam, war ich endlich bereit, die Herausforderung anzugehen, einen Gefährten zu finden, aber auf *meine Art*. Carolines Bemühungen hatten mich darin bestärkt. Ich musste meinen eigenen Plan weiter verfolgen, durfte mir die Sache nicht aus der Hand nehmen lassen. Also machte ich es mir auf dem Sofa gemütlich und konzentrierte mich auf die Männer, die ich früher mal gekannt hatte. Um meiner Erinnerung auf die Sprünge zu helfen, hatte ich einen Schuhkarton mit alten Briefen aus dem obersten Fach meines Kleiderschranks geholt. Ich wühlte darin herum, bis ich ein besonders zerdrücktes Foto aus dem letzten Studienjahr fand.

Da waren wir. Er und ich. Auch ohne Foto konnte ich mich an jedes Detail erinnern. Ich wusste genau, an welchem Tag die Aufnahme gemacht worden war. Er hatte den Arm um meine Schultern gelegt und lächelte fröhlich in die Kamera. Ich stand mit seliger Miene daneben und schmiegte mich an ihn. Er hatte mich gerade gefragt, ob ich nach dem Examen bei ihm einziehen wolle. Genau einen Monat später hatte er mich verlassen. Ich war verzweifelt – und schlimmer noch: Ich hatte nach drei Studienjahren, in denen ich in allen Kursen stets die Beste gewesen war, nur einen drittklassigen Abschluss hingelegt. Damals hatte ich mir geschworen, dass ich keinem Mann mehr erlauben würde, mein Leben zu ruinieren. Natürlich hatte ich hin und wieder Dates gehabt, aber sobald es ernst wurde, hatte ich jedes Mal den Schwanz eingezogen. Ich war wie vernagelt. Mein großartiger Plan war gewesen, mich vor Schmerz zu schützen. Und er hatte gut funktioniert. Allzu gut, wenn man bedachte, dass ich jetzt, sieben Jahre danach, allein in meiner Wohnung hockte und mich fragte, wo das Mädchen auf dem Foto geblieben war. Wo war ihre Zuversicht, ihr offenes Lachen, ihr glänzendes langes Haar? Was war aus dem Mädchen geworden, das sich im chaotischen Treiben der Uni und alledem so wohlgefühlt hatte? Während ich mit dem Finger ihren Umriss nachzeichnete, schnürte sich meine Kehle zu. Sie war ich gewesen. Sie war immer noch ich. Ich war entschlossen, sie wiederzufinden.

Ich sprang auf und wühlte in meiner Schreibtischschublade, kramte mein Adressbuch hervor und blies buchstäblich die Spinnweben vom Einband. In diesem Büchlein stand alles: meine früheren Beziehungen, meine Freundschaften und die Menschen, die ich auf meinem Weg verloren hatte. Menschen, die ich losgelassen hatte. Ich strich mit der Hand über den Einband. Also dann … Mit gespitzter Feder schlug ich A auf. Die Erste war Suzie Allen, eine Zimmergenossin von der Uni, die Schlafwandlerin war, dann folgte Bob Arkman, ein nützlicher Elektriker, der leider aus der Gegend fortgezogen war, und, ach, da war ja Jon Allen, mit dem ich ein Wochenende beim Tontaubenschießen verbracht hatte. Das war Möglichkeit Nummer eins. Abgesehen vom Tontaubenschießen bewahrte ich allerdings nur eine spärliche Erinnerung an Jon auf. Wir waren kurze Zeit Kollegen in London gewesen, und einmal hatte er mir eine Weihnachtskarte mit küssenden Pinguinen geschickt. Wenn ich es recht überlegte … ein vielversprechender Anfang.

Es fehlten jedoch noch fünfundzwanzig Buchstaben des Alphabets. Ich öffnete einen gut gekühlten Sauvignon Blanc und stürzte mich in die Arbeit.

Eine Flasche Wein, drei Himbeerjoghurts und einen Pfirsich später war meine Liste komplett.

NICOLAS LISTE

Jon Allen: der Tontauben-Typ, 1 Weihnachtskarte (küssende Pinguine – Anspielung?)

Fred Davies: glaube, er wohnt in Liverpool (Fernbeziehungen später überlegen?)

Edward Gough: ein Kuss, circa 1995, vielleicht noch Adresse der Eltern (doppelt nachprüfen)

Paul Kleiner: Deutscher, deshalb Verständigung hauptsächlich in Zeichensprache, aber vielleicht spricht er inzwischen besser Englisch?

Clive Reegan: war in einer Langzeit-Beziehung, hat aber einmal im Seminar über Witz von mir gelacht, guter Kandidat

Steve Thompson: hat in Jazzband meiner früheren Firma gespielt. Scharf. Trug eine Swatch

Jake Young: Mitbewohner aus Uni-Zeiten. Habe gesehen, wie er Waschbecken als Toilette benutzte, weiß nicht, ob das gute Ausgangsbasis ist

Am Ende meiner Liste angekommen, hielt ich Jon Allen für die beste Wahl, erkannte aber auch voller Zuversicht weitere Möglichkeiten. Schritt eins konnte somit abgehakt werden.

10

Der Dienstag im Büro war unerträglich. Am Vormittag starrte Caroline mich permanent an, leugnete, dass sie mich anstarrte, oder versteckte sich hinter Gegenständen, um mich ungestört weiter anstarren zu können. Als ich ihr nachmittags zu verstehen gab, sie solle, bitte schön, endlich damit aufhören, überhäufte sie mich mit Fragen: Was ich denn heute Abend anziehen würde? Und ob ich nervös sei? Ob ich nicht froh sei, endlich mal *herauszukommen?* Die letzte Frage stellte sie mit besonderer Betonung, und als wir das Büro verließen, versetzte sie mir einen aufmunternden Klaps auf den Rücken, als schicke sie mich an die Front.

Ich trippelte hinaus in den kalten, nassen Abend und steuerte das Café auf der anderen Straßenseite an, um die Zeit bis zu meinem Date totzuschlagen. Ich war mit Andrew im Café Rouge am oberen Ende der Park Street verabredet. Für den Weg würde ich nur zwei Minuten brauchen, mir blieb also noch genügend Zeit, um vorher zur Ruhe zu kommen. Die meisten Geschäfte hatten bereits geschlossen, aber die beleuchteten Schaufenster bildeten einen freundlichen Kontrast zu den dunklen Straßen. Ich betrat das Café, ging zur Theke und bestellte einen Espresso, dann suchte ich mir einen stillen Eckplatz.

Am meisten graute mir vor der Begrüßung. Sollten wir uns umarmen und Küsschen tauschen oder einfach nur die Hände schütteln? Wie lange würde der unvermeidliche Smalltalk dauern, und wie sollten wir die langen, peinlichen Pausen überstehen? Wie lange würde es dauern, bis ich mich gezwungen sah, die Einrichtung des Restaurants zu kommentieren? Und welches Gericht wählte man zu diesem Anlass? Bei einer Verabredung während meiner Studienzeit hatte ich den Fehler begangen, Spaghetti Bolognese zu bestellen, und den ganzen Abend mit Tomatensaucen-Schnurrbart gequasselt. Panik überfiel mich. Ein Essen kam mir plötzlich viel zu verbindlich vor. Was, wenn wir einander nicht ausstehen konnten? Was, wenn wir schon bei der Vorspeise feststellten, dass wir widersprüchliche Ansichten über alles und jedes hatten? Legte man in einem solchen Fall die Suppenlöffel hin, teilte die Rechnung und verabschiedete sich voneinander?

Ich verbrachte volle fünf Minuten auf der Toilette des Cafés, was mir einen vorwurfsvollen Blick des Besitzers einbrachte. Ich überlegte, ob es hier Videoüberwachung gab … Hoffentlich nicht, denn es musste lächerlich ausgesehen haben, wie ich Atemübungen machte und mich fünf Minuten lang im Spiegel anstarrte. Ich frischte mein Make-up auf, strich meine blassrosa Bluse glatt, zahlte und machte mich auf den Weg zum Café Rouge. Fast hätte mich der Mut verlassen, als ich sah, dass Andrew bereits an einem Tisch am Fenster saß. Jedenfalls nahm ich an, dass es Andrew war, aus dem einfachen Grund, weil er der einzige Mann war, der allein im Lokal saß. Er studierte die Zeitung und schaute ein wenig finster drein. So richtig konnte ich ihn nicht sehen. Als ich eintrat, schaute er auf, legte die Zeitung beiseite und stand auf, um mich zu begrüßen – wobei mir auffiel, dass er ein wenig kurz geraten war. Aber immerhin war er pünktlich. Das gefiel mir.

Ich knickte ein wenig in den Knien ein und streckte ihm meine Hand hin. »Andrew?«

»Nicola«, sagte er und schüttelte meine Hand. »Du siehst aus wie auf dem Foto. Nein, besser.« Dann lächelte er. Ich war sehr erleichtert. Er schien ziemlich normal zu sein, sein Händedruck war weder zu fest noch zu lasch, er besaß die Fähigkeit, seinem Gegenüber beim Sprechen in die Augen zu sehen, und hatte mich mit Namen angesprochen. All das sprach zu seinen Gunsten. »Ich habe uns einen Tisch reserviert«, er zeigte auf einen kleinen Tisch mit Kerze auf der linken Seite des Restaurants.

»Toll!« Ich lächelte, als ein magerer Kellner erschien und mir den Mantel abnahm. »Danke!«

Okay. Uff.. *Alles wird gut*.

Ich entfaltete die Serviette und legte sie auf meinen Schoß. Andrew setzte sich, reichte mir die Speisekarte, die wir beide eifrig studierten, während ich mich fragte, wer wohl die Konversation eröffnen würde. Andrew gelang es mit einem einleitenden »Das sieht doch gut aus«.

Ich neigte leicht den Kopf und stimmte mit einem herzlichen »Nicht wahr?« zu.

Worauf wir wieder in Schweigen verfielen.

Zum Glück erschien in diesem Augenblick der Kellner, und nachdem Andrew so getan hatte, als studiere er die Weinkarte, bestellte er schließlich den weißen Hauswein.

»Sehr wohl, Sir.« Ohne hinzusehen, wusste ich, dass der Kellner die Augen verdrehte.

Als er fort war, wandte Andrew sich mir zu. »Nun, Nicola, das ist alles ein wenig seltsam, aber ich freue mich, dass wir beide hier sind.« Er kicherte. »Ich verabrede mich nicht so rasend oft.«

»Ich auch nicht«, gab ich zurück, erfreut, dass er das Eis gebrochen hatte.

In den nächsten Minuten plauderten wir angeregt, mein Beitrag waren ein paar lustige Anekdoten über Caroline. Die Geschichte, wie ihre Familie in Frankreich im Dauerregen gezeltet hatte, ha, ha, ha, die Hochzeit eines Freundes in Manchester, bei der Caroline in einen Brunnen gefallen war, als sie das junge Paar fotografieren wollte, ha, ha, ha. Das war ja gar nicht so schwer. Es ging sogar richtig gut!

Andrew schien meine Anekdoten interessant zu finden. Weder betrachtete er seine Fingernägel, noch starrte er über meine Schulter zu den anderen Gästen oder auf sein Spiegelbild im Löffel – ich konnte also gar nicht so langweilig sein. Allmählich entspannte ich mich.

Die Unterhaltung wandte sich neuen Themen zu. Wo wir wohnten, wo wir aufgewachsen waren, welche Hobbys wir hatten und was wir mit einer Million Pfund anfangen würden (da bekam ich es mit der Angst zu tun und entschied mich für ein Schildkrötenschutzgebiet). Andrew war Lehrer an einer hiesigen Mittelschule, von der ich schon einmal gehört hatte, und mir fielen sogar einige Mathegenies ein, die die Schule im vergangenen August mit so erstklassigen Zeugnissen verlassen hatten, dass sie im *Telegraph* erwähnt worden waren.

»Und – warum bist du Lehrer geworden?«, fragte ich und stützte die Ellenbogen auf den Tisch.

»Oh, weil ich Erdkunde leidenschaftlich liebe – das ist mein Lehrfach. Als ich ein Junge war, hab ich mich immer in Nachschlagewerke vergraben, ich war von Vulkanen und Erdbeben geradezu besessen. Da lag es nahe, Lehrer zu werden.«

»Warum hast du nicht promoviert? Oder hättest du Dozent werden können?«

»Das ist wirklich eine gute Frage, Nicola«, lobte Andrew und nippte an seinem Glas. Ich konnte ihn mir gut als Lehrer vorstellen. »Zuerst war ich ziemlich unschlüssig, was diesen Beruf angeht – ich bin nämlich nicht sehr selbstbewusst –, aber ich wusste, dass ich einen guten Vorwand brauchte, um über die Dinge zu reden, die mich schon als Kind brennend interessiert hatten, und da schien Lehrer die richtige Wahl zu sein. Ich habe mir wohl vorgestellt, dass die Schüler so ähnlich wie ich sein würden, nur etwas kleiner.«

»Also, für mich wäre das nichts«, sagte ich kopfschüttelnd. »Ich könnte es nicht ertragen, vor einer ganzen Klasse Jugendlicher zu stehen und ihnen etwas über … irgendwas zu erzählen.«

Bevor Andrew darauf eingehen konnte, war der Kellner wieder da und servierte mir ein Pilzrisotto, bei dessen Duft mir das Wasser im Mund zusammenlief. *Ich könnte mich glatt an Dates in guten Restaurants gewöhnen.* Andrew hatte Hähnchen in Käsesauce mit einem sahnig aussehenden Kartoffelpüree bestellt. Er orderte mehr Wein, und nach meiner ersten Gabel voll köstlichem Risotto nahm ich die Unterhaltung wieder auf.

»Ich weiß noch gut, wie ich manche Lehrer geärgert habe«, begann ich. Eine fromme Lüge. Die anderen, viel cooleren Kids aus meiner Klasse hatten unsere Lehrer zur Weißglut gebracht. Ich hatte immer brav vorne gesessen, aufgepasst, mitgeschrieben und niemals aufgeblickt – und gute Noten eingeheimst.

»Ja, die üblichen Streiche wahrscheinlich«, gluckste Andrew und säbelte an seinem Hähnchen herum. »Die Kids wissen ganz genau, wie sie uns auf die Palme bringen können.«

»Wie sind deine Schüler denn so? Irgendwelche kleinen Scheusale darunter?«, fragte ich, wobei ich feststellte, dass ich mich bereits glänzend amüsierte.

»Einige in der Zehnten«, nickte er und lachte ein wenig über den Ton meiner Frage.

»Zehnten?«

»Die Vierzehn- bis Fünfzehnjährigen.«

»Aha!«

»Ja, die können sich danebenbenehmen. Haben allen möglichen Unfug im Kopf …«

»Zum Beispiel …?«

»Ach, alles Mögliche. Es kann ziemlich ermüdend sein!«

»Zum Beispiel …«, ermunterte ich ihn noch einmal.

»Ach … immer diese patzigen Antworten«, erwiderte er, während ihm sichtlich das Lachen verging. »Offenbar glauben sie, ich hätte das F-Wort noch nie zuvor gehört …«

Andrew lachte jetzt nicht mehr. Sein Gesicht hatte eine beeindruckend rötliche Färbung angenommen.

Mein Pilzrisotto lief Gefahr, von der Gabel zu fallen. »Oh.«

»Es ist im Grunde nervig, dass man sie dauernd ermahnen muss: Wirf das nicht, komm vom Fenster weg, setz dich, wo ist dein Buch, warum hast du's zu Hause vergessen?« Er bemerkte meine erstaunte Miene und besann sich. »Oh, sorry, Nicola.«

»Schon gut«, winkte ich ab. »Kann mir vorstellen, dass es ganz schön stressig ist.« Ich tat die Angelegenheit mit einem Achselzucken ab, ich wollte ihn nicht noch mehr in Verlegenheit bringen. Ich trank einen Schluck Wein. Aß einen Bissen. »Mhm …«, ich wies mit der Gabel auf meinen Teller. »*Super* Risotto.«

Andrew sah mich mit leerem Blick an.

Ich wiederholte meinen Kommentar. »Lecker.« Hielt ihm die Gabel hin.

Er blinzelte verwirrt und murmelte so leise, dass ich mich vorbeugen musste, um ihn zu verstehen. »Letzte Woche haben sie Furz-Spray mitgebracht. Das Klassenzimmer riecht immer noch danach.«

»Wie?« Ich beugte mich noch weiter vor.

»Letzte Woche haben sie … Furz-Spray mitgebracht«, flüsterte er.

Ich lehnte mich zurück. »Oh.«

»Und ein Junge hat *Mr Moore wichst gerne* auf das Lehrerpult gesprüht, was nicht nur gemein ist, sondern auch nicht der Wahrheit entspricht«, stotterte er.

Mir wurde ein wenig mulmig zumute.

Andrew hingegen erwärmte sich für sein Thema. »Ich war schon beim Direktor wegen dieser Gemeinheiten, denn obwohl sie nur Kinder sind, Nicola, können sie einen richtig verletzen. Ich meine, wie würde es dir gefallen, wenn du auf einer Toilettenwand lesen musst, dass du ein ›Vollidiot‹ bist?« Er spie das Wort förmlich aus und begleitete es mit einer beredten Geste.

Ich verschluckte mich beinahe an meinem Risotto. »Ähm. Also ich würde … äh …«

»Genau, Nicola. Einmal haben sie mir ein Deo aufs Pult gestellt. Das kann das Selbstbewusstsein schon arg erschüttern.«

Mir blutete das Herz vor Mitleid mit diesem harmlosen Mann.

»Immer bringen sie Sprüche wie ›Wohnen Sie neben der Kläranlage? Waren Sie vorher bei der Müllabfuhr, Sir?‹ Da macht man sich schon seine Gedanken. Und das Hauptproblem ist, dass die Eltern ihre Sprösslinge nach Strich und Faden verwöhnen. Wenn man ihnen sagt, was man von ihren kleinen Lieblingen hält, werfen sie einem vor, ein schlechter Lehrer zu sein!« Er tupfte sich mit der Serviette die Braue ab. »Ein Grund, warum mein Arzt mir Tabletten verschrieben hat. Und es spielt doch *keine Rolle*, ob sie noch Kinder sind, Nicola. Beleidigung bleibt Beleidigung. Das kann einen richtig fertigmachen. Manchmal frage ich mich, ob ich diese Arbeit überhaupt noch leisten kann. Ich meine, ich bin erst vierunddreißig und werde schon kahl.« Er schob die Haare an den Schläfen zurück, um es zu demonstrieren.

Ich nickte voller Mitleid. In welches Wespennest hatte ich da bloß gestochen?

»›Mr Moore, Sie sind so ein Langweiler‹ ist ihr Lieblingsspruch«, versetzte er bitter. »Sie wissen, dass es mich auf die

Palme bringt. Aber uns Lehrern sind die Hände gebunden. Wir können sie nicht stoppen. Die körperliche Züchtigung müsste wieder eingeführt werden, das ist meine Meinung.« Und er schlug so hart mit der Gabel auf den Tisch, dass mein Teller in die Höhe sprang. »Diese Kids müssen noch eine Menge lernen.«

»Ähm, wohl wahr. Und – was ist mit den Guten?«, fragte ich im verzweifelten Bemühen um eine Wendung zum Positiven. »Du weißt schon, die Kids, die das Pech haben, nicht zur Bande zu gehören?«

Er sah mich verständnislos an. »Die *Guten?*«, wiederholte er ungläubig, als hätte er das Wort noch nie gehört.

»Hm, genau. Bestimmt sind doch ein paar Nette darunter, die du magst?« Ich schenkte ihm ein aufmunterndes Lächeln.

Andrew war jetzt tief in Gedanken versunken. Er tippte sich mit der Gabel so heftig auf den Mund, dass winzige Saucenspritzer an seiner Oberlippe haften blieben.

»Gegen Milly hab ich nichts«, gestand er schließlich.

»Das ist doch schön«, erwiderte ich erleichtert. *Gut gemacht, Milly.*

»Ja, sie ist ein kleiner Sonnenschein, wenn sie nicht gerade ihre Klassenkameraden als ›Arschlöcher‹ bezeichnet.«

»Oh.« Meine Augen wurden feucht. »Noch Wein?« Ich schenkte mir großzügig aus der Flasche ein und nahm einen kräftigen Schluck.

»Und Josh hat tatsächlich angefangen zu arbeiten, aber nur, weil seine Eltern ihm ein Luftgewehr versprochen haben, wenn er nicht sitzen bleibt.«

»Das ist doch immerhin ein Anfang«, sagte ich viel zu enthusiastisch.

»Mag sein«, lenkte er ein. Seine Miene wurde ein wenig sanfter. »Und dann ist da noch Adam. Das ist ein Netter.«

»Tatsächlich?« Ich schluckte den letzten Bissen Risotto hinunter.

»Ja, er erinnert mich an mich, als ich in dem Alter war«, sagte er wehmütig.

Ich wagte nicht zu fragen, wie Andrew in seiner Jugend gewesen war. Denn Attribute wie »beliebt, selbstbewusst, draufgängerisch« waren kaum zu erwarten.

»Ja, die anderen Schüler mögen Adam nicht sonderlich, aber eines Tages werden sie noch merken, dass er der Welt viel zu geben hat.«

»Da bin ich mir *ganz* sicher«, sagte ich lächelnd. Beinahe hätte ich ihm zugezwinkert. Die positive Erinnerung an Adam hatte Andrew von der dunklen Seite zurückgeholt – zumindest nahm ich das an –, und er wurde wieder zu dem freundlichen Mann, als den ich ihn kennengelernt hatte. Ich richtete mich auf meinem Stuhl auf, zufrieden damit, dass ich ihm ein wenig hatte helfen können. Das fühlte sich gut an.

Beim Kaffee passierte kein Malheur mehr. Andrew schien es … gut zu gehen. Aber bei der Vorstellung, ihn in nächster Zeit wiederzusehen, flatterten keine Schmetterlinge in meinem Bauch. Tatsächlich wollte ich um zehn Uhr nur noch nach Hause und mit Buch und Wärmflasche ins Bett. Dass Andrew mir weniger attraktiv erschien als meine Wärmflasche, unterstrich nur den Eindruck, dass er vermutlich nicht *der Richtige* war. Diese Gedanken gingen mir durch den Kopf, als ich mich vor meinem Wohnblock mit dem leicht nervösen Andrew wiederfand. Ich lächelte ihn verlegen an und zeigte auf meine Tür.

»So! Da wären wir!«

»Es war ein sehr netter Abend«, sagte er lächelnd.

»Ja. Danke für das Dinner. Es war köstlich.«

»Das stimmt«, meinte er. »Und es war großartig, dich kennenzulernen, Nicola. Du bist wirklich etwas ganz Besonderes.«

»Danke.« Ich bot ihm meine Hand. Und spürte sofort, dass dies nicht ganz richtig war. Andrew nahm sie dennoch, und wir schüttelten uns etwas lahm die Hände. Verdammt. Ein Küsschen auf die Wange wäre richtig gewesen. Aber was, wenn er dann auf falsche Gedanken gekommen wäre? Ich war völlig aus der Übung.

»Müssen wir mal wieder machen«, sagte Andrew vergnügt.

»Ja, genau. Es ist nur, dass ich im Moment *furchtbar* viel zu tun habe …« Er machte ein langes Gesicht. Sofort tat er mir leid. »Aber, ähm, also ein Film wäre vielleicht … ähm …« Ich zuckte verlegen die Achseln.

»Nächste Woche kommt ein neuer Film der Coen-Brüder ins Kino. Wenn du Lust hättest …?«

»Schon möglich«, erwiderte ich und wühlte in meiner Handtasche nach dem Hausschlüssel.

»Das wäre *wunderbar*«, schwärmte er.

»Ja, vielleicht. Nun gut«, wieder zeigte ich auf meine Tür. »Morgen ist ein langer Tag, und so weiter.«

Andrew machte einen Schritt auf mich zu. Ich wich vor ihm zurück und brabbelte: »Viel zu tun, muss schlafen. Ich muss jetzt schlafen! Okay, also am besten …«

Andrew war mir nun so nahe gekommen, dass sein Kopf mein gesamtes Blickfeld ausfüllte. Immer noch klebten Reste von Käsesauce an seiner Oberlippe.

»Gute Nacht!«, bellte ich, wirbelte herum wie ein Ninja, rammte meinen Schlüssel ins Schloss und hechtete über die Schwelle. Ich schlug die Tür hinter mir zu und warf dabei noch einen letzten Blick auf Andrew, der auf der dunklen Straße stand. Noch eine Verabredung mit ihm? Lieber nicht. Ich musste mir eine Entschuldigung ausdenken, die ihn weder verletzen noch entmutigen und vor allem nicht seine Selbstachtung untergraben würde. Ich seufzte und stieg zu meiner Wohnung hoch. Dort angekommen, ließ ich mich aufs Sofa fallen. Das Date war keine *allzu schlimme* Katastrophe gewesen, aber der Entdeckung der wahren Liebe hatte es mich auch nicht nähergebracht. Natürlich hatte ich nicht erwartet, schon bei der ersten Verabredung mit einem Fremden auf eine Goldader zu stoßen, aber es wäre schöner gewesen, wenn Andrew sich als *der Richtige* erwiesen hätte.

Ich machte Licht, streifte meine High Heels ab und legte die Beine über die Armlehne. Nahm die Zeitung von gestern zur Hand und überflog die Artikel. Eine Schlagzeile weckte meine Aufmerksamkeit. »Hundeliebe« stand da in Großbuchstaben. Darunter eine Weichzeichner-Aufnahme von einer Frau und ihrem Hund. Es war einer dieser spindeldürren Pudel, die nur aus aufgeplusterten Löckchen und dünnen Beinchen zu bestehen scheinen. Die Frau hielt das Tier an ihre Wange. Ich las den Artikel.

»Ich hatte die Liebe schon aufgegeben, doch dann hat sie mich gefunden«, wurde die Frau zitiert. Es gab noch ein zweites Foto. Etwas kleiner im Format, zeigte es einen ziemlich normal und vernünftig aussehenden, lächelnden Mann.

»Ich lernte Peter kennen, als wir mit unseren Hunden Gassi gingen, und es hat sofort gefunkt. Die Liebe zu unseren Tieren hat uns einander nähergebracht …«

Vielleicht war es das, überlegte ich. Andrew und mir fehlte eine gemeinsame Leidenschaft. Vielleicht würde ich einen passenden Partner finden, wenn ich nach einem Mann suchte, der die gleichen Interessen hatte. Irgendwie mochte ich Hunde ja. Vielleicht konnte auch ich beim Gassigehen einen Mann kennenlernen? Warum nicht? Ich gähnte und schlug die Hand vor den Mund … dabei fiel mir ein, dass ich gar keinen Hund besaß.

Aber das ließe sich ändern.

11

Singlefrau sucht netten Mann mit ehrlichem Lächeln und nicht zu schweren emotionalen Problemen.
Chiffre 1583

Caroline stürzte sich auf mich, kaum dass ich den Fuß über die Schwelle gesetzt hatte. Ihr Eifer brachte mich zum Lachen.

»Du bist unverbesserlich«, sagte ich, als sie sich meinem Schreibtisch unter dem Vorwand näherte, die Pflanze gießen zu müssen.

»Was? Ich tue doch gar nichts!«, beteuerte sie mit Unschuldsmiene. »Alsoooo … hast du Spaß gehabt?«

»Ja, danke, Caroline.«

»Nettes Dinner?«

»Ja, danke, Caroline«, wiederholte ich und konzentrierte mich auf meine E-Mail-Eingänge. Ich hatte über die grauenhafte Dating-Website, auf der Caroline mich eingetragen hatte, ungefähr acht Mails erhalten. Offenbar hatte jemand namens Geoff mir zugezwinkert. Ich löschte ihn sofort.

»Also, wie geht's Andrew so?«, wechselte sie die Taktik.

Ah, clever. Darauf musste ich antworten.

»Es geht ihm sehr gut. Lehrer sein ist stressig, klar, aber es geht ihm gut.«

»Lehrer?«, wiederholte Caroline und zog die Nase kraus. »Das hab ich gar nicht gewusst.«

»Er ist schon länger Lehrer. Caroline, wie gut kennst du Andrew eigentlich?«, fragte ich mit finsterer Miene.

»Oh, Andrew ist ein ganz alter Freund«, sagte sie leichthin. »Für einen Lehrer dürfte er aber reichlich sensibel sein. Ist der einzige Mann aus meinem Bekanntenkreis, der bei *Titanic* geweint hat.«

»Na super«, brummte ich. »Das hättest du mir ja mal vorher sagen können.«

»Warum denn das? Männer *dürfen* weinen«, versetzte sie und verschränkte die Arme vor dem Busen. »Ben weint immerzu!«

»Caroline, Ben ist sechs«, betonte ich.

James steckte den Kopf zu uns herein. »Nicola, können Sie mir die Info über das Dokudrama auf Channel 5 bringen?«

»Männer dürfen doch weinen, oder, James?«, flötete Caroline.

»Wie bitte?«

»Sie verachten einen Mann doch nicht, wenn er weint, nicht wahr?«, präzisierte sie.

»Äh, wenn er *wo* weint?«

»Ach, Sie wissen schon, so ganz allgemein. Schätzen Sie einen Mann geringer, wenn er weint?«

»Ich hab nichts dagegen, wenn Männer bei einem Todesfall weinen«, erwiderte James nachdenklich. »Also würde ich sagen, nein, ich hab nichts dagegen, wenn Männer weinen.«

»Hab ich's mir doch gedacht«, trällerte Caroline.

»Gut, dass wir das geklärt haben«, sagte James und zog sich mit verblüffter Miene in sein Büro zurück.

Caroline wandte sich wieder mir zu. In ihren Augen stand ein wehmütiger Ausdruck. »Ja, der gute Andrew hatte immer schon ein wenig nah am Wasser gebaut.«

Da erschien James wieder in der Tür. »Ich kann es aber nicht ausstehen, wenn Männer wegen einer Niederlage beim Fußball weinen, also hängt es wohl doch von den Umständen ab.«

»Hm, da haben Sie wohl recht«, nickte Caroline.

Ich verfolgte ihren Gedankenaustausch voller Staunen.

»Wie denken Sie darüber, Nicola? Dürfen Männer weinen oder nicht?«, wandte sich James an mich.

»Oh, äh«, ich wurde rot, weil er mich in Verlegenheit brachte. »Eher nicht, würde ich sagen.«

»Genau«, sagte James mit Nachdruck. »Männer sollten Männer bleiben.«

Und damit schlug er seine Tür so fest zu, dass das Glas beinahe entzweigesprungen wäre. Sehr *männlich*.

»Andrew ist definitiv einer von den Empfindsamen«, pflichtete Caroline mir bei.

»Ja, ich glaube, die Kids in der Schule bringen ihn zum Weinen.«

»Ach, wie schrecklich«, sagte sie, und ein Schatten glitt über ihr Gesicht. »Also, wie sieht's aus? Hast du noch andere Dates? Du musst dich *da draußen* umschauen, Nicola.«

Wieder steckte James den Kopf durch die Tür. »Ähm, Nicola, *haben* Sie das Zeug von Channel 5?«

»Natürlich, sicher, tut mir leid«, brabbelte ich, warf Caroline einen bösen Blick zu, weil sie mich abgelenkt hatte, und eilte ins Chefzimmer.

Zur Lunchzeit wanderte ich ziellos durch die Innenstadt, freute mich über die helle Wintersonne und versuchte, nicht an den Valentinstag zu denken, der in nicht allzu ferner Zukunft dräute. Der rot eingekreiste Tag im Kalender war eine ständige Mahnung, dass ich eine Aufgabe zu erledigen hatte. Ich achtete nicht auf die Richtung, die ich einschlug, und blieb daher überrascht vor einem kleinen, verstaubt aussehenden Geschäft mit grüner Fassade stehen.

Diese Tierhandlung war mir noch nie aufgefallen. Sofort kam

mir der Zeitungsartikel über die Gassi-Geher in den Sinn, und bevor ich überlegen konnte, stand ich bereits im Laden.

Sofort überfiel mich ein Geruch von Sägemehl und Tieren. An einer Wand standen Käfige, in denen Nagetiere hin und her flitzten. Aus großen Aquarien glotzten mich grellbunte Fische an. Um mich herum lagen Heu und Futtermittel und Katzenspielzeug und Kauknochen. Ich wandte mich zum Gehen. Bevor mir die Flucht gelang, stand ein enthusiastischer Verkäufer in einem lila T-Shirt neben mir. Ich warf einen Blick auf sein Namensschild: Roger.

»Kann ich Ihnen helfen?«

Ich stotterte nervös: »Nein, danke. Ich wollte mich nur mal umschauen.«

»Sind Sie sicher?«, fragte Roger, und ein freundliches Lächeln erschien auf seinem feisten Gesicht.

»Na ja, einen Hund hätte ich gern, nehme ich an«, murmelte ich, mehr an mich selbst gerichtet.

Roger runzelte die Stirn. »Suchen Sie etwas für Ihren Hund?«

»Nein, ähm, ich hab mich nur gefragt, ob Sie möglicherweise Hunde verleihen. Ich würde mir nämlich gern einen Hund ausleihen.«

»Leihen?«, fragte Roger verständnislos.

»Ja. Ich meine, also, ich würde mir vielleicht gern einen Hund zulegen«, erklärte ich. »Aber was ist, wenn, Sie wissen schon, wenn ein Hund nicht … nicht das Richtige für mich ist?« Ich wusste nicht recht, wohin das führen sollte, machte aber trotzdem weiter. »Vielleicht könnte ich deswegen einen, nun ja, leihen. Sie wissen schon – wie bei einer Testfahrt mit dem Auto?«

»Eine Testfahrt?«, wiederholte Roger, und seine Brauen trafen über der Nase zusammen.

»Na ja, ha, ha, Sie wissen schon, eine kleine Spritztour eben. Damit ich sehe, ob er zu mir passt.«

»*Spritztour?*« Wieder legte Roger die Stirn in Falten, dann zuckte er die Achseln. »Okay … Bevorzugen Sie eine bestimmte Rasse?«

»Also, ich …«

»Sehen Sie sich einfach mal ein paar an, ja?« Zuversichtlich lotste er mich zwischen den Käfigen hindurch. Wow. Hundeverleih gab es also wirklich?

Zwanzig Minuten später hatte Roger mir etliche Fotos von Hunden gezeigt und mir eine Liste mit den Telefonnummern hiesiger Züchter vorgelegt. Und dann, bevor ich ihn daran hindern konnte, nahm er den Hörer ab und wählte eine Nummer. »Warten Sie, ich versuch's mal bei Garry. Er kann Ihnen vielleicht helfen.«

Ich versuchte etwas einzuwenden, doch Roger hielt eine Hand hoch und lächelte ermunternd. Dann sprach er mit Garry.

»… die Dame sagt, sie würde sich für deinen Cockerpoo oder etwas in der Art interessieren, Gar.«

Er legte die Hand auf den Hörer und wandte sich an mich. »Sie wollen ihn wirklich nur *ausborgen?*«, hakte er nach.

Ich nickte.

»Leihen wie mieten?«, vergewisserte sich Roger.

»Ja, nur für eine oder zwei Stunden, um zu sehen, ob wir miteinander klarkommen.«

Er sprach wieder in den Hörer, während er mich die ganze Zeit im Auge behielt. »Wirkt nicht verrückt … Frau, hör mal, Kumpel, das ist nicht …« Endlich legte er auf und schaute mich an. »Garry meint, er weiß jemanden, der Ihnen einen Hund leihen könnte«, sagte er mit ungläubiger Miene.

»Oh, super«, stammelte ich.

»Wenn Sie mir Ihre Handynummer dalassen, setzen wir Sie mit einer Dame in Verbindung, die eine solche Dienstleistung anbietet.«

»Na schön, okay«, sagte ich, kritzelte meine Nummer so rasch wie möglich auf einen Block, bedankte mich überschwänglich und hechtete praktisch aus der Tür. Dann lief ich die Straße entlang und fragte mich, was ich da bloß angestellt hatte.

Roger rief mich noch am selben Abend an, und ich verabredete mich am Freitag vor der Zoohandlung mit Sandra, die mich für einen einstündigen Spaziergang mit einem Hund »ausrüsten« würde. Ja, genau – ich hatte ein Date mit einem Hund! Vielleicht würde es mir so gehen wie der Frau in der Zeitung, und ich würde im Park zufällig Mr Right begegnen. Dann würde ich mir einen Hund zulegen, und wir würden zusammen mit unseren Hunden spazieren gehen. Ich lächelte zufrieden, als ich mir ein Glas Chablis einschenkte und in den Tiefen des Küchenschranks nach einer Tafel dunkler Schokolade suchte, die ich zum Kochen benutzte. Ich brach ein paar Stückchen ab und warf sie in den Mund. Und in diesem Augenblick klingelte es.

12

Mark hatte, wie er sagte, eine »coole Überraschung« für mich. Im Laufe meines Lebens bin ich Überraschungen gegenüber sehr misstrauisch geworden. Man weiß vorher nie, was einen erwartet, und das hasse ich an Überraschungen. Außerdem glaubte ich kaum, dass Mark irgendeine Art von Überraschung bereithalten könnte, die mir Freude machen würde. Wenn ich großes Glück hatte, war es keine Fledermaus in einer Kiste.

Es war keine Fledermaus, dem Himmel sei Dank, sondern ein brandneuer Motorradhelm mit grellen Neonstreifen. Ich musste so tun, als inspizierte ich mit Begeisterung jeden Zoll seiner Oberfläche. Dann putzte Mark volle zwanzig Minuten lang das Visier, während ich andächtig zuschauen musste. Danach erst durfte ich mich erheben und uns einen Kaffee kochen.

»Ich hab dich einem Freund gegenüber erwähnt, der auch ein Motorrad hat, weißt du?«, rief Mark aus dem Wohnzimmer, als ich den Kessel aufsetzte.

»Mark, es ist ein Moped.«

»Nein, es ist ein *Motorrad*, außerdem verstehst du nichts davon, weil du ein Mädchen bist«, meinte er nachsichtig. »Jedenfalls ist dieser Freund, sein Name ist Steven, ganz wild darauf, mit dir auszugehen, und da habe ich mir gedacht …«

»Okay, noch mal zurück, noch mal von vorn. Was genau meinst du mit ›du hast mich ihm gegenüber erwähnt‹?«, fragte ich argwöhnisch, als ich mit den zwei Bechern aus der Küche kam.

»Ich hab bloß gesagt, dass du Single bist und zurzeit viel auf der Piste. Mehr nicht.« Mit steinerner Miene reichte ich ihm seinen Becher. »Nun mach dir nicht ins Hemd, Schwesterherz! Ich hab's nicht so klingen lassen, als wärst du verzweifelt oder so.«

»Oh, vielen Dank auch«, erwiderte ich sarkastisch. »Zu gütig!«

Ich setzte mich an den Tisch und schlürfte meinen Kaffee.

»Na ja, jedenfalls ist er ganz wild darauf und hat versprochen, dich auszuführen.« Mark kam zu mir an den Tisch. Ich schickte einen flehenden Blick zum Himmel.

»Mark, das klingt ja, als wäre ich ein Fall für die Wohlfahrt. Ich bin kein Öffentlichkeitsprogramm, für das du deine Freunde interessieren musst!«

»Nein, nein, darum geht's doch gar nicht. Er ist ein echt netter Kerl, und er hat auch echt Lust dazu.« Er hielt mir den gereckten Daumen hin.

Ich schüttelte den Kopf. »Nein. Keine Dates mit deinen Freunden, Mark. So verzweifelt bin ich nicht … wenigstens noch nicht.«

»Ist ja gut, ist ja gut.« Er hob die Hände. »Weißt du eigentlich, was du machen solltest, Schwesterherz?«

»Einen Film schauen und zu Bett gehen?«, fragte ich und lächelte süß.

Er winkte ab. »Du solltest *online* gehen, du musst wieder unter die Leute kommen. Auf Twitter – oder besser noch: auf Facebook. Da kannst du Leute zu deinen Bedingungen kennenlernen und in aller Ruhe darauf warten, ob die alten Bekannten aus der Versenkung auftauchen.«

»Hm.« Ich wand mich unschlüssig. »Bin ich nicht schon ein bisschen zu alt für Facebook?«

»Quatsch! Niemand ist zu alt für Facebook. Im Übrigen

machen das heute alle, das gehört einfach dazu. Wie willst du sonst mit deinen Freunden Kontakt halten? Sieh mal, Schwesterchen, das würde dir guttun. Du könntest wieder mit alten Freunden Verbindung aufnehmen.«

»Ich weiß nicht recht«, sagte ich zweifelnd.

Ich hatte die sozialen Netzwerke seit Jahren erfolgreich gemieden. Es hielten doch alle Freunde, die Kontakt mit mir halten wollten, Kontakt mit mir, oder? Ich begriff nicht, was der Sinn des Ganzen sein sollte. Wozu diese Mühe? Doch dann tauchte Carolines Gesicht vor mir auf, und ich erinnerte mich an das Versprechen, das ich mir selbst gegeben hatte, an die Empfindung, dass es an der Zeit war, mich mit meiner Vergangenheit auseinanderzusetzen.

»Komm schon, ich bring dich da rein.« Mark schnappte sich meinen Laptop vom Boden und klappte ihn auf dem Tisch auf.

Ich nickte ihm widerwillig zu, und Mark machte sich daran, auf den Websites ein Profil von mir anzulegen.

»Also, ich hab jetzt alle deine E-Mail-Kontakte auf Facebook verschoben. Brauchst nur noch abzuwarten, Schwesterherz, bald werden sie dich zutexten …«

Ich atmete tief durch, setzte mich und las, was er in mein Profil geschrieben hatte.

»Alles gut?«, fragte mein nerviger Bruder und zog bereits den Mantel an. »Dann geh ich jetzt. Wir sehen uns bald, und ich sag Steven, dass er dich anrufen kann, damit ihr was fürs Wochenende verabredet.«

»Hm?«, murmelte ich zerstreut, während ich mir den Kopf zerbrach, welche »Hobbys« ich hatte.

»Steven, mein Freund«, sagte er mit Nachdruck.

»Was?« Ich schaute auf, dann fiel der Groschen. »Ach nein, Mark. Mach dir keine Sorgen, ich komme zurecht, ehrlich.«

»Ach, komm schon, Schwesterherz, er wird dir gefallen. Er ist ein netter Kerl.«

»Also, ich … wie ist er denn so?«, lenkte ich ein.

»Er sieht gut aus, das sagen jedenfalls die Mädels, und er treibt Sport. Er hat einen guten Job im Stadtzentrum, und er ist, na ja, eben ein …«

»… netter Kerl?«, wagte ich mich vor.

»Ja, genau! Und er hat Lust dazu. Ich hab ihm deine Nummer gegeben, also mach dich auf seinen Anruf gefasst, okay?«

»Du HAST ihm meine Nummer schon gegeben? Au, Mann, danke, Mark. Habe ich noch eine Wahl, oder wie?«

»Was sagst du, Schwesterherz? Ich hör dich nicht!«, schrie Mark von der Wohnungstür, die gleich darauf krachend ins Schloss fiel.

Grrr.

Steven rief mich schon kurz darauf an, und zu meinem Erstaunen erklärte ich mich bereit, mich »warm angezogen« am Samstagvormittag mit ihm zu treffen. Dann wandte ich mich wieder dem Internet zu und vergaß die Verabredung und alles andere.

Vierundzwanzig Stunden später war ich immer noch online. Okay, natürlich war ich in der Zwischenzeit zur Arbeit gegangen und hatte gefrühstückt, aber den ganzen nächsten Abend verbrachte ich vor dem Laptop. Es war Donnerstag, es wurde Mitternacht, und ich steckte tief im Cyberspace. Ich schaute die Facebook-Seite einer Freundin einer Freundin eines Freundes an. Ich kannte diese Frau nicht. Sie war mir vollkommen unbekannt. Ich kannte nicht einmal die Freundin dieser Frau, die wiederum eine Freundin meines Freundes war. Wie kam ich also dazu, ihr Gesicht anzustarren? Warum hatte ich den Drang verspürt, mich durch ihre Titelbilder zu klicken? Warum hatte ich mir Gruppen angeschaut, in denen sie Mitglied war? Warum drehte sich mir der Magen um beim Anblick dieser schlanken Frau mit ihrem zähnefletschenden Grinsen und dem schrecklich glänzenden blonden Haarknoten? Was ging sie mich an? Sie war nur die Freundin einer Freundin von jemandem, den ich früher mal gekannt hatte.

Das Problem war dieser Jemand, den ich früher mal gekannt hatte. Er war auch auf Facebook. Machte sich dort ganz unverschämt breit. Sein Profilbild war eine Aufnahme, die ihn auf dem Skateboard zeigte, was bei jedem anderen dämlich ausgesehen hätte, bei ihm aber auf ironische Weise cool wirkte. Ich studierte die Liste seiner Freunde und erkannte keinen von ihnen. Es war ja auch immerhin erst sieben Jahre her, seit wir uns zuletzt gesehen hatten, aber dennoch. Als ich plötzlich über ihn gestolpert war, war das ein gewaltiger, unangenehmer Schock gewesen. Ich fragte mich, wie er jetzt wohl sein mochte.

Hatte ich es doch gewusst: Mark hätte mich nie anmelden sollen.

13

Am nächsten Tag ging ich, von üblen Vorahnungen und einem wachsenden Gefühl der Verlegenheit erfüllt, in der Mittagspause zu der Tierhandlung. Ich trug eine Wachsjacke von Barbour, die ich aus den Tiefen eines Koffers in meinem Schlafzimmer gefischt hatte, und schmutzige Adidas-Turnschuhe, um dem Bild eines Hundefreundes möglichst zu entsprechen. Vor der Tierhandlung wartete bereits eine Frau auf mich, und neben ihr saß ein mittelgroßes Fellknäuel auf den Hinterläufen.

»Sandra?«, fragte ich.

»Und Sie müssen Nicola sein«, sagte sie. Dann wandte sie sich an das Hündchen und sagte mit einer Stimme, die normalerweise für Babys reserviert war: »Hassu gesagt, dass es diese hübsche Lady ist, nich?« Dann nahm sie den Hund auf die Arme und hieß mich seine Pfote schütteln.

Ich schaute auf und sah, dass Roger uns aus dem Ladenfenster beobachtete.

»Super. Dann mach ich jetzt eine Spritz…, einen Spaziergang mit ihm, und wir treffen uns in einer Stunde wieder hier.«

»Haben Sie das Geld?«, fragte sie in konspirativem Ton, als fände hier eine Drogenübergabe statt.

»Oh, sicher, sorry.« Ich wühlte in meiner Tasche.

»Ich möchte nämlich in der Zwischenzeit zu Primark gehen, wissen Sie.«

»Schön. Okay.« Ich gab ihr einen Zehner, wobei ich mich fragte, wie viele Sachen sie dafür bekommen würde. Einen ganzen Haufen vermutlich.

»Gut, dann sag ich jetzt mal *goodbye*.« Sie hob den Hund so hoch, dass er vor ihrem Gesicht hing. »Er mag Gassi gehen, ja, und wie er das mag«, sagte sie mit ihrer Babystimme, schüttelte das Fellknäuel ein bisschen und rieb ihre Nase an seiner. Iihhh. Dann übergab sie mir das Bündel Hund. »In einer Stunde wieder hier. Viel Spaß, Kinder!«

Wir gingen über die High Street davon, und ich hätte schwören können, dass der Hund seine Hinterläufe in den Boden stemmte. Offenbar vermisste er bereits Frauchens Zärtlichkeiten.

»Komm mit, Hund, komm mit, kleines Hundchen«, ahmte ich Sandras Singsang in der Hoffnung nach, er werde den Hund anspornen, hinter mir herzutrotten.

Ihn an der Leine hinter mir herzerrend bog ich um die Ecke der Park Street und schlug den Weg nach Brandon Hill ein, Bristols erster Adresse für Hundespaziergänger.

Eigentlich gefiel es mir ganz gut. Hundchen und ich amüsierten uns mit endlosem Stöckchenwerfen, und ich fand es wunderbar, an der frischen Luft zu sein und etwas zu tun, das meiner täglichen Routine ganz und gar nicht entsprach. Irgendwann fiel mir auf, dass ich kaum auf Männer achtete, mit denen man ins Gespräch kommen konnte. Als ich nach einem besonders anstrengenden Wurf wieder zu Atem kam, ermahnte ich mich, dass der Sinn dieser Übung darin bestand, einen Seelengefährten zu finden. Wenn ich nicht bald jemanden fand, würde Caroline mich wieder mit einem vielversprechenden Junggesellen von ihrer Liste verkuppeln. Schauderhaft.

»Och, wie heißt der denn?«, hörte ich eine Stimme hinter mir.

Ich sah mich um und erblickte eine Frau mittleren Alters mit einem Labrador an der Leine. Gleich würde ich mein erstes Hundehalter-Gespräch führen! Leider, wurde mir klar, hatte ich versäumt, mich nach dem Namen »meines« Hundes zu erkundigen.

Die Frau kam näher und tätschelte mein Leihtier begeistert, während ihr Labrador schwanzwedelnd an meinen Schuhen schnüffelte. Sie sah mich an und wartete sichtlich auf eine Antwort.

»Oh, er heißt … Er heißt … ›Er‹.«

»Er?«, wiederholte die Frau stirnrunzelnd.

»Äh, ja, die Kurzform von … ähm … von … Walter.« Ich nickte und kam mir absolut bescheuert vor.

»Walter …« Die Frau starrte erst mich an, dann maß sie den Hund und mich mit sorgenvollem Blick. »Wie … nett. Walter. Wie Sir Walter Scott.«

»Ja, ha … ha.«

»Komischer Name für einen Hund, oder?« Sie lachte.

»Ja. Finde ich eigentlich auch. Wie auch immer, ich muss weiter«, erklärte ich mit falschem Enthusiasmus. »Komm schon, Er! Komm jetzt, du«, drängte ich, zerrte an der Leine und machte, dass ich fortkam.

Er – oder vielmehr ›Er‹ – watschelte missmutig hinter mir her, offensichtlich verstimmt, weil wir die Lady und ihren Labrador verließen.

Ich suchte die Parkwiesen nach einem ansehnlichen Mann ab, mit dem ich ein Gespräch beginnen konnte, sah aber keinen, falls man nicht den einsamen Rentner mitzählen wollte, der einen Dackel an einem Stück Kordel spazieren führte. Er war wohl auch nicht *der Richtige*. Ich seufzte. Das hatte doch keinen Zweck! Und Er schien mich auch nicht sonderlich zu mögen. »Na, dann komm«, sagte ich. »Bringen wir dich zu Sandra zurück.«

Als wir die Park Street entlangzockelten, beschloss ich, kurz bei der Agentur vorbeizuschauen und Caroline den Hund zu zeigen. Ich hatte noch etwas Zeit, bevor ich Sandra wiedertreffen sollte, und Caroline liebte Hunde. Ich schob die Tür einen Spaltbreit auf und legte den Finger auf die Lippen, damit Caroline ihren üblichen Lärm ein wenig dämpfte. Doch natürlich sprang sie beim Anblick von Er sogleich auf, klatschte in die Hände und quietschte vor Freude, als hätte ich unerwartet frühe Weihnachten angekündigt.

»Ach, was für ein Süßer!«, rief sie, stürzte sich auf das Viech und tätschelte es ausgiebig. »Ich wusste ja gar nicht, dass du einen Hund hast, Nic!«

»Oh, er ist auch nicht meiner. Er gehört … einer Freundin.«

»Was ist denn da draußen los?«, drang James' Stimme aus seinem Zimmer.

Caroline kicherte.

»Wir sollten lieber gehen«, flüsterte ich und ging rückwärts auf die Tür zu. »Bin bald wieder da.«

Er, der sichtlich Gefallen an Caroline gefunden hatte, fand es nun an der Zeit, laut und durchdringend zu bellen.

Da erschien James in seiner Tür. Ich war schon sicher, mir Ärger eingehandelt zu haben, als James uns beide überraschte. Seine Miene hellte sich auf, und er stolperte beinahe über meinen Schreibtisch, so eilig hatte er es, zu uns zu kommen. Dann nahm er den Hund in die Arme. »Er ist toll.« Er setzte ihn wieder auf den Boden und kraulte ihm die Ohren. »Guter Junge«, sagte er mit einer Stimme, die sich sehr von jener unterschied, die er in Verhandlungen mit schwierigen Klienten einsetzte. James schnappte sich eine Packung Jaffa Cakes von Carolines Tisch und holte einen heraus. »Wie wär's mit einem Keks, kleiner Hund, wie wär's …?«

Caroline streckte die Hand aus, schnappte sich den Jaffa Cake und steckte ihn ohne Umschweife in den Mund.

James starrte sie entgeistert an.

»Was denn?«, brummte sie kauend. »Das wäre Verschwendung köstlicher Schokolade. Wagen Sie's ja nicht. Und außerdem«, fuhr sie fort, während Krümel aus ihrem Mund sprühten, »sind Jaffa Cakes keine Kekse, sondern Kuchen. Das weiß man doch. Es hat irgendwas mit Marie Antoinette oder der Steuer oder so zu tun.«

James nahm den Hund sanft bei den Ohren und bewegte seinen Kopf hin und her. »Issie böse? Issie böse? Sei ein gutes Hundchen und bell die böse Dame an.«

Da musste ich lachen.

James schaute mich an. »Ich hätte Sie nie für einen Hundemenschen gehalten, Nicola.«

Das Lächeln auf meinen Lippen gefror. Was sollte denn das heißen? Was war überhaupt ein »Hundemensch«? Dass ich nicht mit einem »Pedigree Chum«-T-Shirt bei der Arbeit erschien oder jährlich zur Crufts-Hundeschau nach Birmingham fuhr, hieß noch lange nicht, dass ich kein Hundefreund war.

»Ich habe Sie mir immer mit einer Katze vorgestellt.« Er lächelte mich an. Lachfältchen standen in den Winkeln seiner grauen Augen.

Ein Katzenmensch! Denkt er etwa, ich hocke allein in einem möblierten Zimmer, trinke Wein aus der Flasche und häkele, nur mit dem Fernseher und einer fetten getigerten Katze als Gesellschaft? Ich meine, okay, meine Wohnung ist nicht gerade groß, und manche behaupten ja, dass Stricken das Häkeln des armen Mannes ist, aber trotzdem …

»Er ist ein Schatz«, sagte James.

»Hm. Wir müssen jetzt wieder los«, verkündete ich hoch erhobenen Hauptes.

Als ich die Treppen hinunterging, hörte ich James fragen: »Was ist denn mit ihr?«

Ich kochte immer noch vor Wut, als ich am Abend auf einer Bank saß, die einen tollen Blick auf die Clifton Suspension Bridge gewährte. Die Sonne war schon lange untergegangen, aber die Lichter, die über die Brücke huschten, sahen wie immer magisch aus, und es herrschte wenig Verkehr. Unter mir gähnte die Schlucht des Avon, der gemächlich und schweigend dahinfloss. Sahen andere mich auch so wie James? War ich die traurige, halb verrückte Alte mit Hunderten von Katzen, eine Frau, die sich am Abend nur auf kätzische Gesellschaft freuen konnte? Pah. Ich würde es James zeigen! Ich würde es mir selbst zeigen. Ich war *kein* hoffnungsloser Fall, mit dem man Mitleid haben musste. Ich stand entschlossen auf und trabte nach Hause. Ich brauchte meinen Schönheitsschlaf, denn morgen stand Date Nummer zwei an.

14

Das Wochenende war da, und ich stand an der Ecke der Park Street. Über mir ragten die Sandsteinwände des Wills Memorial Building auf. Grüppchen plaudernder Studenten spazierten an mir vorbei, Wagen rasten die Straße hinunter. Ich strich mein Top glatt und wartete geduldig.

Getreu einem Artikel, den ich in einer von Carolines Frauenzeitschriften gelesen hatte, trug ich so wenig Make-up, dass ich wie ungeschminkt aussah. Für diese Prozedur hatte ich eine geschlagene Stunde gebraucht. Ich war »warm« angezogen, mit einem großen beigen Rollkragenpullover, der mich am Kinn kratzte, Jeans und wollgefütterten Winterstiefeln. Und ich war ziemlich nervös, aber meine Neugier hatte trotzdem die Oberhand gewonnen, und ich freute mich auf das Date.

Ich überlegte, was Steven wohl geplant hatte. Würden wir die Stadt hinter uns lassen und den Tag in einem Landgasthof vor dem prasselnden Kamin verbringen? Würden wir durch den Wald streifen? Würden wir … mein Herz tat einen Sprung, als ich ein prächtiges hellsilbernes Aston-Martin Cabrio erblickte, das sich langsam auf der Park Street näherte. Ich wurde ganz aufgeregt. Hatte Mark nicht erwähnt, dass Steven einen guten Job hatte? Ein guter Job bedeutete normalerweise ein tolles Auto, und ich stellte mir bereits vor, wie die kühlen Ledersitze rochen, wie sich mein Rücken in den gut gepolsterten Beifahrersitz schmiegte, während aus den Lautsprechern dezent Brahms erklang. Eine stilvolle Fahrt, in der Tat.

Ich verrenkte mir den Hals, um das Gesicht des Fahrers zu

erkennen, aber der Wagen war noch zu weit entfernt, und sein Fortkommen wurde von einem Idioten in einem schäbigen Peugeot 306 behindert, der den Hügel hinaufratterte, und auf dessen Dach ein Gegenstand balancierte, der nach einem riesigen Kanu aussah. Der Mann im Aston Martin fuhr inzwischen mit ungefähr fünf Stundenkilometern und musste immer wieder haarscharf bremsen, als wartete er nur darauf, dass sich das Kanu aus seiner dürftigen Vertäuung löste und den Hügel hinabpolterte, um die Unglücklichen, die seinen Weg kreuzten, mit sich ins Verderben zu reißen.

Zum Glück sprang die Ampel in diesem Augenblick auf Grün, und die Wagenkolonne setzte sich wieder in Bewegung. Ich setzte ein breites Willkommenslächeln für Aston Martin auf, der mich endlich auf dem Bürgersteig zu entdecken schien. Ja, er musste es sein! Er drosselte sein Tempo, und mein Lächeln wurde noch breiter. Ich hob bereits die Hand, um zu winken, doch da hupte er ungeduldig, und ich erschrak. Ich beugte mich vor, um ins Wageninnere zu spähen, sah aber keinen Mann, sondern eine wütende, in Perlen und Kaschmir gehüllte Blondine, die dem Peugeot-Fahrer Schimpfworte zubrüllte. Der Wagen mit dem Kanu auf dem Dach hatte ebenfalls gehalten und blockierte die Fahrbahn, während sein ungepflegter Fahrer Gesten der Entschuldigung in Richtung Aston Martin machte. Was zum Teufel ging hier vor? Und nun winkte der Schäbige im Peugeot mir zu. Moment mal … Was hatte ich denn mit dem …? Oh Gott, er winkte mir, zu ihm zu kommen. Ich sah mich rasch um in der Hoffnung, dass seine Gesten jemand anderem galten, aber …

»Nicola!«, rief er.

Na toll.

Ich lächelte gequält und schlich auf den Wagen zu.

»Rasch!«, drängte er und stieß die Beifahrertür auf.

Ich zwängte mich in das Vehikel und zuckte zusammen, als ich unter mir das Knistern einer leeren Chipspackung vernahm. Kaum hatte ich die Tür zugeschlagen, fuhr er mit kreischenden Reifen los. Der Wagen holperte so unsanft auf die Straße zurück, dass ich, als ich nach dem Gurt greifen wollte, fast durch die Windschutzscheibe geschleudert wurde.

»Sorry wegen der da!«, sagte Steven und wies mit dem Daumen auf das Cabrio samt wütender blonder Fahrerin.

Ich rammte den Gurt in seine Schließe, zog die Chipspackung unter mir hervor und ließ sie in den Fußraum fallen.

»Ist schon okay«, sagte ich atemlos, dann schaute ich ihn an.

Blaue Augen, blond, sehr breite Schultern. Er grinste mich gewinnend an, und ich entspannte mich allmählich. Steven hatte ein offenes Gesicht, das allerdings ein wenig zerknittert wirkte, aber das konnte auch daher kommen, dass er das riesige Kanu ganz allein aufs Autodach gehievt hatte. Er wirkte freundlich. Und abgesehen von der Chipspackung war sein Wagen relativ sauber. Es roch jedoch etwas merkwürdig, nach Kokosnuss oder so, aber sonst war es auszuhalten.

Ich hatte meine Aston-Martin-Enttäuschung gerade überwunden, als Steve fragte: »Wo wohnst du? Ich hab ganz vergessen, dir zu sagen, dass du deinen Bikini mitnehmen sollst.«

Ich starrte ihn entgeistert an. »Meinen *Bikini?*«

Wir hatten *November*, oder etwa nicht? Ich bildete mir das nicht nur ein? Nur noch sechsunddreißig Tage bis Weihnachten, nicht wahr? Er konnte doch nicht meinen *Bikini* meinen, den ich im sonnigsten Sommer trug?

»Yep.«

»Oh.«

»Du wohnst auf der St Georges Street, stimmt's? Mark hat mal so was erwähnt«, fuhr Steven lächelnd fort, ohne meine wachsende Panik wahrzunehmen.

»Gehen wir denn schwimmen?«

»Nö«, grinste er. »Es ist 'ne Überraschung.«

»So, so. Ähm. Meine … St Georges, genau, meine Wohnung ist in der St Georges. Gleich hier links«, zeigte ich. Oh, vielleicht würden wir den Tag in einer Wellness-Oase auf dem Land verbringen? Kurz gab ich mich dieser Hoffnung hin, doch dann senkte sich die Spitze des riesigen Kanus wie ein Schatten über den Wagen herab, und mein Instinkt sagte mir, dass ich mich nicht auf Wellness freuen durfte.

»Da vorn«, zeigte ich, den Tränen nah. Warum hatte ich mich überhaupt auf diese Sache eingelassen? Sollte ich nicht besser in meine Wohnung gehen und nie wieder herauskommen? Ich sprang aus dem Auto und suchte fluchend nach meinen Schlüsseln, gab es schließlich auf und klingelte.

»Mies Nicola«, sagte Julio beim schwungvollen Öffnen der Tür.

»Sorry, Julio, ich konnte meine Schlüssel nicht finden.« Ich rannte die Treppe hoch, bevor er etwas erwidern konnte.

Ich betrat meine Wohnung und keuchte, den Rücken an die Tür gepresst. Nie zuvor waren mir meine vier Wände so einladend erschienen, ganz besonders mein gemütliches Sofa. Der Fernseher schien mir zuzuzwinkern. Lichter spiegelten sich auf seiner glänzenden Oberfläche. »Lass uns eine DVD-Box schauen, Nicola«, schien er mir zuzuraunen. »Wir könnten heute die achte Staffel von *Dr. House* schaffen.« Argh.

Ich erwog, die Fensterläden zu schließen und heute nicht mehr vor die Tür zu gehen. Meine Träume von Kaminfeuer in einem Landgasthof waren eine ferne Erinnerung, meine Hoffnung auf einen Spaziergang im Winterwald versiegt. Verdammt. Ich konnte nicht zurück. Wir hatten uns verabredet und ich hasste es, andere im Stich zu lassen. Ich seufzte ergeben, schlich ins Schlafzimmer, holte meinen Bikini aus der

Sommerabteilung meines Schranks und lief die Treppe hinunter.

Julio hatte sich an der Tür postiert, um mich hinauszubegleiten, während er argwöhnische Blicke auf Steven warf.

»Haben Sie schönen Tag, Mies Nicola.« Er winkte.

»Werde ich!«, schrie ich zurück, nur für den Fall, dass Stevens Fenster offen war und dass er mich hörte. Ich stieg ein. »Hab ihn.« Ich klopfte auf meine Handtasche, aus der ein Bikiniträger hervorlugte.

»Okay, dann los!« Wieder einmal scherte er scharf aus, und diesmal wurde ich gegen die Rücklehne geschleudert, während Steven lenkte und gleichzeitig die *Greatest Hits* von den Beach Boys einschaltete. Auch das noch. »*Round, round, get around, I get around …*«

Als wir in der Höhe von Weston-super-Mare waren, hatte ich mich so weit gefangen, dass ich eine Unterhaltung beginnen konnte.

»Also, was machen wir denn heute Schönes?«, fragte ich – möglichst lässig, wie ich hoffte. Dabei umklammerte ich meine Knie so fest, dass die Handknöchel weiß hervortraten. *So* ruhig war ich also nicht. Und Stevens selbstmörderische Fahrweise war auch nicht dazu geeignet, mich zu beruhigen.

»Ach, ist das nicht offensichtlich? Wir verschaffen dem Baby da oben ein bisschen Auslauf.« Und er nickte fröhlich zum Wagendach empor.

War ja klar, wer dieses *Baby* war. Mein Lächeln musste wohl etwas verzerrt gewirkt haben, denn er fuhr fort: »Keine Sorge, ich hab alles dabei, was wir brauchen. Du wirst nicht mal merken, dass Winter ist.«

Sogleich ging es mir besser. Bis jetzt hatte ich daran gezweifelt, ob Steven in der richtigen Jahreszeit lebte. Immerhin trug er Shorts, wir lauschten den sonnigen Klängen der Beach Boys und fuhren in Richtung West Country. Ich kuschelte mich in meinen Sitz und beschloss, mich konversationsmäßig ein bisschen mehr anzustrengen. Die Beach Boys sangen inzwischen *»In My Room«*, was immerhin ein wenig leiser war.

»Du bist also ein Outdoor-Typ?«, fragte ich mit beredter Geste zu den Wiesen, an denen wir vorbeirasten.

»Das könnte man sagen«, kicherte Steven. Dieses Kichern machte mich wieder nervös. Ich starrte aus dem Fenster.

Gib dir ein bisschen Mühe, Nicola, du schaffst das schon.

»Was ist mit dir, Nicola – irgendwelche Hobbys?« Er warf mir einen raschen Seitenblick zu.

»Oh, ich mag …« Hm. Eine verzwickte Frage. Alle meine »Hobbys« kamen mir auf einmal so langweilig vor. Lesen, Filme, gelegentlich ein Gläschen Wein, Putzen, Fotocollagen kleben … »Fotografie«, verkündete ich stolz.

»Interessant. Hast du die Matthew-Brady-Ausstellung im Stadtmuseum gesehen?«

Mist.

»Oh, äh, nein. Ich war … weg.«

»Im Ausland?«

»Yep«, sagte ich, froh, den Fotografie-Fehltritt so rasch ausgebügelt zu haben.

»Und wo da?«

»Hm …?« Ich drehte mich zu ihm. Er hatte die Augen von der Straße genommen und sah mich erwartungsvoll an.

»Wo bist du gewesen?«, fragte er.

Ach du Scheiße.

»Madrid!«, stieß ich hervor. Die Lügen flossen mir jetzt wie selbstverständlich aus dem Mund. In Wahrheit hatte ich England seit fünf Jahren nicht verlassen. Und mein letzter Urlaub zählte nicht, denn wir waren in der Bretagne gewesen, weil die Fähre nur ein Pfund gekostet hatte. Und nach wenigen Stunden Aufenthalt war Mark ins Krankenhaus eingeliefert worden. Er hatte nämlich versucht, auf das Denkmal von Arthur III. zu klettern, war am Schwert abgerutscht und hatte sich beim Sturz den Knöchel gebrochen.

»Madrid ist eine tolle Stadt«, sagte Steven enthusiastisch. »Ich war mal aus beruflichen Gründen da, ein ganzes Jahr.«

Na toll …

»Das ist ja toll!«, rief ich und hoffte, ebenso begeistert zu klingen. »Ach, schau mal …«, versuche ich ihn abzulenken, indem ich auf ein Schild zeigte, an dem wir gerade vorbeifuhren. »Taunton.«

»Äh, ja«, meinte Steven. »Und wo hast du in Madrid gewohnt?«

Ich wand mich vor Verlegenheit. »Och, irgendwo in der Nähe vom Zentrum«, sagte ich mit einer wegwerfenden Handbewegung.

»Centro oder eher Arganzuela?«

Verdammt, was war nur mit diesem Kerl los? Schrieb er Reiseführer oder was?

»Äh, eher Centro«, erwiderte ich und versuchte dabei, seine Aussprache nachzuahmen. Sein »O« hatte ungewöhnlich geklungen. Meine Imitation hatte jedoch lediglich zur Folge, dass ich auf das Armaturenbrett spuckte.

»Ganz schön was los da, nicht?«, grinste er. Mein Spuckmalheur schien ihm nicht aufzufallen. »Ich war mal mit 'ner Fußballmannschaft da. Wir haben eine Supernacht in der Bar Salamanca verbracht – lächerlich eigentlich, weil die in einem ganz anderen Viertel ist.« Er brüllte vor Lachen.

Ich lachte mit, ein ganz klein wenig verspätet, dann verstummte ich.

»Kennst du die?«, fuhr er fort.

»Wen?«, fragte ich verdutzt.

»Die Bar Salamanca, im Zentrum.«

»Ach nein, da sind wir nicht gewesen.« Ich gab mir Mühe, enttäuscht zu klingen. »Wir, äh … sind allerdings mal dran vorbeigekommen.«

»Ein ganz erstaunlicher Schuppen. Da bekommt man Bier und Shishas auf Bodenkissen serviert. Trinken tu ich natürlich nicht, aber die Atmosphäre war einfach irre.«

»Du trinkst nicht?«, beeilte ich mich zu fragen, um ihn von dem gefährlichen Thema abzulenken.

»Na ja, es ist dem Training nicht gerade förderlich, also versuche ich es zu vermeiden.«

»Training wofür?«, fragte ich.

Steven zuckte die Achseln. »Was mir grade so in den Sinn kommt. In Madrid habe ich für die Fußballsaison trainiert und im gleichen Jahr bin ich den Barcelona-Marathon gelaufen.«

»Oh, wow. Das klingt aber sportlich!« Das Durchhaltevermögen mancher Menschen brachte mich immer wieder zum Staunen. »Und – bist du zurzeit auch im Training?«

»Ja, in der Tat, für einen Wettkampf in vier Monaten«, erwiderte er und überholte einen Wohnwagen. Das Kanu auf dem Dach klapperte vernehmlich, als er den Tacho auf achtzig Meilen hochjagte.

Um mir keinen durch ein Kanu verursachten Unfall vorstellen zu müssen, stellte ich rasch meine nächste Frage. »Und was für ein Wettkampf?«

»Eine Kombination verschiedener Sportarten. Ein Triathlon, verstehst du?« Er schwenkte auf die Abbiegespur ein.

Mein Wissen über Triathlons war ebenso umfangreich wie mein Wissen über Kanufahrten, aber ich nickte trotzdem anerkennend. »Donnerwetter!«

»Ja, ich nehme jetzt schon zum zweiten Mal teil. Es nennt sich *Iron Man*. Ist 'ne ziemlich verrückte Angelegenheit.« Steven lachte leise und setzte den Blinker.

»In Bristol?«, fragte ich.

»In Amerika.«

»In Amerika, tatsächlich.« Ich zog die Augenbrauen hoch. »Oh.«

»Yep.«

»Also, ähm, was genau muss man da machen?«

»Nun, zunächst eine Strecke im Meer schwimmen, dann Radfahren und zum guten Schluss einen Marathon laufen«, erklärte er.

»Aha … Donnerwetter«, sagte ich erneut. Irgendwie schien das jedoch nicht genug Begeisterung auszudrücken, deshalb schickte ich sicherheitshalber noch ein »Menschenskinder!« hinterher.

»Hm.«

»Nach den ganzen Anstrengungen steckst du aber für den Rest des Jahres zurück?«, fragte ich mit leicht erstickter Stimme.

»Aber nein!«, lachte Steven. »Ich muss 'ne Menge Geld ranschaffen, damit mein Freund Tom und ich nächstes Jahr im Oktober das *Himalayan 100 Mile Stage Race* laufen können.« Er bemerkte meinen fragenden Blick. »Das ist ein Rennen.«

Hatte er »hundert Meilen« gesagt? Ein Rennen, das hundert Meilen lang war? War das nicht die Entfernung Bristol–London? Eine Strecke, wo man selbst mit dem Wagen einen Stopp für einen kleinen Imbiss einlegt?

»Ja, das kommt schon ziemlich heftig«, meinte Steven, als er mein Erstaunen sah. »Es ist praktisch dasselbe wie ein Marathon pro Tag, und das fünf Tage lang, und im Himalaya. Je höher man kommt, desto schwerer fällt das Atmen, das könnte schon eine Herausforderung sein.«

Das brachte mich vollends zum Verstummen. *Könnte* eine Herausforderung sein … Auf der ganzen Welt würde man schwerlich etwas Wagemutigeres finden als fünf Marathonrennen in fünf Tagen, und das obendrein in einem Gebirgsmassiv, in dem auch normale Bergsteiger ums Leben kamen. Hier war ich auf ein Exemplar der männlichen Gattung gestoßen, das sich gern austestete. Hier war ein Mann, dem es ums Gewinnen ging, ums Durchhalten und um die Grenzerfahrungen des Körpers. Und mit diesem Mann wollte ich Kanu fahren. Der Magen rutschte mir in die Kniekehlen. Ich wollte nur noch heim. Aber es war bereits zu spät, denn wir bogen auf einen leeren Parkplatz ein.

»Da sind wir!« Steven strahlte mich an. »Sieht nach einer leichten Brise aus!« Seine Begeisterung war mit Händen zu greifen.

»Super!« Ich schluckte und schaute zu, wie er ausstieg und von der »leichten« Brise beinahe umgerissen wurde.

Ich atmete tief durch und machte meine Tür auf. Jetzt wurde es ernst. Der Wind peitschte mir die Haare ins Gesicht. Ich sah zu Steven hinüber. Der atmete tief durch und lockerte seine Schultern.

»Runter mit dem Kajak!«, rief er sodann fröhlich und klatschte in die Hände. DAS LAUTESTE KLATSCHEN DER WELT. Ich zuckte vor Schreck zusammen.

»Ach so, ein Kajak«, sagte ich und nickte wie eine Irre. »Ich hatte es für ein Kanu gehalten.«

»Ha, ha, ha, ha«, lachte er mich herzhaft aus. »Ein Kanu! Der war gut!«

»Ähm, ja. Ha, ha. Und wie geht das?«, fragte ich im Bemühen, seine Begeisterung zu teilen, worin ich jämmerlich versagte. Dennoch ahmte ich seine tiefen Atemzüge nach und lockerte die Schultern, um mir wenigstens den Anschein von Sportlichkeit zu geben.

Nach einigem Gurtlösen und endlosem Ziehen und Zerren lag das Kajak endlich neben dem Auto. Wenn irgend möglich, sah es jetzt noch größer aus. Steven befestigte mittels verschiedener Gurte und Halterungen einige Sitzplatten darin. Ich stand da, schaute mich um und schlang die Arme um den Oberkörper, weil mir schon jetzt eiskalt war.

»In der Tasche im Kofferraum findest du alles, was du brauchst. Ich habe den Neoprenanzug meiner Schwester mitgebracht, der sollte dir passen, und Stiefel und so weiter gibt's auch. Du wirst dir wie eine Prinzessin vorkommen.« Er lachte wieder, sichtlich aufgeregt ob der Vorbereitungen für unser Abenteuer.

Eine Prinzessin.

Ich versuchte, mich in seine Begeisterung einzufühlen, und hüpfte zum Kofferraum, um die Tasche zu holen. »Okey-dokey!«, rief ich und überlegte, ob es klug gewesen war, so einen Ausdruck zu benutzen.

»Da drüben ist eine öffentliche Toilette, da kannst du dich umziehen.« Steven zeigte auf einen weit entfernten Betonklotz. Ich betrachtete ihn argwöhnisch. Aber es hatte keinen Sinn, sich zu beschweren. Dieser Mann wollte eine Woche lang im Himalaya einen Nachttopf benutzen, deshalb erwartete ich nicht, mit der Klage über hygienische Zustände auf Sympathie zu stoßen.

Ich stieß die Tür auf und musste sofort würgen. Es roch feucht und faulig. Der Toilettensitz war hochgeklappt und der Rand der Schüssel hatte gelbe Streifen. An der Kette der Wasserspülung fehlte der Griff, und das Waschbecken hätte nicht einmal für ein fünfjähriges Kind ausgereicht. Es gab kein Klopapier und auch keinen Haken für meine Kleidung. Gar nicht zu reden von der Enge, die mir beim Umziehen fünf spaßige Minuten bescherte.

Ich versuchte, nur durch den Mund zu atmen. So schnell wie möglich streifte ich den Pullover ab und warf meine Jeans in die Tasche. Schon jetzt hatte ich eine Gänsehaut. Zähneklappernd zog ich meinen Bikini an. Mit dem Neoprenanzug hatte ich Mühe, ich musste ihn mit aller Macht über meine Glieder zerren. Er war ein bisschen zu klein. Ich zog die Schuhe an, die einen kleinen Hautstreifen am Knöchel freiließen, der den Elementen ungeschützt ausgesetzt sein würde. In der Tasche war auch eine Art Kappe aus demselben Material wie der Anzug. Es sah aus, als müsse man sie unter dem Kinn festzurren. Ungläubig drehte ich das Ding in den Händen. Das würde ich ganz sicher nicht aufsetzen. Ich legte keinen Wert darauf, wie ein Kegel auszusehen. Ich stopfte die Kappe wieder in die Tasche, sammelte mein Zeug zusammen und traute mich wieder hinaus in die tobenden Elemente, wobei ich den deutlichen Eindruck hatte, dass ich reichlich dämlich aussah.

»Sieht super aus!«, sagte Steven, während er begeistert um das Kajak herumhüpfte. Er hatte die Kappe aufgesetzt und sah tatsächlich wie ein schwarzer Kegel aus. Oh Gott. »Soll ich dir das Ding richtig aufsetzen?«, bot er an.

Ich nickte schweigend, band mein Haar zu einem Pferdeschwanz und ließ mir von Steven die Kappe überstreifen. Meine linke Augenbraue wurde unangenehm stramm gezogen, und auf der rechten Seite wurde ich von einer Haarsträhne gekitzelt, die den Klauen der Kappe entgangen war.

»Okay.« Wieder klatschte Steven überlaut in die Hände. Selbst die Kappe dämpfte das Geräusch nicht. »Und nun aufs Meer! Du nimmst das Heck, ich gehe voran.« Er wies auf einen Griff am einen Ende des Kajaks, und ich hob gehorsam an – ließ aber sogleich stöhnend wieder los.

»Vielleicht nimmst du besser beide Hände!«, rief Steven mir über die Schulter zu.

Ich war versucht, ihm die Zunge herauszustrecken. Doch ich nahm mich zusammen, holte tief Luft und packte den Griff mit beiden Händen. Ich hob an und taumelte in dem Versuch vorwärts, mit Steven Schritt zu halten. Halb lief, halb hoppelte ich hinter ihm her. Ich blendete den Wind aus, der mir ins Gesicht peitschte, und den Schmerz: Der enge Neoprenanzug rieb zwischen den Beinen und drückte meine Titten flach. Dann bogen wir um einen Felsen, und da war das Meer. Beim Anblick der heranrollenden Wogen, die sich schäumend zwischen den Felsen brachen, vergingen alle anderen Gedanken. Tief hängende graue Wolken über unseren Köpfen spiegelten die düstere Vorahnung wider, die sich in mir ausbreitete. Weit vor uns führte ein Mann mit mindestens achtzehn Lagen Kleidung seinen Hund spazieren. Sonst hielt sich niemand in der Nähe des Wassers auf.

»Du sitzt vorn.« Steven zeigte auf die vordere Sitzplatte. »Ich sitze hinten, steuere und bringe uns mit roher Kraft vorwärts.« Er lächelte breit. Ich begriff, dass er sich riesig anstrengte, und rang mir ebenfalls ein Lächeln ab.

»Spring rein, Nicola.«

Ich schnappte nach Luft, als das eisige Wasser über meine bloßen Knöchel spülte, und schaffte es leicht schwankend, mich auf die vordere Sitzbank des Kajaks zu hieven. Wenige Sekunden später schlug eine Welle hinter uns an den Strand und übersprühte uns mit Gischt. Ich schauderte. Da ich sein Gewicht hinter mir spürte, wusste ich, dass Steven ebenfalls eingestiegen war. Er reichte mir ein Paddel und bellte Instruktionen.

»So! Wir paddeln raus und versuchen, so weit wie möglich an der Küste entlangzukommen, das hängt von den Bedingungen ab!«, schrie er. »Wenn du paddelst, passe ich mich deinem Schlag an, dann klappt es schon.« Dann brüllte er wieder vor Lachen. Das Lachen eines Verrückten.

Ich versuchte, im rechten Winkel gegen die anbrandenden Wellen zu paddeln. Als die zweite Welle auf uns zuraste, kreischte ich vor Angst. Doch mein Kreischen wurde im Keim erstickt, denn die Welle traf mich voll ins Gesicht. Die eisige Kälte machte, dass ich mit Paddeln aufhörte und nur noch erschrocken den Mund öffnete und schloss.

Steven brüllte: »Einfach weiterpaddeln, Nicola, das hier ist der schwerste Teil.« Ich jedoch verstand: »Nichts, nichts, Nicola, nichts, etwas, Ehrenkeil.«

Mit zusammengebissenen Zähnen paddelte ich weiter. Eine weitere Welle rollte heran und brachte mich aus dem Gleichgewicht. Wasser drang in die Lücke zwischen Anzug und Kappe. Mein Rückgrat schmerzte, es brannte am ganzen Körper. Heute würde ich sterben, das war gewiss. Auf See, im November, während ich mit einem Wildfremden Kanu fuhr. Oh, Verzeihung, KAJAK.

»Sind bald durch, Nicola, haben's gleich hinter uns!« (»Nichts, nichts, Nicola, etwas, nichts, Winter, nichts, uns!«)

Ich spürte, dass Steven uns mit aller Kraft über die Wellen steuerte, und nachdem wir zwei weitere überwunden (beziehungsweise ich sie voll ins Gesicht bekommen) hatten, hatten wir die »Brandungslinie«, wie Steven sie später nannte, hinter uns gelassen.

»Sorry, Nicola, das ist immer der schwerste Teil, aber jetzt hast du dich an die Temperatur gewöhnt, nicht wahr?« Er lachte, für ihn war es ein herrlicher Spaß, was mir unbegreiflich war. Ich versuchte zu nicken, damit er sah, dass ich mich anpassen konnte, aber das stimmte ja gar nicht, und deshalb brachte ich lediglich ein Kopfwackeln zustande, während ich mit aller Macht gegen die Tränen ankämpfte. Noch mehr Salzwasser im Gesicht konnte ich wirklich nicht gebrauchen.

»Okay, wir halten uns jetzt links, fang an zu paddeln«, trug mir der Wind seine Worte zu.

Ich tauchte ein Paddel ein und versuchte einen Rhythmus zu finden, von dem ich nicht wusste, ob er zu schnell oder zu langsam war. Eigentlich wusste ich gar nichts mehr und spürte auch nichts mehr außer einem Klingeln in den Ohren, der Kälte und den Schmerzen an meinem nackten Knöchel, an der Stelle, wo er amputiert werden musste.

Das Dumme war, dass ich jedes Mal, wenn eine besonders gemeine Welle mich im Gesicht zu treffen drohte, aufhörte zu paddeln, was zur Folge hatte, dass unsere Paddel gegeneinanderschlugen und uns aus dem Rhythmus brachten. Steven rief unablässig hilfreiche Anweisungen wie: »Versuch doch mal, gleichmäßig zu paddeln, Nicola« oder: »Unsere Paddel schlagen aneinander, wenn du deinen Rhythmus änderst«. Das half mir sehr bei der Konzentration. Nachdem wir meiner Schätzung nach ungefähr eine Stunde gepaddelt waren, hatten wir vielleicht hundert Meter geschafft.

Ich versuchte, im Angesicht des nahenden Todes positiv zu denken. Ich wollte das Paddel zu meiner Linken eintauchen und dann zu meiner Rechten, immer schön abwechselnd. Ich versuchte das Gesicht abzuwenden, damit mich die Wellen nicht frontal, sondern nur an der Wange trafen. Ich versuchte, an warme Orte zu denken (ein Strand in der Karibik, eine Sauna, das Höllenfeuer etc.), doch stattdessen war ich gezwungen, um mein Leben zu paddeln. Wenn ich aufhörte, würde ich sterben. Ich fing an, die Götter anzuflehen, dass diese Prüfung vorübergehen möge. Ich verlor jegliches Zeitgefühl, während ich so gleichmäßig paddelte, wie es mir möglich war. Steven und ich waren nichts als zwei Kegel, die durch die Wogen der Hochsee ruderten.

Und dann, endlich, Gott sei Dank, kam der erlösende Ruf. »Lass uns umkehren!«, schrie Steven.

Umkehren! Ja, ja, ja, GENAU.

»Das müsste leichter sein, da wir jetzt *mit* der Strömung paddeln«, rief er.

Wir machten uns an die Wende, und mein ganzer Körper jubilierte bei der Vorstellung, dass ihm bald wieder warm würde. Ich paddelte jetzt mit aller Kraft, spritzte Wasser in alle Richtungen und hatte nur noch den Strand im Sinn. Steven hatte recht. Es *war* leichter. Nur noch einmal traf mich eine Welle voll ins Gesicht, ansonsten bekam nur mein Unterleib etwas ab. Und den fühlte ich ohnehin seit einer halben Stunde nicht mehr. Bevor ich wusste, wie mir geschah, wackelte ich unsicher auf festen Grund und schaute zu, wie Steven das Kajak an Land und fort vom Wasser zog.

Gott sei Dank!

»Jetzt rasch aufwärmen!«, schrie Steven und warf mir ein Handtuch zu. Dankbar wollte ich es auffangen, doch es entglitt meinen taub gewordenen Armen und fiel in den feuchten Sand. Wie in einer Zeitlupenaufnahme schaute ich ihm nach, während mein Mund ein stummes »Neiiin!« formte. Schweigend hob ich es wieder auf und legte es wie ein Zelt über meinen Kopf. Nichts wie weg von diesem Strand!

»Wir bringen es besser schnell zum Wagen. Ich hab Tee in einer Thermosflasche dabei«, sagte Steven fröhlich und grinste mich an. Ich dachte, er würde noch ein *»Ta-Da!«* hinzufügen, so munter war er.

Ich versuchte, das Kajak anzuheben, aber es entglitt meinen zu Eis erstarrten Fingern. Meine Hände hatten eine weißlichblaue Tönung angenommen. Ich schaute zu Steven dem Kegel auf. »Ich schaff's nicht«, flüsterte ich.

Steven begutachtete mich kurz, dann schien er einen Entschluss zu fassen. Er reichte mir die Paddel und zeigte in Richtung Parkplatz. »Wir sehen uns dort«, sagte er, dann hievte er das Kajak wie Superman auf seinen Rücken und schwankte den

Weg entlang auf sein Auto zu. Ich taumelte auf tauben Beinen hinterher, schleifte die Paddel und überlegte, wie lustig ich alles finden würde, wenn es nur zwanzig Grad wärmer wäre.

Ich betrat meine Wohnung, wobei mir Stevens übermütige Verabschiedung noch in den Ohren gellte (»Nicola, hoffentlich hab ich dir jetzt nicht das Meer verdorben, HA, HA, HA!« LAUTES KLATSCHEN), und geriet übergangslos in einen Disney-Film, weil Basia die Wasserhähne im Bad putzte und dazu *»The hills are alive weeth sound of musica …«* sang. Als sie mein Gesicht mit den verwischten Mascara-Spuren sah, murmelte sie: »Ich jetzt mache Küche«, und huschte hinaus.

Fünf Minuten später und drei Stunden nach meinem Rendezvous mit dem eisigen Ozean war ich in meinen dicksten Morgenmantel gehüllt, aber mir war immer noch eiskalt. Ich massierte meine Arme, um die Gänsehaut loszuwerden, und legte eine Decke über meine Beine. Ich fror bis ins Mark. Selbst meine Organe waren kalt. Nie wieder würde mir warm werden. Nie wieder. Ich wählte Marks Nummer. Er war schuld.

»Hallo, Arschgesicht«, sagte ich betont langsam, als er sich meldete. »Arschgesicht« war ein Schimpfwort aus Kindertagen, und jetzt schien mir der geeignete Zeitpunkt gekommen, um die alte Beleidigung wieder aufzuwärmen.

»Hallo, Schwesterherz. Wie war dein Date? Wie geht's Steven? Hast du ihm meine Grüße ausgerichtet?«

»Du hast doch gesagt, dass er auf Sport steht …«, begann ich leise und gefährlich.

»Wie?«

»Du. Sagtest. Dass. Er. Sport. Mag«, betonte ich Wort für Wort.

»Äh, ja, das stimmt …«, sagte er verwirrt.

»Ja«, knirschte ich, »und ich *weiß* jetzt, dass er Sport mag.«

»Gut«, erwiderte mein Bruder verständnislos. »Und – wie war's?«

»›Mögen‹ ist ein schwacher Ausdruck dafür, oder, Mark? Denn Steven *liebt* Sport.«

»Ja, das ist wohl sein Ding, soweit ich weiß. Aber was habt ihr beide denn nun …?«

»Wohl sein Ding? Sein *Ding?* Mark, Steven LIEBT Sport«, explodierte ich. »Er ist besessen davon. Er lebt, atmet und stirbt für den Sport.« Ich keuchte vor Wut. »Er liebt Sport so wie ich Sauberkeit und du Fledermäuse. Er LIEBT diesen Scheiß. Wenn Sport eine Frau wäre, hätte er schon vor Jahren um ihre Hand angehalten. Steven würde Sport am liebsten *schwängern!*«

»Ich liebe Fledermäuse«, sagte Mark und kicherte auf eine Weise, die mich nur noch mehr auf die Palme brachte.

»Ich hab noch nie jemanden kennengelernt, der sein Hobby so fanatisch betreibt. Er kann einfach nicht genug von Sport kriegen, Mark.«

»Sorry, Schwesterherz, ich versteh nicht ganz, worauf du hinauswillst.« Mark schien bass erstaunt über meine Tirade. »Ich meine, jeder hat doch seine Hobbys. Hast du ihn von mir gegrüßt?«

»Nein, Brüderchen!«, zischte ich. »Als ich von Tonnen eisigen Salzwassers überspült wurde und meine Körpertemperatur auf einem Level halten musste, das mir das Überleben sicherte – da hab ich doch glatt vergessen, ihm deine guten Wünsche auszurichten!«

»Kein Grund, sich so aufzuführen, Nic«, sagte Mark, der nun allmählich zu begreifen begann, dass die Verabredung, die er für mich arrangiert hatte, nicht so toll gelaufen war.

»Ich führe mich nicht irgendwie auf, Mark. Mir ist eiskalt. Ich hab den ganzen Tag in einem Kajak gesessen …«

»Ein Kajak«, unterbrach er mich. »Cool, stimmt ja, seine letzte Freundin war so eine Wasserratte.« Mark kicherte.

Ich legte auf.

Ich griff nach der Fernbedienung, rief den Videotext auf und zappte wahllos durch alle Kanäle, auf der Suche nach etwas möglichst Geistlosem und Tröstlichem. Basia steckte den Kopf zur Tür herein.

»Alles fertig«, zirpte sie. Ich hatte ihre Anwesenheit vollkommen vergessen.

»Toll.« Schwach erwiderte ich ihr Lächeln. »Vielen Dank, bis nächste Woche, und einen schönen Abend noch!«

»Okay, dann ich geh und mache drauf eins«, sagte sie und führte ein kleines unziemliches Tänzchen auf, damit ich meine Freude hatte.

»Äh, super!«

»Sehe Sie nächste Woche dann, ja?«, rief sie, schon im Flur. »Sie gute Woche, hoffe ich. Byeee!«

Ich seufzte erleichtert und kuschelte mich tiefer in mein Sofa, träumte von prasselndem Feuer, kochendem Wasser und türkischen Dampfbädern.

15

Singlefrau möchte Mann kennenlernen, der Darts, Brettspiele, Kreuzworträtsel und gemütliche Abende vor dem Fernseher mag.
Chiffre 5811

»Du siehst erschöpft aus«, sagte Caroline, als ich am nächsten Morgen ins Büro kam.

»Danke schön!«, spottete ich und knallte meine Tasche neben den Schreibtisch. »Ich weiß dein freundliches Kompliment sehr zu schätzen.«

Caroline bemerkte meine mürrische Miene und brach in Kichern aus. »Oh, aber hübsch bist du auch, Nicky Wicky, nur ein ganz, ganz kleines bisschen müde … Bist wohl die ganze Nacht auf gewesen?«

Ich warf einen pinkfarbenen Highlighter nach ihr – das Erste, was mir in die Finger kam –, aber sie duckte sich und entging dem Anschlag.

Mit gespieltem Entsetzen fragte sie: »Nicola Brown, willst du etwa unser Büro in UNORDNUNG bringen?«

Als ich ihr die Zunge rausstreckte, kam James herein.

»Sehr erwachsen, Nicola. Ich bin sicher, sie hat's verdient.« Er grinste, und ich bekam heiße Ohren.

»Guten Morgen, James«, murmelte ich.

Caroline lachte mich offen aus.

Als ich sicher war, dass James nicht mehr aus seinem Zimmer kommen würde, erzählte ich Caroline alles über mein

Kajak-Abenteuer. Es gefiel mir sogar, in sämtlichen mörderischen Einzelheiten zu schwelgen, wie kalt das Wasser gewesen war etc. Es war schön, dass Caroline mit mir fühlen konnte.

»Er hat dich ins Wasser mitgenommen?«, keuchte sie entsetzt. »Im *November?* Der ist ja total verrückt.«

Es war gut, nicht die Einzige zu sein, die so etwas für anomal hielt. Ich setzte noch eins drauf und berichtete Caroline, dass ich während des ganzen Albtraums von Kopf bis Fuß in hautenges Neopren gehüllt gewesen war. Inklusive Kappe.

»Ehrlich, ich hab ausgesehen wie ein Kegel.« Ich schüttelte ungläubig den Kopf, während Caroline sich bei der Vorstellung, wie ich ausgesehen hatte, vor Lachen bog.

James kam aus seinem Büro. »Ich höre Sie immer nur lachen. Was ist denn so lustig?«, fragte er indigniert.

»Nicola fährt seit Neuestem Kajak«, erklärte Caroline und brach erneut in Lachen aus.

»*Nicola?*«, wandte er sich fragend an mich.

Ich gab ihm eine Kurzfassung dessen, was ich Caroline gerade erzählt hatte, verschwieg aber, dass es ein Blind Date gewesen war. Dann sah ich verdutzt auf, denn auch James kicherte in sich hinein. Ich konnte mich nicht daran erinnern, ihn jemals zum Lachen gebracht zu haben. Nun ja, abgesehen von dem einen Mal, als ich unter meinem Schreibtisch geputzt hatte und vom Stuhl kopfüber in den Papierkorb gefallen war. Aber damals hatte er *über* mich gelacht und nicht *mit* mir. Das hier war etwas Neues. Und es fühlte sich gut an. Zum ersten Mal seit vierundzwanzig Stunden war ich froh, dass ich den Ausflug mit Steven gemacht hatte. Winterlichen Trips aufs Meer würde ich zwar nie etwas abgewinnen können, aber ich hatte nun immerhin etwas zu erzählen. Ich hatte an diesem Wochenende etwas Gewagtes getan, und es fühlte sich gut an, andere daran teilhaben zu lassen. Es verlieh mir Glanz. Ich klopfte mir sanft – und im übertragenen Sinne – auf den Rücken.

Als ich also später am Morgen eine SMS von Mark erhielt – »Tut mir leid wegen Steven, hätte noch einen in petto … interessiert?« –, zog ich sein Angebot durchaus in Betracht. Steven und ich hatten zwar überhaupt nichts gemeinsam, aber das bedeutete nicht, dass er ein fürchterlicher Mensch war. Abgesehen von seinem fanatischen Bedürfnis, die Grenzen seiner körperlichen Leistungsfähigkeit auszutesten, war Steven vollkommen anständig gewesen, weder unhöflich noch unfreundlich oder gar langweilig. Er hatte während unseres Abenteuers keine Partydrogen eingeworfen, er hatte keine allzu großen psychischen Probleme und war mir weder gewalttätig noch notgeil vorgekommen. Ich hätte es schlechter treffen können. Und in unserem warmen, gemütlichen Büro nahm meine Geschichte in der Rückschau einen lustigen, abenteuerlichen Charakter an. Natürlich würde ich eine solche Erfahrung nicht wiederholen, aber immerhin war sie Ermutigung genug, um mich weiterhin »da draußen« umzuschauen. Von diesen Gedanken aufgemuntert, antwortete ich Mark: »Okay, warum nicht? Er soll mich anrufen.«

Mark schien meine positive Reaktion zu überraschen, denn er rief sofort zurück.

»Das ist die richtige Einstellung, Schwesterherz! Du musst es einfach immer wieder versuchen. Ich sag Lewis Bescheid, damit er dich anruft. Er wird dir gefallen, er ist das Gegenteil von Steven, überhaupt kein Outdoor-Typ. Was nicht heißt, dass er dick ist«, beeilte er sich hinzuzufügen – nur für den Fall, dass ich einen Mann, der nicht mindestens fünf Marathons pro Jahr lief, für fettleibig hielt.

»Und was macht Lewis so?«, fragte ich.

»Vieles. Er ist so eine Art Handwerker, hat aber auch eine gewisse Bildung.«

»Wie alt?«, fragte ich.

»In meinem Alter. Oh, warte, Carol ruft nach mir. Sie braucht mich!« Seine Stimme hatte einen schwärmerischen Ton angenommen.

»Ja, einen schönen Tag noch, lauf nur zu Carol«, lachte ich.

Die Verbindung brach ab, und ich starrte auf mein Handy.

James hatte beschlossen, uns zu einem Essen einzuladen, das uns als Team noch enger zusammenschweißen sollte. Caroline und ich gaben also vor zu arbeiten, während wir in Wirklichkeit die Uhr belauerten, bis James aus seinem Zimmer kam und verkündete, dass es nun so weit sei.

Er hatte einen Tisch in einem Restaurant am Avon bestellt. Es war ein zauberhafter Wintertag. Mein Atem bildete eisige Wölkchen, und die frostigen Straßen glitzerten in der Sonne. Alle Menschen trugen dicke Dufflecoats, hielten sich an den behandschuhten Händen und hatten rote Nasen.

Ich hatte mir ein kirschrotes Wollkleid und eine Kappe aus Kunstpelz geleistet, ein Outfit, in dem ich Mark zufolge »wie Anna Karenina oder eine Silberhaarfledermaus« aussah. Und meine schwarzen Lederstiefel sorgten für mollig warme Füße, als wir uns unseren Weg durch die vielen Kauflustigen auf der Park Street bahnten.

James trug einen schweren grauen Mantel über einem rostroten Kaschmirpullover und sah aus, als sei er dem Herrenkatalog von Ralph Lauren entstiegen. Sein Handy meldete sich. Die breiten Schultern nach vorn gebeugt, sprach er hinein, wobei er sich von uns abwandte. Ich fröstelte und rieb mir die Arme.

»Ich werde es wohl in den Fluss werfen müssen, damit er nicht auch noch beim Lunch arbeiten kann«, seufzte Caroline und betrachtete James' Handy ungnädig.

Als hätte er sie gehört, beendete James sein Gespräch und

schloss sich uns an. Für einen Moment trafen sich unsere Blicke. Etwas in seiner Miene bewirkte, dass ich die Augen niederschlug und sie auf alles Mögliche richtete, nur nicht auf ihn. Wir gingen den Kai entlang bis zum Restaurant, einem umgebauten Kanalboot, das an einer Steinbrücke vertäut lag. Wir duckten uns unter der niedrigen Tür hindurch und wurden sofort von einem sehr jungen Kellner in Empfang genommen und zu einem runden Ecktisch geführt. Über der hölzernen Lehne der Sitzbank rankte Efeu, auf dem Tisch brannten Kerzen. James zog den Stuhl für mich unter dem Tisch hervor.

»Die Farbe steht Ihnen wirklich gut«, sagte er mit Blick auf mein Kleid.

Ich murmelte etwas Unverständliches, während ich mir den Kopf zerbrach, wie ich auf das Kompliment reagieren sollte. »Ihnen auch« würde merkwürdig klingen, »Danke schön« herablassend. Ich öffnete den Mund, ließ dann aber erleichtert die Schultern sinken, weil der Kellner wiederkam und mich damit einer Antwort enthob. James bestellte einen Krug Glühpunsch, dem wir eifrig zusprachen, während wir die Speisekarten studierten. Ich überflog gerade die Mittagsgerichte, als ich vor Schreck erstarrte: Mein Fuß war gegen etwas Festes gestoßen. War es das Tischbein? Carolines Bein? James' Bein? Ich musterte die beiden verstohlen, konnte aber keine Reaktion feststellen. Also nur das *Tischbein*, versuchte ich mich zu beruhigen. Was hatte ich mir nur eingebildet? Ich fächelte mir mit der Speisekarte Luft zu, weil mir in meinem Wollkleid urplötzlich zu warm geworden war.

»Ich nehme den Grillteller«, verkündete Caroline, leckte sich genießerisch die Lippen und steckte die Serviette vorn in ihre rote Bluse, worauf wir alle lachen mussten.

»Eine gute Wahl«, meinte James. »Und Sie, Nicola?«

»Ich …« Ich hörte zu fächeln auf und überflog wieder die

Mittagskarte. Die Worte verschwammen vor meinen Augen. Ich konnte nicht klar denken. Warum war ich nur so durcheinander? »Das Gleiche«, sagte ich schnell.

Der Kellner kam herbeigeeilt, und wir bestellten den Hauptgang und noch mehr Punsch. Dann saßen wir da, die Hände um unsere Becher gelegt, bliesen auf die dampfende Oberfläche und ließen uns vom Alkohol wärmen. Ich schaute aus dem Fenster auf den Fluss und lächelte, als ich ein Doppelkajak vorbeigleiten sah. Am Nebentisch nahm ein älteres Ehepaar Platz, worauf James sich umdrehte und freundlich mit ihnen schwatzte. Ich grinste, als die alte Dame über etwas, das er gesagt hatte, in Lachen ausbrach … und merkte, dass Caroline mir etwas erzählt und ich nicht zugehört hatte.

»Das habe ich jetzt nicht mitgekriegt«, entschuldigte ich mich.

»Das habe ich gemerkt.« Sie zog eine Braue hoch.

Ich spürte, wie mir die Röte in die Wangen stieg, als James sich wieder uns zuwandte.

»Caroline, Nicola«, er nickte uns zu und hob sein Glas. »Auf euch, die ihr meinen Laden am Laufen haltet. Danke schön!«

»Prosit!« Wir stießen an.

Sekunden später erschien der Kellner mit drei Tellern und schob Besteck beiseite, um Platz zu schaffen. Als wir die erste Gabelladung zum Mund führten, klingelte ein Handy. James schluckte rasch seinen Bissen hinunter, wühlte in seiner Manteltasche und brachte den Apparat mit einem Tastendruck zum Schweigen.

»Und, fahren Sie über Weihnachten weg?«, fragte ich ihn.

Er schüttelte den Kopf. »Nein, ich bleibe in England. Die Verwandt…«

Wieder wurde er von seinem Handy unterbrochen. »Sorry.« Er lächelte und drückte das Gespräch weg.

Da piepste eine SMS, er drückte eine Taste und las, dann schob er das Handy wortlos in die Tasche.

Wieder ein Piepsen. James schaute entnervt zum Himmel, schien einen inneren Kampf mit sich selbst zu verlieren und zog das Handy wieder aus der Tasche.

»Das hört sonst wahrscheinlich nicht mehr auf. Bin gleich wieder bei Ihnen.« Knirschend schob er seinen Stuhl zurück und trat hinaus auf den Kai, wo er in der Kälte mit den Füßen stampfte.

Caroline zog die Stirn kraus. »Merkwürdig«, sinnierte sie.

Ich aß einen Happen Fleisch und Kartoffeln, schmeckte jedoch kaum etwas, weil ich James beobachtete, der in sein Handy sprach und sich die Stirn rieb. In weniger als einer Minute schien er um zwanzig Jahre gealtert zu sein. Seine Stirn lag in Falten, und seine freundlichen grauen Augen hatten ihren Glanz verloren. Wer auch immer der Anrufer war, ein sonderlich erfreuliches Gespräch war es nicht.

Da kam James auch schon wieder herein und blieb vor unserem Tisch stehen. »Tut mir leid, Ladies. Schrecklich schlechtes Timing, aber ich fürchte, ich muss ganz dringend weg.« Hastig legte er sich den Schal um. »Bitte bestellen Sie, was Sie mögen, nehmen Sie Nachtisch«, betonte er und versuchte zu lächeln. Doch nur ein Mundwinkel hob sich, und seine Augen sahen so furchtbar tot aus, dass ich Angst bekam, etwas Schreckliches könne passiert sein.

»Ist alles in Ordnung?«, fragte ich, stand auf und streckte instinktiv die Hand aus, um sie auf seinen Arm zu legen. James schaute auf meine Hand, und ich zog sie hastig zurück, als hätte ich mich verbrannt.

»Ja, ich bin vorgeladen worden.« Er lachte hohl. »Ist 'ne lange Geschichte«, fügte er hinzu, ohne mich anzusehen.

Ich nickte langsam, spürte, dass eine Veränderung mit ihm

vorgegangen war. Ich schluckte, öffnete den Mund, wollte etwas sagen, helfen. Caroline erhob sich nun gleichfalls. »Na, dann gehen Sie schon, bringen Sie's in Ordnung. Wir verspeisen derweil Ihren Lunch.«

Wir lachten freudlos, dann ging James. Als er sich unter der Tür duckte, klingelte sein Handy erneut.

16

Die Tage vergingen, und das Wetter wurde so ungemütlich, dass auf dem Weg zur Arbeit der eine oder andere Schirm dran glauben musste. An dem ersten einigermaßen milden Tag seit einer Ewigkeit ging ich in der Mittagspause shoppen. Ich hatte beschlossen, mir für das nächste Date mehr Mühe mit meinem Outfit zu geben. Ich fühlte mich glamourös, als ich durch die Geschäfte flitzte und Kleider in Farben anprobierte, für die ich sonst nichts übrig hatte. Schließlich erstand ich ein grünes geblümtes Tea Dress, das modisch genug fürs Büro war, aber zugleich *»girly«* wirkte (gut, das waren die Worte der Verkäuferin, aber ich konnte ihr nur zustimmen). Ich kaufte einen passenden dunkelroten Lippenstift und ein Paar süße, klassische T-Bar High Heels. Lewis hatte mich gestern Abend angerufen, und wir wollten uns in einer Bar im Zentrum treffen.

Ich erschien pünktlich zur verabredeten Zeit um halb acht. Die Bar war schwer mexikanisch angehaucht, in vielen grellen Gelb- und Rottönen. An den Wänden hingen Bilder von schwärzlichen, kräftigen Männern mit riesigen Schnurrbärten neben kleinen Gitarren, die wohl weniger dem Spiel als der Verzierung dienten. An der hinteren Wand reihten sich niedrige, plüschige Sofas, die aber sämtlich belegt waren, sodass ich mich mit einem Barhocker an einem kleinen, runden Fenstertisch begnügte und an meinem Wein nippte.

Als Lewis nach einer halben Stunde immer noch nicht erschienen war, schlurfte ich zur Theke, um bei dem missmutig aussehenden Barmann einen zweiten Weißwein zu bestellen.

Ich versuchte, nicht auf seinen Sombrero zu starren, aber das war schwierig, denn der Hut war riesig und beschattete die ganze Theke. Er grunzte und reichte mir das Wechselgeld. Ich tappte zurück zu meinem Barhocker. Ich hegte keine großen Hoffnungen, was dieses Date anbetraf, besonders angesichts der späten Stunde, doch ich fand es aufregend, einen mir völlig Unbekannten zu treffen, und freute mich auf die Möglichkeiten, die der Abend bereithalten mochte. Bis mir schwante, dass Lewis mich womöglich versetzt hatte.

Plötzlich wurde ich von Panik ergriffen. Was, wenn Lewis es sich anders überlegt hatte? Sollte ich etwa den ganzen Abend in einer mexikanischen Bar hocken, während draußen trübselig der Regen rauschte, und mir aus Frust eine Flasche Wein und einige Tequilas reinziehen, während ich versuchte, dem mürrischen Barmann ein Lächeln zu entlocken? Was, wenn Lewis Mark angerufen hatte, um das Date abzusagen, und Mark mir diese Neuigkeit vorenthalten hatte? Das war gar nicht so unmöglich, da Mark ein Handy besaß, das fast so alt war wie er selbst: ein Prepaid-Teil mit einer Art Hologramm-Sticker auf der Rückseite.

Wie lange sollte ich noch warten? Ich war bereits seit einer guten halben Stunde hier. Sollte ich nicht besser gehen? Sollte ich so tun, als erhielte ich einen Anruf, um die Bar darauf zu verlassen? Das würde vielleicht weniger jämmerlich wirken. Aber wenn nun mein Handy klingelte, während ich dieses vorgetäuschte Gespräch führte? Das würde alles nur noch schlimmer machen. Was für ein Albtraum! Und blödsinnig dazu. Da war … ein Mann, der gerade die Bar betrat und in meine Richtung schaute. Das musste er sein. Lewis. Gott sei Dank.

Lewis kam rasch an meinen Tisch und entschuldigte sich für die Verspätung. Dann streifte er seinen Mantel ab und schüttelte ihn so heftig aus, dass ein Tropfenregen über den Tisch und mich niederging. Ich war indessen so erleichtert, doch nicht versetzt worden zu sein, dass ich ihn nachsichtig anlächelte und diskret die Tropfen auftupfte. Ab jetzt konnte es nur besser werden, sagte ich mir.

»Nicky«, strahlte Lewis und ergriff meine Hand, wobei er fast mein Glas umgestoßen hätte. *Ich heiße Nicola*, dachte ich. *Ni-co-la*. Ich war schon im Begriff, ihn zu korrigieren, als er mir plötzlich den Rücken zukehrte und dem traurigen Barmann »Alles klar, Kumpel?« zurief. Der Barmann kochte vor Wut.

Nachdem Lewis seinen feuchten Mantel über einen Stuhl gehängt hatte, schnäuzte er die Nase mit einer Papierserviette aus dem Spender auf dem Tisch. Dann, als ihm auffiel, dass ich mein Glas schon zur Hälfte geleert hatte, ging er zur Theke und holte sich einen Drink, ohne mich zu fragen, ob ich auch noch einen wollte. Die Serviette ließ er zusammengeknüllt auf dem Tisch liegen, und ich verbrachte ein paar äußerst unangenehme Minuten mit dem Versuch, nicht an ihren Inhalt zu denken.

Endlich kam Lewis wieder, leerte sein Bier beinahe in einem Zug, lehnte sich dann auf seinem Hocker zurück und musterte mich prüfend, als wäre ich ein Pferd bei einer Versteigerung. Ich nahm die Gelegenheit wahr, um *ihn* genauer zu betrachten. Lewis war groß und hatte dunkelbraune Haare. Er besaß regelmäßige Gesichtszüge (außer der Nase, die ihm mal jemand gebrochen hatte) und war nicht schlecht gekleidet. Ein wenig Sorgen bereitete mir die Tatsache, dass sein Haar nicht nur wegen der Nässe glänzte, aber im Großen und Ganzen war er durchaus passabel.

Wir tauschten Informationen über unser Leben aus, über unsere Wohnungen, die Stadt, unsere Jobs. Dem, was er erzählte, entnahm ich, dass Lewis in einem Callcenter arbeitete. Auch wenn er sich als »Verkaufsleiter« stilisierte, war damit wenig Staat zu machen, aber ich wollte kein Snob sein.

»Und – welche Hobbys hast du?«, fragte ich, nippte an meinem Drink und hoffte, dass wir vielleicht etwas gemeinsam hatten. »Was machst du gern?«

»Ach, dies und das, Nicky, dies und das«, erwiderte er wenig hilfreich.

Ich ließ die Schultern sinken.

»Unter anderem mache ich auf Gigs den MC«, fuhr er fort.

»MC?«, hakte ich nach und versuchte, mir unter dem Akronym etwas vorzustellen. Moto Cross? Männer Chor? Mega Catcher?

»*MC*. Du weißt schon: DJ, Freestyle, *Rap*.«

»Rap! Was, du bist ein Rapper?«, rief ich, wobei mir die Überraschung sicherlich vom Gesicht abzulesen war.

»Nein, das ist nicht ganz dasselbe, Nicky. Rapper überlegen sich ihren Text vorher. Ich hingegen texte aus dem Stegreif. Ich erfinde wirklich alles AUS DEM STEGREIF«, betonte er, als wäre ich taub.

»Also, du lernst deinen Text nicht auswendig?«, fragte ich, aber das verdross ihn lediglich, da er mir ja bereits erläutert hatte, dass er AUS DEM STEGREIF vortrug.

»Die Worte kommen mir einfach aus dem Mund, während der DJ die Platte spielt«, und er zeigte auf seinen Mund, während er es sagte, was ihn mir irgendwie unsympathisch machte.

»Und deine Texte, wovon handeln die?«, fragte ich weiter.

»Ach, von Gott und der Welt. Der Welt, die mich umgibt, Nicky«, und er breitete die Arme aus, um mir die besagte Welt vorzuführen.

»Wie jetzt? Der Raum, wo du gerade bist, oder die Welt an sich?«

»Ich kann es mit allem.« Er zuckte die Achseln in einem Versuch, bescheiden zu wirken, versagte jedoch kläglich dabei.

»Cool«, sagte ich mit einem Nicken. Meine Schultern sackten herab und ich schaute mich betreten in der Bar um.

Da hellte sich Lewis' Miene auf. »Ich geh jetzt zur Bar, da füllt er mir nach, und dann denken wir nach.« Er stand auf und schnippte mit den Fingern.

»Entschuldigung, was hast du gesagt?«

»Yeah, yeah, Nicky. Ich geh jetzt mal rüber an die Bar, aber wenn du willst, kämm dir ruhig das Haar, yeah.«

Oh mein Gott. Rappte er etwa für mich?

»Ich rappe für dich, Nicky, oho, aber ich brauche kein Mikro«, sagte er und schlenderte zur Bar, sich wiegend in seinem neu gewonnenen Selbstbewusstsein.

Mich ließ er mit einigen offenen Fragen zurück. Zum Beispiel: »Oh Gott, warum tust du das?«, oder: »Womit habe ich das verdient?«

Ich besaß jedoch nicht den Mut, einfach zu gehen. Ich saß wie auf glühenden Kohlen, strich mir nervös über die Haare und dachte daran, dass heute Abend *Doc Martin* im Fernsehen wiederholt wurde. Und ich war noch nicht mal ein Fan der Serie. Ehrlich gesagt, hätte mir sogar eine ganze Staffel *Promi-Challenge* eher zugesagt als dieser Abend.

Lewis stolzierte wieder auf mich zu, und ich sah schon auf zwölf Schritt Entfernung den triumphierenden Ausdruck in seinen Augen. »Bitte schön, die Dame! Ich hab einen Gutschein, deshalb ist dieser Drink frei. Yeah, Nicky, is' tricky, aber das ist 'n freier Wein. Yeah!«

Mir klappte der Unterkiefer herunter.

»Äh, danke. Sehr nett.« Ich konnte mich gerade noch überwinden, den Drink anzunehmen. Er hatte einen Gutschein für diese Bar. Und das Sprechen in Reimen wollte kein Ende nehmen. Unsere Gläser waren noch voll, ein Ende der Qual also nicht abzusehen. Noch so ein Spruch, und ich würde in Tränen ausbrechen.

»Danke«, flüsterte ich noch einmal, über den hohen Tisch gebeugt.

Er nickte. War er enttäuscht? Hätte ich in Reimen sprechen sollen? Oh Gott, jetzt fing er auch noch an, auf dem Barhocker herumzurutschen. Ich atmete tief durch und richtete mich auf. »Ähm, das war wirklich nett, genau. Und du bist wohl sehr schlau?«, endete ich unsicher, weil ich mir sagenhaft dämlich vorkam.

Lewis strahlte mich an. Jetzt hatte ich ihm wieder grünes Licht gegeben. »Genau, wir sitzen hier und plaudern, so geht das ohne Zaudern!« Bei »so« schnippte er mit den Fingern.

»Gut«, sagte ich mit so viel Begeisterung, wie ich einem Mann gegenüber aufbringen konnte, der anscheinend glaubte, wir befänden uns in einem Eminem-Film.

»Also, wir sitzen hier und trinken Bier, das ist ja schon genug der Ehre, aber wie steht's mit deiner …« Er verstummte. Riss die Augen auf und verfiel sichtlich in Panik. Ähre, Fähre, Leere, Mähre, Quere, ich sah förmlich, wie er das Alphabet durchging, und wusste, dass er sich keinen Reim darauf machen konnte. Eine Ader pochte an seinem Hals. Plötzlich hatte ich Mitleid mit ihm.

»Karriere?«, schlug ich vor.

»Yeah, Karriere, yeah. Keine Leere«, rappte er, sichtlich erleichtert. Selbst die Ader kam zur Ruhe.

»Tja … also …«, murmelte ich, verzweifelt darauf bedacht, dass es nicht wieder zu Reimen kam. »Ich, ähm, ich arbeite in einer Agentur in der Stadt. Wir vertreten Schauspieler, Models, wir machen Promotion, so was in der Art«, erklärte ich.

»Auch Musiker?«, fragte Lewis mit neu erwachtem Interesse.

»Äh, eher nicht. Keine Musiker«, gestand ich.

Seine Schultern sackten herab, doch dann hob er die Hand zum Gesicht und fing an, in rascher Folge *»Boom Boom Wicka Wicka«* von sich zu geben. Ich sah mich peinlich berührt um. Aber alle anderen Pärchen waren ins Gespräch vertieft, und eine feuchtfröhliche Mädelsrunde probierte aus, wie viel Tequila man in möglichst kurzer Zeit kippen konnte. Niemand schien Notiz von uns zu nehmen, als Lewis sich mit reichlich *»Boom Boom Wicka Wicka«* einstimmte, um dann wieder mit einem Rap anzufangen. »Denn, Nicky, Rap ist 'ne Kunst, Rap ist ein Können. Musik für deine Ohren, anders kannst du's nicht nennen.« Darauf folgte noch ein letztes *»Boom Boom Wicka Wicka«*.

Nun hatte ich genug. Ich konnte keine Begeisterung mehr heucheln.

»Ich, ich, ähm … hab noch einen Termin«, brabbelte ich, stürzte meinen Drink hinunter und sah mich suchend nach meinem Mantel um.

»Aber, Nicky, wir fangen doch grad erst an. Geh nicht, Baby, es wird dir leidtun, wenn du …« Wieder riss er vor Schreck die Augen auf. Ich konnte es nicht mehr ertragen. Ich soufflierte ihm nicht einmal mehr das passende Wort, sondern schaute ihn nur mitleidig an. Er kämpfte noch eine Weile mit dem Satz, dann ließ er den Kopf sinken und griff nach seinem Mantel.

»Lassen wir es gut sein, ja?«, sagte ich sanft.

Er nickte einmal kurz, den Kopf noch immer gesenkt.

Wir verließen die Bar, und ich hielt ein Taxi an, ohne ihn noch einmal anzusehen.

»War nett, dich kennenzulernen, Lewis«, murmelte ich, als ich auf den Rücksitz kletterte. Ich machte mir nicht die Mühe, eine neue Lüge zu erfinden, warum ich so früh gehen musste. Er wusste Bescheid.

»Nie wieder, Mark«, sagte ich in dem Moment, als er den Hörer abnahm.

»Aber …«, setzte er an.

»Nein, nein, nein und nochmals nein«, sagte ich, keine Unterbrechung duldend. »Du fädelst keine Dates mehr für mich ein. Ich mache das selbst, wenn überhaupt. Ehrlich gesagt, nach der Katastrophe heute Abend frage ich mich ernsthaft, ob ich überhaupt noch einmal einen Angehörigen des anderen Geschlechts treffen will.«

»Nic, sei doch nicht so biestig!«, protestierte Mark.

»Bin ich nicht«, sagte ich entrüstet, und dann bekam ich einen hysterischen Lachanfall.

Mark schwieg verblüfft, während ich lachte, einen Schluckauf bekam und von Neuem loskicherte.

»Ähm, Nic?«, schob er zwischen zwei Hicksern ein. »Nic, alles in Ordnung mit dir?«

Ich ließ mich auf mein Sofa plumpsen, schnaubte noch einmal und seufzte. »Eigentlich schon.« Ich ließ meinen Kopf auf die Kissen sinken. »Nur diese Woche bitte keine katastrophalen Dates mehr, bitte, liebster Bruder.«

»Schön. Versprochen. Übrigens, bald ist Weihnachten. Wann fährst du zu den Eltern?«

»Ach Gott, ist es schon wieder so weit?« Ich streckte die Beine aus und wackelte mit den Zehen.

»Sei nett zu ihr«, mahnte Mark.

»Sie treibt mich in den Wahnsinn!«, protestierte ich.

»Ich weiß, aber du bist jünger und hübscher, also ist es deine Pflicht, nett zu ihr zu sein.«

»Nein, sie ist älter und weiser«, berichtigte ich ihn. »Und meine *Mutter*.«

»Ich bin doch auch da und kann dich durch die düstere Zeit begleiten«, neckte er.

»Ich weiß. Was wünschst du dir zu Weihnachten?«

»Echt jetzt?«

»Ja, echt jetzt. Es ist doch offensichtlich Brauch, Weihnachten einander zu beschenken.«

»Also, jetzt, wo du's erwähnst, ich hätte gern ein Chinchilla oder meinen eigenen zahmen Flughund.«

Ich stöhnte vor Verzweiflung. »Kann ich dir nicht einfach ein Buch oder eine DVD kaufen?«

»Ist ja gut, Schwesterherz, reg dich nicht auf.« Mark klang enttäuscht, und sofort bekam ich ein schlechtes Gewissen. Vielleicht war es ja *möglich*, ihm ein Fledertier zu schenken. Ich machte mir im Geiste eine Notiz, diese Möglichkeit auszuloten. Ich konnte Roger in der Tierhandlung anrufen.

»Also, wir sehen uns dann im trauten Elternhaus«, sagte ich und wollte auflegen.

»Kannst du morgen Abend zu mir kommen?«

»Morgen?« Ich zuckte die Achseln. »Ja, schon, nach der Arbeit.«

»Fantastisch. Ich muss dir unbedingt etwas zeigen.« Er klang ganz aufgeregt.

»Nicht noch einen Mopedhelm, oder?«

»*Motorrad*. Und nein, das nicht.«

»Na schön, ich komme. Ach, und Mark … Weihnachten – bitte bring nicht zufällig einen Freund mit. Ich bin jetzt in der Lage, dir zu versichern, dass deine Freunde NICHT mein Fall sind.«

17

»Dating ist scheußlich«, verkündete ich am nächsten Morgen im Büro. Die letzte Woche vor dem Weihnachtsurlaub war angebrochen, aber selbst das vermochte mich nicht aufzuheitern.

»Oh je, etwa noch so ein Versager?«, fragte Caroline, brachte mir eine Tasse Tee und pflanzte sich mit mitleidiger Miene auf meine Schreibtischkante. Sie hielt einen Keks mit Schokoladenüberzug in die Höhe, falls ich doch von meinen Gewohnheiten abweichen und in Versuchung geraten sollte. Was konnte es schon schaden? Ich verspeiste die Morgengabe.

»Knauserig, langweilig und ein Rapper«, berichtete ich, Lewis' Eigenschaften an einer Hand abzählend.

»Ein Nepper?«, fragte sie stirnrunzelnd.

»Rap … ach, ist ja auch egal. Jedenfalls war es schrecklich«, beklagte ich mich.

»So schlimm?« Sie bot mir nun die ganze Keksschachtel an (immerhin war es ein Notfall). Mir fiel auf, dass Caroline mich besorgt anstarrte, als ich in Windeseile zwei Kekse verdrückte.

»So schlimm«, bestätigte ich mit der Hand vor dem Mund, um nicht überall Krümel zu versprühen. Ich schluckte das Gebäck hinunter. »Ganz ehrlich, nie wieder. Es war einfach schrecklich«, ich griff nach dem dritten Keks. »Total peinlich.«

»Oh je.«

»Keine Dates mehr. Nie, nie mehr«, wiederholte ich. »Ich steh das nicht durch.«

»Aber du musst, Nic!«, beharrte Caroline. »Sieh mal, der Letzte war halt ein Rückschlag, aber glaub mir, der Richtige wartet auf dich, er wartet *da draußen.*« Sie sprach mit solcher Zuversicht, dass ich ihr glaubte – jedenfalls für den Bruchteil einer Sekunde.

Dann schüttelte ich den Kopf. »Nö. Ich sage die Wette ab. Ich kann nicht. Ich will nicht!«

»Doch, du *kannst*«, widersprach Caroline. »Vielleicht warst du zu verbissen. Vielleicht ist das nicht der richtige Weg. Vielleicht musst du ein bisschen loslassen«, sinnierte sie. »Lass dich vom Schicksal auf den rechten Weg leiten.«

»Vom Schicksal?«, fragte ich skeptisch. »Welcher Weg soll das denn sein, Caroline? Der Weg, der mich an Orte führt, wo sich *anständige* Männer rumtreiben?«

»Genau!«, rief sie triumphierend.

Ich stöhnte und vergrub den Kopf in den Händen. »Nein, ich muss das Vorhaben aufgeben. Es ist grässlich, demütigend und führt einfach zu nichts.«

»Blödsinn«, erklärte Caroline. »Wir brauchen einen neuen Ansatz. Ehrlich jetzt, Nicola. Ich weiß, dass du eine Reihe von Dates hattest, die, äh, weniger als schön waren …«

Ich schnaubte ob dieser Untertreibung.

»… aber du musst weitermachen. Du musst herausfinden, was das Leben für dich bereithält. So lebst du wenigstens jetzt, anstatt dich in deiner kalten Wohnung zu verstecken …«

»*Kalt?*«, unterbrach ich sie und schaute stirnrunzelnd auf.

»Oh, nein, sie ist natürlich wunderschön«, beeilte sich Caroline zu versichern. »Mit diesen frischen, klaren Linien und diesen, äh, weißen Farben. Ich wollte damit nur sagen, dass ich sie ein bisschen steril finde. Gut, nicht unbedingt *keimfrei*, aber …«

Ich musste grinsen und hielt eine Hand hoch. »Ist schon gut, Caroline, ich bin nicht gekränkt«, versicherte ich.

Sie war sichtlich erleichtert. Bevor sie erneut ins Fettnäpfchen treten konnte, erschien James in der Tür und jagte uns beiden einen Schreck ein. »Nicola, Hilfe«, begann er und winkte mit der rechten Hand, während er in der Linken einen Stoß Papiere hielt.

Ich sah Caroline fragend an, dann wandte ich mich James zu. »Äh, klar.«

Er war schon wieder in seinem Zimmer verschwunden. Ich stand auf, um herauszufinden, was dort im Argen lag.

James wühlte in einem Aktenschrank herum. Sein Gesicht war besorgt, sein Haar zerzaust.

»Wie kann ich helfen?«, fragte ich behutsam.

»Nicola, wo heben wir die abgelaufenen Verträge auf?«, fragte er über die Schulter und fuhr fort, in der Schublade zu wühlen, die, soweit ich wusste, lediglich Lebensläufe und Porträtaufnahmen enthielt.

»Jedenfalls nicht dort«, behauptete ich mit Nachdruck und trat neben ihn an den Aktenschrank.

Er ließ das Wühlen sein und starrte wie ein erschrockener Hase in den Autoscheinwerfer.

»Was genau suchen Sie denn?«, fragte ich. Ich stand dicht neben ihm.

»Einen Vertrag für diese Serie auf Channel 5, in der Chris mitgespielt hat«, erwiderte er.

»Sie meinen Chris …« Ich wusste die Antwort bereits.

»Chris Sheldon-Wade«, bestätigte James.

»Kein Problem.« Ich ging in die Knie und zog eine Schublade vor seinen Füßen auf.

»Die Serie wird anscheinend wiederholt, und Chris möchte nun wissen, ob ihm eine Wiederholungsvergütung zusteht«, sagte James.

»Ah ja, okay.« Ich blätterte rasch zu »S« vor.

»Und ich kann mich nicht erinnern, ob wir eine entsprechende Klausel in den Vertrag aufgenommen haben. Ich meine, das haben wir doch bestimmt, oder nicht? Zwar geht es um Geld, das wir ohnehin nicht zu sehen bekommen, aber ich kann mich einfach nicht erinn…«

»Ähm, James.« Ich verrenkte mir den Hals, um zu ihm aufzuschauen. »Keine Panik.« Ich lächelte ihm beruhigend zu, dann stand ich auf und spürte meine Wangen heiß werden, weil ich ihn versehentlich angerempelt hatte. »Ähm … hier, bitte schön.« Ich reichte ihm den Vertrag.

»Super.« Er nahm das Dokument und sah es rasch durch. Seine Schultern entspannten sich. »Er kriegt sie, wir haben's nicht vergessen, Gott sei Dank.« Erleichtert sah er mich an und lehnte sich an den Aktenschrank. »Danke Ihnen, Nicola. So, und jetzt muss ich für den Rest des Nachmittags weg, und zwar seit ungefähr …«, er schaute auf seine Uhr, »… zehn Minuten, um genau zu sein.« Er lachte nervös. »Falls Chris anruft, geben Sie ihm meine Handynummer. Nein, sagen Sie ihm lieber, ich rufe zurück. Nein, auch nicht, sagen Sie ihm am besten …« Er verhaspelte sich.

»Soll ich mich darum kümmern?«, schlug ich leise vor und streckte die Hand nach dem Vertrag aus.

»Ja, das ist gut. Brillant! Ja, tun Sie das. Er mag Sie, und wir müssen uns den Mann warmhalten!« Er klopfte mir so fest auf die Schulter, dass ich schwankte. »Oh, sorry, äh, genau, ich muss los.« Er schnappte sich den Mantel und steuerte auf die Tür zu. »Bye, Nicola.«

Ich winkte ihm mit dem Vertrag nach. »Bis morgen.«

»Bye, Caroline«, hörte ich ihn im Vorzimmer rufen.

»Vergessen Sie bloß das Mittagessen nicht, James! Sonst kippen Sie noch aus den Latschen!«, rief Caroline alarmiert, während er bereits die Treppen hinunterlief. Dann schlug unten die Haustür zu.

Ich flitzte zum Fenster und sah James nach, der zügig die

Straße entlangschritt, mit der einen Hand an seinem Mantelkragen nestelnd, die andere auf der Suche nach seinem Handy. Er schien in letzter Zeit arg zerstreut zu sein, und er hatte auch wieder Tränensäcke unter den Augen. Ich konnte nur hoffen, dass es ihm gut ging.

Chris' Anruf ließ nicht lange auf sich warten. Das Festnetztelefon klingelte, und ich meldete mich in James' Büro mit meinem üblichen munteren »Hier Agentur Sullivan, Nicola am Apparat.«

»Ah, ich hatte gehofft, dass Sie es sind, Nic-o-laaaaa«, sang der warme Bariton. Ich hielt den Hörer so lange vom Ohr weg, bis er ausgeträllert hatte.

»Chris«, sagte ich dann so formell wie möglich.

Das schien zu wirken, denn Chris hörte auf zu trällern und antwortete mit einem halbwegs vernünftigen »Nicola«. Ein kleiner Fortschritt.

»Ich nehme an, Sie rufen an, weil Sie wissen wollen, wie es mit der Wiederholungsvergütung für die Channel-5-Serie aussieht«, fuhr ich in meinem überprofessionellen Ton fort.

»Nein, da irren Sie sich«, gab Chris zurück.

»Warum rufen Sie dann an?«, fragte ich. Allmählich befürchtete ich, dass ich James hier brauchen würde.

»Ich rufe nur an, um Ihre liebliche Stimme zu hören, Nicola«, schleimte er.

Ich stöhnte innerlich. »Na schön, Chris. Hören Sie, falls Sie zufällig etwas über Ihre Wiederholungsvergütung erfahren möchten, dann kann ich Ihnen bestätigen, dass Sie diese erhalten werden, nachdem die Serie erneut ausgestrahlt wurde. Und falls Sie keine Zahlung erhalten sollten, so wenden Sie sich jederzeit an uns, wir kümmern uns für Sie darum.«

»Das ist *supernett* von Ihnen, Ni-co-la«, lachte er.

Ich antwortete mit einem brüsken »Nichts zu danken«.

»Also, Ni-co-la, ich muss meinen Vertrag bei euch einschicken, da er verlängert werden muss.«

Ja, das war wirklich wichtig, dachte ich, und meine Hand krampfte sich um den Hörer. Chris war einer unserer erfolgreichsten und daher profitabelsten Klienten. Wir konnten es uns nicht leisten, ihn zu verlieren.

»Aber sehen Sie, ich möchte nicht unbedingt unterschreiben, bevor ihr Leutchen mir nicht einen kleinen Gefallen getan habt …«

»Chris, ich bedaure es sehr, aber darüber müssen Sie wirklich mit James, ich meine mit Mr Sullivan sprechen, weil ich nicht autorisiert bin, Ihren Vertrag mit uns zu ändern, und jegliche Anfragen bezüglich Prozenten und …«

»Nicola, Nicola, Nicola«, fiel er mir ins Wort.

Ich verstummte.

»Sie *können* mir dabei helfen.«

»Ganz ehrlich, Chris, ich glaube nicht, dass das in meinen Zuständigkeits…«

»Nicola«, wiederholte er sanft, »ich werde den Vertrag ganz bestimmt nicht unterschreiben, wenn Sie mir weiter ausweichen.«

Ich hielt sofort den Mund.

»Also«, schnurrte er in die Leitung, »ich werde den neuen Vertrag nur unterzeichnen, und jetzt kommen Sie ins Spiel, wenn Sie mit mir essen gehen und danach zu meiner Silvesterparty, und zwar als mein …«, er legte eine bedeutungsschwangere Pause ein, »… mein Date.«

»Wie bitte?«, rief ich.

»Sie haben mich schon verstanden. Also, werden Sie kommen, Nicola?«

»Nein! Ich meine, seien Sie nicht albern. Ich kann nicht, oder vielmehr, es ist einfach nicht …«

»Schon etwas vor?«, unterbrach er mein Gestammel.

»Also eigentlich nicht, aber …«

»Dann ist es beschlossen«, sagte er entschieden. »Ich unterschreibe die Verträge, und Sie kommen zu meiner Party.«

»Es ist sehr freundlich von Ihnen, mich einzuladen, aber …«

»Das Motto lautet ›Celebrities‹, also werfen Sie sich ordentlich in Schale, Nicola. Nicht, dass Sie es sonderlich nötig hätten«, fügte er gurrend hinzu. »Näheres folgt noch, ich hab ja Ihre Handynummer.« Dann dröhnte noch einmal sein bellendes Lachen durch die Leitung. »Damit sind wir verabredet.«

Und er legte auf. Ich starrte mit leerem Blick auf den Hörer – die übliche Pose nach einem Telefonat mit Chris Sheldon-Wade. Als ich auflegte, schwirrte mir der Kopf. Wie in aller Welt sollte ich Chris für uns warmhalten, ohne einen ganzen Abend mit ihm verbringen zu müssen? Meine Schultern sackten herab, als ich erkannte, dass mir keine andere Wahl blieb: Ich *musste* ihn auf diese Party begleiten. Chris Sheldon-Wade war immens wichtig für uns, und dieses kleine Opfer konnte ich ja wohl bringen. Ich dachte an James' zerzaustes Haar, an die neuen Falten um seine Augen und spürte, wie ich von Entschlossenheit erfüllt wurde. Ich würde alles tun, um ihm zu helfen.

Ich verließ James' Büro und kehrte kopfschüttelnd zu Caroline zurück.

Caroline sah mich neugierig von der Seite an. »Gehst du zum Lunch, Nicola?«, wollte sie wissen.

»Ja, das weißt du doch.« Ich fand ihre Frage seltsam. Heute früh hatte ich fünf Minuten lang das Baguette beschrieben, das ich mir zum Lunch leisten wollte (ein bisschen Brot würde mich nicht umbringen, hatte ich geltend gemacht, und Caroline hatte mir sogleich zugestimmt). Ein neu eröffnetes Deli in der Nähe bot Sandwiches an, bei denen mir das Wasser im Mund zusammenlief, und ein Panino mit geschmolzenem Ziegenkäse geisterte mir schon den ganzen Morgen im Kopf herum.

»Gut. Wir sehen uns«, sagte sie brüsk und versetzte mir einen Rippenstoß, der mich aus meinen Baguette-Träumen riss und mich veranlasste, von ihrem Schreibtisch aufzustehen. Dann warf sie mir ohne Verwarnung meine Handtasche zu und schob mich unsanft aus dem Büro.

»Caroline, lass das! Ich geh ja schon! Darf ich bitte noch meinen Mantel holen?«, protestierte ich.

Bevor ich zu Ende gesprochen hatte, streckte Caroline ihn mir auffordernd entgegen.

»Bye«, sagte sie heiter und schlug mir die Tür vor der Nase zu.

Verblüfft stand ich auf dem Treppenabsatz. Was für ein Tag! Jetzt brauchte ich das Baguette. Ich machte mich auf den Weg, mein Ziel fest im Blick: geschmolzener Käse und Peperoni …

Nachdem ich mich vollgestopft hatte, machte ich Besorgungen. Ein wenig Frustshoppen hob meine Stimmung und vertrieb den verrückten Morgen aus meinen Gedanken. Ich kaufte meine üblichen Reinigungsmittel und einen neuen Teppichschaum, der in der Fernsehwerbung angepriesen wurde, Staubtücher, einen dünnen gelben Pullover und Geschenke für diverse Familienmitglieder. Weihnachten nahte mit Riesenschritten. Auf dem Rückweg zum Büro hielt ich in jeder Hand vier Einkaufstüten, deshalb schob ich die Tür mit dem Hintern auf und tappte rückwärts hinein. Die Neonbeleuchtung war ausgeschaltet, stattdessen wurde das Büro von einem unheimlichen orangefarbenen Zwielicht erhellt, das für diese Tageszeit absolut unüblich war. Ich versuchte, den Lichtschalter mit der Nase zu betätigen, was mir beim vierten Mal auch gelang. Der

Raum wurde von Licht überflutet, ich drehte mich um, hörte ein leises Quieken, spürte, wie jemand an mir vorbeihuschte … und dann war es wieder dunkel.

»Was ist denn hier los?«, fragte ich vollkommen orientierungslos. Die Jalousien waren heruntergezogen worden, und ein über die Ecklampe drapierter Schal tauchte den Raum in einen merkwürdigen Sepiaton. »Caroline, was führst du im Schilde?«

In dem Dämmerlicht konnte ich Caroline in der Mitte des Raums ausmachen, aber auch eine weitere Person, einen Fremden, der an meinem Schreibtisch saß. »Caroline, was ist hier los?«, wiederholte ich meine Frage.

»Ganz ruhig, Nicola, komm her, komm her.« Caroline winkte mich heran und nahm mir die Tüten ab. »Das ist Clara«, sagte sie und deutete auf meinen Schreibtisch. Und im selben gedämpften Ton: »Clara, das ist Nicola.«

»Nicola«, wiederholte die Gestalt an meinem Schreibtisch und neigte leicht den Kopf. Meine Augen begannen sich an das Dämmerlicht zu gewöhnen, und nun erkannte ich, dass es sich um eine Frau handelte. Sie war, so weit ich erkennen konnte, höchst merkwürdig gekleidet: Ein silbernes, mit Pailletten eingefasstes Dreieckstuch bedeckte Schultern und Brust, ein breites Tuch war um ihren Kopf geschlungen und riesige edelsteinbesetzte Ohrringe glitzerten im Halbdunkel. Ich hielt sie für eine von Carolines schrulligen Freundinnen, vielleicht eine, die sie beim Töpferkurs kennengelernt hatte: eine Hippiefrau, die Walgesängen lauschte, abends Aborigine-Schmuck bastelte und bei Festen nackt übers Feuer tanzte. So eine Frau hatte ich mal auf einer von Carolines berüchtigten Guacamole-und-Fajita-Partys getroffen. Sie hatte den ganzen Abend versucht, mir einen seltenen buddhistischen Gesang beizubringen und die Kunst, aus einer Serviette eine Rose zu falten.

Da ich merkte, dass Clara eine Reaktion erwartete, flüsterte ich »Äh, hallo« und machte ebenfalls eine Art Verbeugung.

Was ging denn hier ab?

»James ist den ganzen Nachmittag außer Haus, deshalb habe ich Clara eingeladen, damit sie uns hilft«, sagte Caroline, immer noch in diesem entnervenden Flüsterton. »Ich wollte alles vorbereiten, bevor du zurückkamst.«

»Ähm, wobei denn helfen?«, flüsterte ich zurück.

»Bei unserem Projekt«, erwiderte sie und bedeutete mir, mich auf den Stuhl neben Clara zu setzen.

Etwas blitzte im Halbdunkel auf.

»Ist das etwa eine *Kristallkugel?*«, quiekte ich erschrocken – und ziemlich laut.

»Ganz recht«, sagte Clara gedehnt und lächelte rätselhaft wie die Sphinx.

»Was soll ich denn unter ›unserem Projekt‹ verstehen?«, wandte ich mich an Caroline.

»Äh, dich.« Sie schubste mich reichlich unsanft in Richtung Kugel.

Ich plumpste auf den Stuhl und schielte Clara von der Seite an.

»Ich habe erfahren, dass du bisher ziemlich glücklos warst«, erklärte Clara. »Und deshalb fand ich, wir sollten den Kosmos um Hilfe anrufen.«

»Den Kosmos«, murmelte ich, außerstande, Clara in die Augen zu schauen, was ohnehin keine Rolle spielte, da sie ihre geschlossen hatte und leise vor sich hin summte, das Gesicht zur Decke gehoben, die Hände auf der Kugel. Ich warf Caroline einen fragenden Blick zu. Doch die saß inzwischen an ihrem Schreibtisch und ahmte Clara in allem nach: die Augen geschlossen, die Hände flach auf den Tisch gelegt.

»Nicola«, sagte Clara und nahm meine Hand.

Ich starrte verständnislos auf unsere verschränkten Hände.

Mit ihren stechenden blauen Augen sah sie mir forschend ins Gesicht. Ich wollte die Hand dieser Frau nicht halten. Ich war ohnehin reichlich nervös. Was hatte sie vor, wollte sie mich verzaubern? Ihre Augen glitten über mein Gesicht. Ich versuchte, den Blick abzuwenden, damit sie mich nicht verhexen und in ihre Schwarze Magie hineinziehen konnte.

Als könnte sie meine Gedanken lesen, sagte sie: »Beruhige dich, Nicola.« Ihre Stimme war betont langsam und beherrscht.

Sie jagte mir eine Heidenangst ein.

»Du suchst etwas«, fuhr sie fort und fixierte mich weiterhin mit ihren erschreckenden Augen.

»Äh …« Meine Stimme war nur noch ein Flüstern. »Ja«, gab ich zu.

Kein besonders beeindruckender Start. Ich nahm an, dass Caroline ihr einiges über mich erzählt hatte. Aber diese seltsamen Augen …

»Du hast eine schwere Reise vor dir«, begann Clara, hielt dann inne und nahm meine beiden Hände, drehte sie um, sodass die Handteller nach oben zeigten. »Du wirst vor eine Wahl gestellt werden, was sehr schwer ist. Manche Wege mögen dir verschlossen sein, während andere dich verlocken.«

Ich sah mich nervös im Zimmer um. Diese Frau sprach genau so, wie ich mir Wahrsagerinnen immer vorgestellt hatte: in Halbsätzen und obskuren Metaphern.

»Du musst lernen, wie du den Weg erkennst, den du zu gehen hast. Aber manchmal ist dies nur möglich, wenn du die Straße gehst, die du nicht nehmen solltest.«

»Ähm, Sie meinen also, ich sollte versuchen, äh …« Ich verlor den Faden. Ich begriff nicht recht, was sie mit »dem Weg, den ich gehen, aber doch nicht gehen sollte« meinte.

Clara fuhr fort. »Du musst darauf gefasst sein, dass du den richtigen Weg nicht erkennst«, warnte sie.

»Okay«, sagte ich, aber nur, weil mir schien, dass sie eine Antwort erwartete.

»Das neue Projekt ist gut, aber du musst aufpassen, dass du nicht vom Weg abweichst. Es wird schwer, aber du wirst etwas über dich lernen. Und indem du lernst, wirst du dein Ziel erreichen und Erfüllung finden.«

»Na, das freut mich zu hören.«

»Folge dem Weg.«

»Das werde ich«, sagte ich, neuerlich verwirrt.

»Bald schon wirst du jemanden kennenlernen, der deinen Erwartungen vollkommen zu entsprechen scheint«, prophezeite Clara.

Caroline schaute mich an und hielt begeistert beide Daumen hoch.

»Das ist ja schön«, bestätigte ich. Es klang wirklich vielversprechend. »Und wann, ähm, wird das sein?« Ich hoffte, sie würde mir nun ein Kalenderdatum nennen.

»Bald«, wiederholte sie. Clara ließ sich offensichtlich nicht in ihre Karten schauen – bildlich gesprochen. »Obschon wir manchmal zu wissen glauben, was wir wollen, wissen wir es im Grunde nicht«, setzte sie rätselhaft hinzu.

Carolines hochgereckte Daumen wackelten unsicher, und sie machte die Augen wieder zu.

»Ich spüre, dass du es in letzter Zeit sehr schwer gehabt hast. Wir müssen stets die Prüfungen des Schicksals nutzen, um daran zu wachsen«, sagte sie, frei nach Oprah Winfrey. »Und bald wirst du Ärger mit deiner Mutter bekommen«, warnte sie.

»Mit meiner Mutter habe ich immer Ärger«, seufzte ich und begann mich zu fragen, ob Clara vielleicht den Faden verloren hatte.

»Dein Schicksal wird sich auf der Ebene erfüllen.«

Nun war ich wieder völlig verwirrt. Was hatte sie damit gemeint? Eine Hochebene? Die Astralebene? Schwer zu sagen.

»Singe mir nach«, befahl sie und begann einen seltsamen Singsang.

Caroline machte die Augen wieder auf. Ich hingegen konnte den Mund nicht zubekommen.

Nach ein paar kläglichen Versuchen, in den Gesang einzustimmen, gab ich auf. »Tut mir leid, Clara, aber ich hab es nicht so mit dem Chanten«, sagte ich entschuldigend.

»Das ist ein Teil deines Problems«, schalt sie mich. (Sie war wohl etwas sauer, aber da Caroline sie, wie ich annahm, für ihre Dienste bezahlte, riss sie sich zusammen und fuhr fort.)

»Können wir nicht noch mal auf das zurückkommen, was Sie vorhin gesagt haben?«, schlug ich vor. »Dass ich jemanden kennenlernen würde.«

»Ja, wie ich schon sagte, du wirst jemanden kennenlernen …«

»Gut, ähm … Wie sieht er denn aus?«

»Er wird das sein, was du dir erträumst«, sagte sie mit ihrer geheimnisvollen *Ich-besitze-sechzehn-Sorten-Räucherstäbchen*-Stimme.

Das war nicht die Beschreibung, die ich mir erhofft hatte. Ich hatte eher an etwas wie »braune Haare, über eins achtzig groß, trägt bei der ersten Begegnung helle Chinos und einen blauen Pullover« gedacht.

»Aber du kannst nicht erwarten, dass dir dein Glück durch eine andere Person zuteilwird. Du musst Frieden in dir selbst finden«, fuhr Clara fort.

»Sorry, Clara«, unterbrach ich sie. »Wenn wir noch mal auf sein Aussehen zurückkommen … Woher soll ich denn wissen, dass er auch der …?«

Sie seufzte resigniert. »Er wird groß und schlank sein …«

Das war schon eher nach meinem Geschmack.

»… volles Haar und einen ausgezeichneten Sinn für Mode bes…«

In diesem Augenblick vernahm ich ein leises Hüsteln. Ich sprang auf und taumelte ein wenig vor Schreck, als ich James an der Tür sah, James mit verblüffter Miene und einer wunderschönen Frau am Arm: Thalia, seine Freundin, die Modedesignerin. Ich hechtete durch den Raum und hieb auf den Lichtschalter in der Hoffnung, dass wir dadurch besser wirken würden. Was nicht der Fall war. Grelle Beleuchtung tat der bizarren Szenerie überhaupt nicht gut. James und seine Freundin wirkten fassungslos. Caroline blinzelte wie ein neugeborenes Tier, das aus seiner Höhle kriecht, aber Clara thronte so unbeeindruckt hinter meinem Schreibtisch, als hätte sie die Unterbrechung erwartet. Und wahrscheinlich hatte sie das auch, da sie ja in die Zukunft schauen konnte. Ich fragte mich, ob sie auch den Ärger voraussah, den ich bekommen würde. Konnte sie mir auch eine neue Arbeitsstelle in Clifton prophezeien?

»Ladies, was, ähm … was ist hier los?«, fragte James mit nervösem Auflachen.

»James, ich warte in deinem Büro«, verkündete Thalia und warf uns noch einen missbilligenden Blick zu, bevor sie die Tür hinter sich zumachte. Ich schaute zu James auf. Er nestelte nervös an seiner Krawatte und sah besorgt aus. Zu Recht, wie ich fand, das Szenario sah allzu sehr nach Extremistenkult aus. Und dass Caroline mit blauem Kugelschreiber ein missglücktes Henna-Tattoo auf ihren Handrücken gemalt hatte und Claras Outfit ein wenig zigeunerhaft wirkte, trug auch nicht gerade dazu bei, Vertrauen in die Szenerie zu erwecken.

Keiner sagte ein Wort. Mir wollte kein vernünftiger Grund

einfallen, warum wir hinter geschlossenen Jalousien im Dämmerlicht gesessen hatten, während eine seltsame Prophetin mit Kristallkugel mir weissagte, dass ich schon bald einen hochgewachsenen, dunkelhaarigen Mann kennenlernen würde. Caroline, so schien es, hatte die Sprache verloren und konnte nur noch wie ein Goldfisch den Mund auf- und zumachen. Da sprang Clara in die Bresche.

»Sie haben ein sehr beeindruckendes Format«, sagte sie und ging mit ausgestrecktem Arm auf James zu. »Sie sind ein erfolgreicher und entschlossener Mann«, fügte sie hinzu.

James' Mundwinkel hoben sich, Lachfältchen erschienen um seine Augen. Ein brillanter Schachzug. Clara war ein verdammtes Genie. Warum war mir das nicht schon früher aufgefallen? Ihre Masche war gut, sie schleimte sich grandios ein, nichts weiter.

»Aber Sie haben einen furchtbaren Geschmack und steuern geradewegs von dem Kurs ab, der gut für Sie ist.«

James machte ein langes Gesicht. Ich zuckte vor Schreck zusammen. *Zurückrudern, Lady, sofort zurückrudern!*

»Und jemand, dessen Name mit einem ›T‹ beginnt, steht für ›Trouble‹.« Clara sah aus, als ob sie sich glänzend amüsierte. Caroline starrte sie mit unverhohlener Bewunderung an.

Oh Gott. Thalia. Ich schielte verstohlen zu James' Tür. *Clara, halt die Klappe*. Doch sie war noch nicht fertig, oh nein, sie kam gerade erst in Fahrt und drohte James scherzhaft mit dem Finger. »Und Sie werden der schwierigen Situation nicht ausweichen, indem Sie sie ignorieren.«

Großer Gott, sie war jetzt richtig in Fahrt. Ich schaute Hilfe suchend zu Caroline, doch meine Kollegin starrte Clara immer noch mit einem Blick an, der von nahezu religiöser Verehrung zeugte. Ach, wem wollte ich hier was vormachen? *Nahezu?* Wenn Clara Jünger sammelte, würde Caroline die Erste sein, die eine Toga anlegte, chanten lernte und ihrer Meisterin mit einer Kerze überallhin folgte.

Clara war nun offensichtlich mit den Kalamitäten fertig, die meinen Boss bedrohten. Ein denkwürdiges Schweigen senkte sich über uns.

»Nun denn!« Ich klatschte in die Hände. »Sehr authentisch, besonders die Improvisation am Schluss. Danke, dass Sie vorbeigeschaut haben. Wir melden uns dann bei Ihnen.«

Caroline starrte mich verblüfft an, dann fiel der Groschen, und sie nickte eifrig. »Oh ja. Danke, Clara. Sie waren ausgezeichnet. Wir melden uns.« Und sie begann, die Requisiten der Wahrsagerin zusammenzupacken.

James schüttelte ungläubig den Kopf und schlich auf seine Tür zu. Ich flitzte an ihm vorbei und öffnete sie. Er bedachte mich mit einem äußerst seltsamen Blick, bevor er in seinem Zimmer verschwand.

Binnen Minuten hatten Caroline und ich Clara samt Kugel auf die Straße verfrachtet. Keine Minute zu spät, denn James' Tür flog wieder auf, Thalia stolzierte aus dem Zimmer und warf Caroline und mir im Vorbeigehen einen verächtlichen Blick zu. Als ich sie die Treppen hinuntergehen hörte, ließ ich den angehaltenen Atem ab und sank auf meinen Stuhl, vergrub den Kopf in den Händen.

»Oh Gott!«

»Ich werde es James erklären«, sagte Caroline und machte einen Schritt in Richtung seiner Tür.

Irgendwie machte mich das noch nervöser. Ich hielt sie auf. »Nein, nein, ich gehe zu ihm. Mir wird schon etwas einfallen.« Ich lächelte kläglich.

»Bist du sicher? Schließlich war es *meine* Idee …«

»Ist schon gut. Ich erklär es ihm.«

Caroline lächelte dankbar. »Danke, Nic.«

Ich erhob mich entschlossen. *So* sauer konnte James doch nicht sein, oder? Natürlich hatten wir wertvolle Arbeitszeit mit etwas verschwendet, das in seinen Augen wie eine Séance wirken musste, aber deswegen würde er mich doch nicht feuern? Mochte sein, dass er ein bisschen brüllte, aber er war doch sehr angetan gewesen, als ich den verschwundenen Vertrag gefunden hatte. Er war ein netter Mann und ein guter Chef. *Stopp mal, Nicola*, warnte ich mich. Immer langsam mit den jungen Pferden. Gut. Einmal tief durchatmen, okay. Nun war ich bereit.

»Okay, die muss wohl ein bisschen merkwürdig gewirkt haben, diese, äh, Szene«, sagte ich beim Eintreten, bevor mich der Mut verließ. »Aber verstehen Sie, sie war eine, sie war eine …« James sah mich erwartungsvoll an. »Das war eine Frau, die wir möglicherweise in unsere Kartei aufnehmen«, ergänzte ich, zufrieden, dass ich einen plausiblen Grund gefunden hatte. »Ja, genau, denn wir suchen doch eine Frau mittleren Alters, die in, ähm … dieses Drama von ITV passen könnte. Die suchen doch Frauen, für, ähm … na, ist ja auch egal. Sie war schon ein bisschen komisch, nicht wahr?«, plapperte ich drauflos, bevor er etwas sagen konnte. »Also, im Wesentlichen kommt sie nicht infrage für die, äh … für die Leute von ITV. Ich meine, deren Bandbreite ist doch ziemlich begrenzt. Wie oft kommt es vor, dass ITV eine mittelalterliche Mystikerin besetzt? Aber wir kriegen so wenig Anfragen zum Vorsprechen. Wir brauchen Leute, die ein bisschen mehr Mainstream sind …« Ich verlor den Faden, als ich James' mehr als skeptischen Blick sah.

»Moment mal. Diese Frau war eine *Schauspielerin?*«, sagte er stirnrunzelnd.

»Ja, genau. Sie hatte ihre Bewerbung auf gut Glück eingeschickt. Caroline hat sie zum Gespräch eingeladen, und wir, ähm, haben uns angesehen, was sie so kann, und dann … na ja, dann sind Sie gekommen«, endete ich ein wenig lahm.

Schieß nicht übers Ziel hinaus, Nicola!

»Eine Schauspielerin also«, wiederholte er, immer noch ein wenig verwirrt.

»Yup, und jetzt müssen wir uns wohl weiter nach einer geeigneten Kandidatin umschauen«, sagte ich wild entschlossen.

»Wenn sie Schauspielerin ist, warum hat Caroline sie dann bezahlt?«, wollte er wissen.

»Hm …«, murmelte ich. »Ach das! Caroline ist … Caroline ist …«

Ich gab auf.

James brach in Lachen aus. Er brüllte geradezu vor Lachen.

»Ehrlich, Nicola, ich hatte das Gefühl, als wäre ich in einen Hexenzirkel geraten. Jeden Augenblick hab ich erwartet, dass sie mein Gemächt verhext und in einer Wolke aus grünem Rauch verschwindet. Ich nehme an, Sie hatten Ihre Gründe, um diese … diesen Gast einzuladen, und ich möchte bestimmt nicht tiefer in die dunklen Geheimnisse dieses Büros dringen. Es ist schon sehr erhellend zu erfahren, was sich alles so abspielt, wenn ich mal einen Nachmittag nicht hier bin.«

»Es tut mir so leid. Wir haben wirklich nicht …« Ich wollte in meiner Rechtfertigung fortfahren, doch James hob eine Hand, und ich hielt den Mund.

»Ich fand es lustig«, meinte er und musste schon wieder kichern. »Machen Sie sich keine Gedanken, Nicola. Ehrlich, es macht nichts. Sie sollten sich ohnehin freinehmen, immerhin steuern wir auf Weihnachten zu. Keiner sollte um Weihnachten herum so hart arbeiten, wie Sie das tun.« Er rief ins angrenzende Zimmer: »Sie auch, Caroline. Ich weiß doch, dass Sie lauschen!«

»Naseweis!«, antwortete eine Stimme.

Ich schlich hinaus, wobei ich überlegte, ob ich James morgen noch in die Augen schauen konnte. Was musste er von mir denken?

»Ach, Nicola.« Ich drehte mich noch einmal zu ihm um. »Ich hoffe, Sie haben die Antworten bekommen, die Sie ersehnten.« Letzteres sagte er mit geisterhaft klingender Stimme, während er wie ein Magier mit den Händen wedelte.

Ich spürte meine brennenden Wangen. »Ja, danke«, quiekte ich und beeilte mich, meinen Schreibtisch aufzuräumen und nach Hause zu kommen.

18

Singlefrau sucht Mann auf ganz normale Weise. Keine Liebestränke, keine Zauberbanne, keine schwarzen Katzen und Kristallkugeln.
Chiffre 06 660

Nach diesem Tag wollte ich nur noch nach Hause, den Kessel aufsetzen und mich allmählich auf Weihnachten einstimmen. Ich hatte überhaupt keine Lust auf irgendeine alberne Überraschung, die mir mein Bruder unbedingt zeigen wollte. Was konnte das schon sein – eine neue Motorradjacke etwa? Eine DVD über die nächtlichen Aktivitäten der peruanischen Kurzhaarfledermaus? Als ich ins Taxi stieg, redete ich mir ein, dass ich meinen Besuch auf eine knappe Stunde beschränken konnte.

»Warum hast du mich am Ende eines langen Arbeitstages hierherzitiert, Mark? Manche von uns haben richtige Jobs, die anstrengend sind und einen müde machen. Außerdem muss ich noch Geschenke einpacken.« Ich stapfte in seine Wohnung und erschrak über den Anblick, der sich meinen Augen bot.

Mark bewohnte einen Teil eines Hauses in der Nähe der Gloucester Road. Die Straße, in der er lebte, war so cool, dass man die Graffiti für ein städtisches Kunstprojekt abfotografiert hatte. Das Haus selbst hatte schon bessere Tage gesehen (die letzte Renovierung mochte 1970 erfolgt sein), und Marks Wohnzimmer war eine Mischung aus David Attenboroughs Werkstatt und der Hölle. An den Wänden hingen Aufnahmen exotischer Säugetiere, ein Poster mit einer geflügelten Kreatur, die mit riesigen Augen von ihrem Platz über dem Sofa herabstarrte, und auf dem Tisch häuften sich leere Bierdosen und Fruchtgummipackungen (»Frühstück«, wie Mark dazu sagte).

»Und weißt du übrigens, dass du widerlich bist?« Ich stand immer noch, da es keine sauberen Sitzplätze gab.

Mark tat meine Bemerkung mit einer lässigen Geste ab und legte einen schwarzen Filzstift auf den Tisch.

»Ich brauche dich, weil ich einen cleveren, brillanten Plan ersonnen habe, und du sollst ihn als Erste zu Gesicht bekommen.« Damit schritt er zu einem Schrank und entnahm ihm einen Ständer mit Flipchart.

»Was hast du denn *da?*« Nun war ich doch neugierig geworden.

»Das«, brummte Mark, während er den Ständer mitten im Zimmer aufstellte, »ist der ›Carol-Plan‹.«

Ich stöhnte verzweifelt. »Oh nein, Mark. Lass sie doch endlich in Ruhe.«

»Nein, Schwesterchen, das kann ich nicht. Verstehst du, deine Suche nach der großen Liebe hat mich ins Grübeln gebracht. Ich *muss* diese Frau haben.« Er blätterte die erste Seite um und enthüllte eine vergrößerte Aufnahme von Carols Gesicht, umgeben von gezeichneten Pfeilen, die alle auf ihren Kopf wiesen. Sie sah aus wie das Ziel eines Serienmörders. Ich ließ mich auf die Armlehne des Sofas sinken.

»Äh … Mark …«

»Pst, Schwesterherz. Deine Suche hat mir klargemacht, dass ich nicht mehr mit wildfremden Frauen ausgehen will. Denn ich habe immer schon gewusst, welche Frau ich will, und jetzt muss ich mein Vorhaben endlich in die Tat umsetzen. Also habe ich mir diesen Plan ausgedacht.« Er blätterte um und enthüllte zwei Strichmännchen, die eng nebeneinander standen und gemeinsam irgendetwas hochhielten.

»Was machen die denn da?« Mit zusammengekniffenen Augen versuchte ich etwas zu erkennen.

»Sie halten ein Poster in die Höhe, weil sie das alljährliche Kinderfest im Planetarium ausrichten, was sonst?«

»Klar, was *sonst?*«, nickte ich.

»Dieser gut aussehende Lümmel bin ich«, Mark zeigte auf das Strichmännchen mit den vier hochstehenden Haaren. »Und dieses prächtige Ungetüm«, er malte einen Kreis um die andere Figur, »ist natürlich Carol.«

»*Natürlich*.«

»Wir werden in den Weihnachtsferien die Kinderwochen ausrichten und müssen deshalb natürlich viel Zeit miteinander verbringen, um alles sorgfältig zu planen. Vielleicht müssen wir uns sogar abends treffen, um die Planung bei einem Bier zu vertiefen.«

Er betonte das Wort »abends«, indem er das »a« so dehnte, dass es geradezu unheilvoll klang. »Und so kommen wir uns allmählich näher.« Er blätterte um und enthüllte die beiden Strichmännchen, die einander umarmten.

»Oh kay …?«

»Und nachdem wir die Kinderwochen im Planetarium ausgerichtet haben, werden wir uns näher sein als je zuvor.«

Er blätterte die letzte Seite um und enthüllte die beiden Strichmännchen auf dem Boden liegend. Das eine lag auf dem anderen und es hatte …

Ich trat mit zusammengekniffenen Augen näher.

»Mark, was ist das …? Iihhh, Mark!« Ich fuhr zurück.

»Das ist mein Penis«, bestätigte er.

»Ich muss jetzt sofort nach Hause!«, kreischte ich.

»Aber Schwesterherz, sag mir erst, was du von meinem Plan hältst!«

»Er ist sehr gründlich.«

Er wirkte erfreut.

»Ich hab an alles gedacht«, nickte er.

»Durchaus.«

Bevor ich ging, drehte er das letzte Blatt um, und da waren die beiden Strichmännchen wieder, umgeben von Unmengen kleinerer Strichmännchen. Und in der Luft schwebten Vögel, die gar keine Vögel waren, sondern …

»Fledermäuse«, brummte ich und nahm meinen Mantel. »Du bist ja verrückt, Bruderherz.« Ich schüttelte den Kopf.

»Wart's nur ab, Nicola Brown. Kannst noch etwas von deinem großen Bruder lernen …«

Also hatte Mark einen Plan, und es war an der Zeit, dass ich meinen auch wieder auf Kurs brachte. Während ich langsam durch die Straßen wanderte und die Menschen beobachtete, die aus den Kinos kamen oder vor den Pubs plauderten, dachte ich über meinen Bruder nach. Es konnte nicht meine katastrophale Suche nach einem Partner gewesen sein, die ihn dazu bewogen hatte, sich endlich näher mit Carol zu befassen, sondern es war schlicht der Versuch, sich endlich ein Liebesleben zuzulegen.

Aus einer Bar drang Musik, und ich sah ein junges Pärchen, das sich mit einem Kuss begrüßte. Dann legte der Mann dem Mädchen den Arm um die Schulter, und sie verschwanden in dem Schuppen. Mir wurde plötzlich bewusst, dass ich kein Date mehr in Aussicht hatte, außer der Verabredung mit Chris, und die zählte nicht, weil sie mit der Arbeit zu tun hatte. Mir sank der Mut. Mir wurde nun klar, dass ich die Wette doch nicht absagen wollte. Dieser Gedanke traf mich so unvermittelt, dass ich auf der Stelle stehen blieb. Ein alter Mann hinter mir fluchte leise.

»Verzeihung«, murmelte ich und setzte mich wieder in Bewegung.

Was hatte ich erreicht? Ich hielt Rückschau auf die Erlebnisse der letzten Wochen. Ich hatte Spaß gehabt, ich hatte etwas zu tun gehabt, ich hatte … ein Ziel gehabt. Vielleicht war es gar nicht mehr nötig, Blind Dates zu arrangieren. Es gab doch bestimmt genügend andere Möglichkeiten, einfachere Möglichkeiten, um Männer kennenzulernen. Der sicherste Ort dafür, so schien mir, war das Internet. Zumindest konnte ich dort die Männer vorher überprüfen. Ich durfte nicht zulassen, dass Carolines Wette mir noch mehr nutzlose Abende mit Männern bescherte, mit denen ich nichts gemeinsam hatte. Wenn ich mit einem potenziellen Date *vorher* kommunizierte, würde vielleicht mehr dabei herauskommen, als wenn wir uns unvorbereitet von Angesicht zu Angesicht gegenüberstanden.

Ich hatte immer mal wieder die Dating-Website angeklickt, und jede Menge fremder Männer hatten mir zugezwinkert, mich angestupst oder sogar *angestoßen*. Keiner von ihnen gefiel mir. Sie waren eben – Fremde. Ich hatte Mails von alten Freunden und Fotos aus der Schulzeit erhalten, und es hatte gutgetan, von Leuten zu hören, die mich, wie ich glaubte, schon lange vergessen hatten. Was die Männer anging, so hatte ich erfahren, dass Jon Allen, der mir die Weihnachtskarte geschickt hatte, inzwischen verheiratet war, und Alan Pope, der mich einmal zum Kaffee eingeladen hatte, schwul. Von IHM, dem Mann, der mir vor sieben Jahren das Herz gebrochen hatte, war keine Nachricht gekommen, aber zuletzt hatte ich beim Einloggen auf Facebook zu meinem großen Erstaunen nicht einmal mehr Herzklopfen bekommen. Es interessierte mich nicht mehr, was er so machte und wer seine Freunde waren, nicht einmal über das Mädchen mit dem glänzenden Blondschopf wollte ich Näheres erfahren. Der große Schmerz, den ich lange Jahre mit mir herumgeschleppt hatte, war abgeebbt und wurde von neuen, positiven Gedanken verdrängt, und die Erinnerung an mein altes Ich, das Spaß am Leben gehabt hatte, brachte mich schließlich dazu, die Sache in Angriff zu nehmen. Es war an der Zeit, die alte Nicola wieder zum Leben zu erwecken.

Ein Mann, der in meiner neuen Cyberwelt aufgetaucht war, war Dan Mitchell, ein Kommilitone aus der Studienzeit. Er hatte »Hey« an meine Pinnwand geschrieben, und im Anschluss daran hatten wir ein paar bescheuerte Bemerkungen von der Art ausgetauscht, wie man sie auf einer Party von sich gibt. In der achten Nachricht schlug er vor, dass wir doch mal ins Kino gehen könnten, was auf meine Zustimmung traf. Dann hatten wir uns noch dreimal geschrieben, um komplizierte Fragen wie »Welcher Film?« und »Welches Kino?« zu klären, und damit war es beschlossen.

Die Erinnerungen an ihn waren spärlich, aber durchaus verheißungsvoll: Er war in der Uni-Tennismannschaft gewesen, hatte einen großen Kopf mit einem blonden Schopf, sah auf adrette Weise gut aus (Ralph-Lauren-Pullover um die Schultern geknotet, Segelschuhe, auch wenn er nicht segelte, etc.), er hatte mit meiner Freundin Teresa vor einer Tesco-Express-Tankstelle geknutscht und war in meinem Englischseminar gewesen. Und einmal hatten wir mit anderen Studenten einen Tagesausflug nach Weston-super-Mare gemacht, und Dan und ich hatten am Geldspielautomaten große Summen gewonnen und uns eine Tüte gezuckerter Donuts geteilt … Also durchaus verheißungsvoll, wie bereits erwähnt. Als ich vor meiner Wohnungstür stand, fühlte ich mich schon wieder richtig aufgepulvert. Vielleicht zählte ein Kinoabend mit Dan als echtes

Date? Jedenfalls besser als eine Verabredung mit einem Unbekannten. Immerhin hatten wir drei Jahre im selben Hörsaal gesessen, und Dan hatte ebenfalls das Seminar »Amerikanische Dichter: Von Bates bis Whitman« besucht. Das war doch eine gute Grundlage, denn wenn uns der Gesprächsstoff ausging, konnten wir immer noch auf unsere Studienzeit zurückgreifen. Was hast du mit deinem Diplom angefangen? Stehst du immer noch auf die amerikanischen Dichter? Siehst du noch Leute von damals? Erinnerst du dich …? Okay, drei Fragen waren schon mehr als ausreichend. Ich war sicher, dass wir EINE MENGE gemeinsam hatten.

19

Ich rannte oder schwankte vielmehr auf meinen hohen Absätzen, um rechtzeitig zur Spendengala zu kommen. Die *Annual Bristol Christmas Fayre* wurde jedes Jahr zu Weihnachten im exklusiven Mansion House in Clifton abgehalten, und zwar immer zugunsten einer bestimmten wohltätigen Organisation, die meine Mutter und ihre Freundinnen zuvor ausgewählt hatten. Diesem Termin hätte ich mich nur durch meinen Tod entziehen können. Einmal, 2009, als ich mit Verdacht auf Blinddarmentzündung das Bett hütete, war Mark mit zaghafter Miene in meine Wohnung gekommen und hatte mir die ominöse Warnung übermittelt, man würde mich notfalls »mit der Feuerwehr« holen, wenn ich nicht hinginge.

Ich hatte die noble Tätigkeit des Geschenkeverpackens mittendrin abgebrochen und war aus der Wohnung gestürzt. Vor dem Mansion angelangt, schaute ich zu den hohen Fenstern und den roten Backsteinmauern des eleganten viktorianischen Gebäudes hoch und dann auf meine Uhr. Rasch stieß ich die Tür auf und folgte der Beschilderung zum Salon, wo ich beinahe in Mutter hineinrannte, deren Haar zu einem kunstvollen Chignon aufgetürmt war. An ihren Ohren blitzten Brillanten.

»Ach, Darling, Gott sei Dank, ich dachte schon, du hättest es vergessen.«

Mutter schaute auf ihre Uhr und zog eine perfekt gezeichnete Braue in die Höhe. Ich schielte auf die Uhr an der gegenüberliegenden Wand. Römische Ziffern habe ich immer schon für unlesbar gehalten, aber selbst ich konnte erkennen, dass ich mich nur um eine Minute verspätet hatte. Bevor ich protestieren konnte, sagte sie: »Jetzt bist du ja *hier*, das ist das Wichtigste.« Sie wandte sich an eine Frau mit einem riesigen violetten Hut. »Penelope, hier ist sie, Gott sei Dank, sie hat uns nicht im Stich gelassen.«

»Mum!«, zischte ich.

»Ja, Darling. Wir haben dir diesmal ein Kostüm besorgt. Wir waren alle der Meinung, die Feier könnte ein bisschen ›aufgepeppt‹ werden.«

»Hm …«, brummte ich, von einer üblen Vorahnung erfüllt.

Sie drückte mir eine Einkaufstüte in die Hand und scheuchte mich in einen Winkel des Saals, wo auf einer schweren Eichentür in verblichenen Goldlettern das Wort *»Madames«* zu lesen war.

»Was genau meinst du mit ›Kostüm‹?«, stotterte ich, während ich in die Tüte hineinlinste und grünen Stoff erspähte. »Ich dachte, ich sollte am Kuchenbuffet arbeiten!«

»Penelopes Tochter, *die pünktlich erschienen ist*, hat diese Aufgabe übernommen, und sie macht es sehr gut. Ich hab ihr gesagt, dass es dir nichts ausmacht. Und jetzt beeil dich, es ist doch für die Kinder, Darling!«

»Mum, wir sammeln Spenden für *›Kids On Keyboards‹*, nicht für die Hungernden in Afrika«, stellte ich klar.

Sie hörte gar nicht zu, sondern starrte ihre Hand an. »Oh, verdammt, ich habe mir einen Nagel eingerissen.«

Zehn Minuten später stand ich in der Kabine und weigerte mich, wieder herauszukommen.

Mutters Stimme drang durch die Tür. »Nicola, alle warten auf dich. Die Kinder wollen dich sehen.«

»Oh Gott!«, stöhnte ich und sah verzweifelt an mir hinunter.

Ich seufzte noch einmal, rückte die grüne Filzkappe zurecht und verließ die Kabine. Ich schaute in den vergoldeten Spiegel und erkannte mich nicht. Mein Bob verschwand fast vollständig unter der Kappe, die mir ein wenig zu groß war, ich steckte von Kopf bis Fuß in grasgrünem Filz und trug über den Schuhen lange, spitze Elfenfüße, die an der Spitze nach oben gebogen waren. Während ich meine eigenen Kleider in die Tüte stopfte, redete ich mir gut zu: Es ging um Spenden für eine gemeinnützige Organisation, außerdem hatte ich es Mutter versprochen. Ich lächelte meinem Spiegelbild halbherzig zu, spritzte mir Wasser auf die Wangen, wischte es unter den Augen fort und begab mich widerwillig in die Schlacht.

Nachdem ich Bonbons verteilt und für Fotos posiert hatte, musste ich mich in eine Ecke des Saals begeben, um dort drei Kinder zu bespaßen, die auf verschnörkelten Polsterstühlen saßen und gelangweilt mit den Beinen baumelten. Ich machte mich auf den Weg und zog im Gehen meinen Elfengürtel hoch, als es plötzlich rechts von mir aufblitzte. Ich drehte mich um und stand vor einer grinsenden Caroline mit ihren beiden Sprösslingen.

»Sieht sie nicht goldig aus?«, sagte sie und hielt sich den Bauch vor Lachen. »Ich hätte dich fast nicht erkannt.« Sie beugte sich zu ihrem Nachwuchs hinab. »Ben, Alice, erinnert ihr euch an Nicola, die von meiner Arbeit? In ihrer Freizeit, müsst ihr wissen, ist sie eine von Santas Elfen.«

Ben riss die Augen so weit auf, dass man das Weiße um die Iris sah. »Du hilfst Santa?«, flüsterte er mit einem ehrfürchtigen Engelsgesicht.

Ich kniete, um auf gleicher Höhe mit ihm zu sein. »Das tue ich«, sagte ich feierlich. »Und Santa hat mir etwas für dich aufgetragen.«

Ben schaute zu seiner Mum auf. »Boah!«

Ich beugte mich vor. »Es ist aber eine geheime Botschaft, deshalb muss ich flüstern. Okay?«

Ben nickte zweimal und schob sich den Pony aus der Stirn. Caroline lächelte und reckte den Daumen in die Höhe. Ich legte die hohle Hand an den Mund und beugte mich zu Bens Ohr vor. Einen Augenblick später trat er einen Schritt zurück und nickte mir feierlich zu.

»Keinem«, wiederholte ich.

»Versprochen«, flüsterte Ben.

Ich stand auf und freute mich, weil Ben vor Aufregung von einem Bein aufs andere hüpfte. Kichernd wandte ich mich an Caroline. »Da haben wir mal einen Jungen, der bis Weihnachten ganz bestimmt sehr brav sein wird.«

»Hoffentlich – sonst geht's dir an den Kragen.«

»So, ich glaube, ich hab jetzt meine Pflicht an den Kindern erfüllt«, sagte ich und machte Anstalten, die Kappe abzunehmen.

»Nic, du bist gerade mal zehn Minuten hier! Du siehst niedlich aus!«

»Niedlich? Da fällt mir eher 'ne andere Bezeichnung ein«, sagte ich mit Blick auf meine riesigen Elfenfüße.

»Ach, hast du gestern übrigens dran gedacht, den neuen Vertrag für Chris zur Post zu bringen?«, fragte Caroline.

Ich sah sie verblüfft an. *Oh nein.* Ich schlug die Hand vor den Mund. »Ähm …«

»Den ich dir zur Unterschrift auf den Tisch gelegt hatte?«, präzisierte sie.

»Ich weiß, ich hab bloß, oh Gott, Caroline. Ich wollte ihn … hab's vergessen …«

Ich klaubte die Tüte mit meinen Sachen vom Boden auf und warf einen Blick auf die große Uhr. Mir blieben noch fünfundzwanzig Minuten, bis die Post zumachte. Wenn ich mich beeilte, konnte ich es gerade noch schaffen.

»Ach, Nic, das muss doch nicht sofort sein! Ich hätte besser gar nichts gesagt.«

»Nein, ich muss das erledigen. Keine Ahnung, wie ich das vergessen konnte. Er braucht den Vertrag doch! Der Job fängt am Mittwoch an.«

»Also, ich könnte doch rüberflitzen und …«

»Mum!«, rief ich meiner Mutter zu, die mit Penelope am Tombolastand plauderte. »Notfall«, deutete ich an, damit sie keine Zeit hatte, hinter Penelopes Hut hervorzukommen, bevor ich den Saal fluchtartig verlassen hatte.

Jetzt wünschte ich, dass ich am Morgen in der Eile nicht meinen Mantel vergessen hätte. So musste ich als grüner Elf die Park Street entlanghetzen, was mir viele fragende Blicke von Passanten einbrachte. Ein paar Männer, die mit ihren Bierhumpen im umzäunten Bereich vor einem Pub standen, riefen mir höhnische Bemerkungen nach. Das ständige Gebimmel des Glöckchens an meiner Kappe war besonders lästig, aber es war zu kalt, um die Kappe abzunehmen. Außerdem war ich schon fast da. Ich konnte mich auch in der Agentur umziehen.

Zwei Stufen auf einmal nehmend hastete ich die Treppe hoch, wobei ich bereits meinen Schreibtisch mit dem Vertrag vor Augen hatte. Ihn ausfindig zu machen sollte keine zehn Minuten in Anspruch nehmen. Ich zog den Schlüssel aus der Tasche … und stellte fest, dass die Tür offen war! Aus dem Büro drangen Stimmen. Ich riss die Tür auf und stolperte in den Raum, in dem zwei Gestalten standen und einander anbrüllten.

Sie fuhren zu mir herum. Es waren James und Thalia. Sie war ein wenig außer Atem, auf ihren Wangen standen rote Flecken. James war grau im Gesicht, er hatte einen Zweitagebart und blutunterlaufene Augen. Sein Mund bildete ein überraschtes »O«, als ich so plötzlich hereinstürzte und mich zu spät daran erinnerte, dass ich von Kopf bis Fuß in grünen Filz gekleidet war und obendrein beim Gehen bimmelte.

»Verzeihung«, murmelte ich, während mir das Blut in die Wangen stieg. »Ich hätte nicht gedacht, dass hier noch jemand … ich brauche auch nur zwei … wollte bloß etwas holen …«

»Aber nein, bitte.« Thalia hielt eine wohlmanikürte Hand in die Höhe, und ich erstarrte auf der Stelle. »Wir sind hier fertig«, sagte sie, warf James einen Blick zu und fischte ihre Handtasche vom Boden. »James«, sagte sie mit lauter Stimme.

»Thalia«, seufzte er schwer.

»Sollen wir heimgehen?« Mit besonderer Betonung auf »heim«.

Ich flitzte zu meinem Schreibtisch, schnappte mir den Vertrag und stopfte ihn in meine Tasche. Dann warf ich James einen entschuldigenden Blick zu. »Ich weiß bestimmt, dass Sie das noch heute in der Post haben wollen«, stotterte ich. »Achten Sie gar nicht auf mich.« Damit stapfte ich rückwärts auf die Tür zu und stolperte über meine verlängerten Füße.

»Tja, wenn Sie nicht die hilfreichste Elfe der Welt sind …«, meinte Thalia, die Hände in die Hüften gestemmt.

»Nic …«, vernahm ich James' Stimme.

Was er noch sagte, hörte ich nicht mehr, denn ich warf die Tür hinter mir ins Schloss. Draußen schloss ich für einen kurzen Moment die Augen und sah die demütigende Szene noch einmal vor mir: die wunderschöne Thalia mit ihrer Designer-Handtasche, und mich, die Witzfigur, in schrilles Grün gekleidet, der reinste Weihnachts-Hobbit. Ich ließ die angehaltene Luft heraus, hörte ihre Stimmen auf der anderen Seite der Tür und machte, dass ich die Treppe runterkam. Bald war ich in meiner friedlichen Wohnung – hoffentlich. Aber vorher musste ich noch ein ganzes Stück zur Hauptpost laufen und dort in der Schlange warten. Ich machte mich auf weitere Pfiffe und *»Jingle Bells«*-Gesänge gefasst.

20

Singlefrau sucht schnell einen Mann, weil sie eine Frist einhalten muss und über Weihnachten sowieso niemand erreichbar ist.
Chiffre 2500

Ich saß in meinem Schlafzimmer im heimischen Gloucestershire auf der Kante einer offenen Sonnenbank. Auf der anderen Seite des Zimmers, hinter der Frisierkommode, auf der meine gesamte Clinique-Kollektion wartete, stand unter den pinkfarbenen Hanteln, dem riesigen aufblasbaren Ball und einer merkwürdigen Drahtapparatur, die »Bauch weg!« versprach, mein trauriges Einzelbett, auf dem mein alter Teddy saß und mich aus seinem verbliebenen Auge anklagend anstarrte. Ich seufzte ergeben und legte mich auf die Sonnenbank. Ich klappte den Deckel nicht zu, sondern legte nur den Kopf auf das schmale Lederkissen und versuchte mich zu entspannen.

Ich war erst drei Stunden hier und bereits jetzt so genervt von meiner Mutter, dass ich am liebsten meinen Löffel aus der Teetasse genommen und mir auch ein Auge ausgestochen hätte.

»Nicola, dieses Top macht dich älter«, hatte sie zur Begrüßung gesagt, wobei sie mir gleichzeitig Küsschen auf beide Wangen gehaucht hatte, um ihren harten Worten den Stachel zu nehmen.

»Danke, Mutter«, hatte ich geantwortet, weil ich wusste, wie sehr sie es hasste, daran erinnert zu werden, dass sie zwei – erwachsene! – Kinder hatte.

Sie sah dann auch entsprechend verärgert aus, als ich mich aus ihren Klauen löste.

Ihr derzeitiger Mann Guy war im Innenhof gewesen und hatte in sein schickes und teuer aussehendes Handy gebellt, während er träge eine Hand hob, um mir zuzuwinken. Ich hatte ebenfalls eine Hand gehoben, in der Annahme, dass dies das höchste der Gefühle für das diesjährige Weihnachten sein würde.

»Nicola, musst du dein Haar eigentlich so streng tragen?«, hatte Mum weitergemosert, während sie mich seufzend von Kopf bis Fuß betrachtete. »Bevor du uns neulich im Stich gelassen hast, hat Penelope noch gemeint, dass längeres Haar dir besser stehen würde …«

Zum Glück war ihr dann eingefallen, dass sie zum Hatha Yoga musste, und sie war davongeeilt, um mit einer Herde anderer manikürter Damen die »Helden-Asana« zu üben.

Ich schleppte meinen Koffer nach oben, um meine Habseligkeiten in den Schrank zu räumen. Auf dem Treppenabsatz hielt ich an und betrachtete mein Bild im Spiegel. Ich stellte meinen Koffer ab und ging näher heran, strich das Haar glatt und ließ die Spitzen durch meine Finger gleiten. Vielleicht sollte ich es wirklich wachsen lassen. Der kurze Bob betonte zwar meinen langen Hals und meine großen grauen Augen, aber etwas mehr Sanftheit konnte dem Aussehen sicherlich nicht schaden. Vielleicht würde ich mir sogar Strähnchen machen lassen. Ich blinzelte verwirrt und wandte den Blick von meinem Spiegelbild ab. Plötzlich war mir diese Selbstbeschau peinlich.

Auf dem Flur fiel mir ein Stapel Kartons auf, die ominöserweise mit »Nicola« beschriftet waren. Etwas blitzte silbern auf, und ich steuerte auf den Karton in der Ecke zu, der unter einem Poster hing, das Mutter und Guy küssend vor einem türkisfarbenen Meer zeigte. Auf einem Stapel eselsohriger Bücher, Stifte und anderem Krimskrams lag ein Foto. Als ich mich vorbeugte, überfiel mich ein Gefühl wie in der Achterbahn am höchsten Punkt, kurz vor dem Fall ins Bodenlose. Ich hatte das Bild seit Jahren nicht mehr gesehen. Früher hatte es auf meinem Nachttisch gestanden. Ich hatte es oft angeschaut, bevor ich die Nachttischlampe ausknipste. Ich nahm das Foto in die Hand und spürte den alten Schmerz aufflammen. Mein Herz zog sich zusammen, als ich uns sah, wie wir damals waren: so glücklich, so voller Vertrauen. Wenn ich sein Bild auf Facebook sah, war das anders, denn dort lebte er getrennt von mir, in einer neuen, unabhängigen Existenz. Aber hier – hier war die schonungslose Erinnerung, wie wir einst gewesen waren. Wie *ich* gewesen war.

Er hatte einen Arm um meine Hüfte gelegt, ich einen Arm um seine Taille geschlungen, die Hand in seine hintere Jeanstasche geschoben. Ich schaute zu ihm auf und lächelte über etwas, das er gerade gesagt hatte. Er trug den blauen Pullover, den ich ihm zum Geburtstag geschenkt hatte. Ich drückte mich eng an ihn. Ich trug mein kurzes cremefarbenes Lieblingskleid, einen alten Spitzenschal um den Hals, umgeschlagene Ärmel und braune kniehohe Stiefel, die ihm so gut gefielen, dass ich sie selbst dann noch trug, als sie wegen schief getretener Absätze eigentlich längst in den Mülleimer gehörten. Wir waren gerade von einer Party gekommen. Es sollte noch zwei Wochen dauern, bis alles ein abruptes Ende fand. Ich hatte geglaubt, dass wir den Rest unseres Lebens zusammenbleiben würden. Ich hatte wirklich geglaubt, den Richtigen gefunden zu haben, hatte überheblich den Berichten meiner Freundinnen über katastrophale Dates, arrogante Männer, egoistische Freunde gelauscht. All das betraf mich nicht, denn ich hatte den einen guten Mann gefunden. Der anders war als die anderen. Ich legte das Foto mit dem Bild nach unten auf den Stapel zurück, damit er mich nicht mehr so anlächelte wie vor sieben Jahren, als er mein Glück und meine Welt in seinen Händen gehalten hatte.

Meine Augen waren meiner Schätzung nach höchstens zwei Minuten geschlossen gewesen, als ich das Knattern von Marks Moped vernahm. Es klang ein wenig gedämpft, denn um Guy nicht zu hören, der jemanden namens Marie anbrüllte, dass sie vor mindestens einer Stunde ein paar Aktien hätte verkaufen müssen, hatte ich den Deckel der Sonnenbank schließen müssen. Mark würde eine große Hilfe sein, damit Mum sich entspannte, er würde uns alle mit Anekdoten von seiner Arbeit unterhalten, mit einer Idee für eine Fledermaus-Doku vielleicht oder mit einer grauenhaften Tier-DVD. Ich klappte die Sonnenbank auf und wartete auf Marks vertrautes Seufzen beim Anblick der neuesten Teppichfarbe (derzeit ein geschmackvolles Steingrau in Wolle), die meiner Mutter eingefallen war. Ich stand auf, um ihn an der Haustür zu begrüßen. Da vernahm ich ein Kichern, gefolgt von einem mädchenhaften Quieken. Stirnrunzelnd trat ich ans Treppengeländer und beobachtete erstaunt, wie mein Bruder in Begleitung einer sehr attraktiven Frau ins Haus schlenderte. Noch erstaunter war ich, als er sie »Carol« nannte. Und ich mochte sie sofort, als ich sie »Mark, es ist ein MOPED« sagen hörte.

Mit einem Lächeln auf den Lippen ging ich die Treppe hinunter.

Am Abend quetschten wir uns alle in Guys Landrover, der so sauber war, dass ich glaubte, er müsse für die Gelegenheit gemietet worden sein, und fuhren zu einer Weihnachtsparty in einem riesigen Landhaus am Rande des Ortes, in dem Mum wohnte. Mark hatte sich erstaunlicherweise rasiert und trug einen neuen dunkelblauen Anzug mit Krawatte. Seinen Arm hatte er stolz um Carol gelegt, deren grünseidenes Wickelkleid einen wunderbaren Kontrast zu ihrem roten Haar bildete. Ich kam mir in meinem stahlgrauen Etuikleid ein wenig farblos vor. Mum war derselben Meinung.

Die Zufahrt war mit Laternen geschmückt, die in den Bäumen hingen, und das honigfarbene Herrenhaus wurde von großzügig verteilten Lichterketten in ein goldenes Licht getaucht. Die Gastgeberin begrüßte uns in einem lavendelfarbenen Cocktailkleid und einer Wolke *Je Reviens*. Ihr Mann, um einiges kleiner und dicker als sie, eilte heran und begrub seinen Kopf zwischen Mutters Brüsten, die zu dem festlichen Anlass mit Glitzerpuder bestäubt waren. Als er wieder auftauchte, musste ich ein Grinsen unterdrücken, weil seine Nasenspitze nun ebenfalls glitzerte. Guy, der seit dem Zuschlagen der Wagentür wieder an seinem Handy hing, schüttelte kräftig die Hand unseres Gastgebers, ein starres Grinsen im Gesicht, während sein Blick bereits zu der Szenerie im Hintergrund glitt. Nachdem alle einander vorgestellt worden waren, trabten wir in die große Halle, wo uns unter einem riesigen silbern und rot geschmückten Weihnachtsbaum, der sogar noch Tannenduft verbreitete, Kellnerinnen mit Tabletts voller Canapés und Champagner erwarteten. Andere Gäste standen in kleinen Grüppchen im Raum verteilt, nippten an Sektflöten aus Kristall und begutachteten verstohlen die Aufmachungen der Damen. Von riesigen Ölgemälden blickten vornehme Vorfahren auf uns herab, während ich versuchte, mich von dem erhabenen Ambiente nicht einschüchtern zu lassen.

Carol und ich fanden uns unter dem Porträt eines heroisch aussehenden Soldaten mit einem Beinstumpf wieder.

»Oh je«, sagte sie und zeigte auf das fehlende Glied.

»Oh je, genau.«

»Wollen wir hoffen, dass wir heute nicht so besoffen enden, dass uns das auch passiert.« Sie versetzte mir einen verschwörerischen Rippenstoß.

»Das ist ja furchtbar.« Ich verschluckte mich, und ein Tropfen Champagner rann über mein Kinn. »Der Ärmste.«

Carol sah aus, als schäme sie sich.

»Er muss ein schweres Leben gehabt haben«, fuhr ich fort. »Wahrscheinlich hat er gehofft, nach seiner Heimkehr das Tanzbein schwingen zu können.«

Carol schnaubte. »Vielleicht hat er den Fuß gar nicht erst in die Tür gekriegt«, kicherte sie.

»Ihr seid bestimmt gerade dabei, euch über irgendeinen armen Kerl die Mäuler zu zerreißen«, sagte Mark und kniff mich in die Taille. »Hey, Nic, hast du schon gesehen, wer da ist?« Er zeigte mit dem Kinn auf ein riesiges Blumengesteck, das leider nicht groß genug war, um den Menschen dahinter zu verbergen.

»Oh Gott«, stöhnte ich. »Das darf nicht wahr sein!«

»Aber es ist doch Staaanley«, lachte Mark und wandte sich an Carol, um sie ins Bild zu setzen. »Hat sich total in Nic verknallt, seit sie ihm mal bei einem Dinner auf dem Schoß gesessen hat … ist eine lange Geschichte, und sie behauptet, es stimmte gar nicht …«

Ich brabbelte wütend etwas vor mich hin.

»Mutter findet ihn absolut hinreißend«, fuhr Mark unbeirrt fort. »Weil er nämlich stinkreich ist.« Er wandte sich an mich. »Nicola, du musst zu ihm gehen und Halloooo sagen, du musst einfach, Darling«, flehte er in einer erschreckend genauen Nachahmung unserer Mutter.

»Halt die Klappe, Mark!«, zischte ich, voller Angst, Stanley könnte uns hören.

»So schlimm sieht er doch gar nicht aus«, warf Carol ein.

»Hm …«, brummte ich und musterte Stanley verstohlen.

Selbst im Smoking wirkte er lächerlich. Er hatte sein verfilztes Haar zu einem dünnen Pferdeschwanz gebunden und ihn zu diesem besonderen Anlass mit einer Samtschleife verziert. Sein Anzug war ihm mindestens zwei Nummern zu groß, weil Stanley ein Mann war, der den größten Teil seines Erwachsenenlebens damit verbrachte, in die Sachen »hineinzuwachsen«. Auf seinem mageren Gesicht sprossen spärliche Haarbüschel. Stanley rasierte sich selten, weil er wohl fand, das wirke sexy und relaxed, aber die meisten Leute hätten bei seinem Anblick am liebsten ein Rasiermesser gezückt. Aber es war gar nicht so sehr seine Erscheinung, die ihn mir unsympathisch machte, sondern seine versnobte, hochnäsige Art.

Nachdem wir einander vorgestellt worden waren, hatte er gesagt: »Deine Mutter hat mir erzählt, dass du persönliche Assistentin bist, wie schön, so was hab ich auch schon immer haben wollen.« Ich wusste nicht so genau, was Stanley eigentlich tat, aber aus Gesprächsfetzen entnahm ich, dass er anscheinend die meiste Zeit auf dem elterlichen Besitz verbrachte, die Arbeit des »verdammten Gärtners« kontrollierte und ansonsten mit seiner Mutter Backgammon spielte. Er war so ein richtiges Muttersöhnchen und wohnte mit über dreißig Jahren noch im Elternhaus. Und heute Abend, so stellte ich verzweifelt aufstöhnend fest, war Mummy ebenfalls anwesend. Mit rot angelaufenem Gesicht und in einem hautengen grellrosa Taftkleid, auf dessen Dekolleté sie problemlos ein Tablett Canapés hätte balancieren können, quasselte sie auf einen bedauernswerten Menschen ein, der rechts von Stanley stand: irgendetwas über die Polosaison und dieses »prächtige Mädel Zara«. Als sie sich umdrehte, um ihrem Sohn eine schüchtern wirkende Blondine vorzustellen, hätte sie ihm fast ihre Brüste ins Gesicht geklatscht. Bevor sie mich sehen konnte, wandte ich rasch den Blick ab.

Mark ertappte mich dabei. »Ach, sieh nur, Carol, sie ist verknallt. Die Liebe springt ihr förmlich aus den Augen. Sie schmachtet ihn an!«

»Tu ich nicht!«

»Tut sie nicht!«, riefen Carol und ich gleichzeitig.

»Hey, Nic. Vielleicht könnte Stanley Teil deines Projekts werden«, schlug Mark vor und warf sich ein Krabbenpastetchen in den vorlauten Mund.

»Ich warne dich, Mark, dieses Würstchen hier steckt auf einem Spieß, und ich werde nicht zögern, ihn gegen dich einzusetzen«, sagte ich und wedelte bedrohlich mit dem Wurstspieß.

»Autsch, Nic. Komm schon, er passt doch gut zu dir, und du brauchst einen neuen Mitspieler bei *deinem Projekt*«, beharrte er und zeichnete mit der freien Hand Gänsefüßchen in die Luft.

»Pst, Mark, hör endlich auf!«, kicherte ich. »Und außerdem ist es kein Projekt.« Ich überlegte kurz. »Es ist mein hoffnungslos nutzloser Versuch, mir ein Liebesleben zu verschaffen.«

Carol starrte uns verständnislos an. »Worüber schwafelt ihr da?«, fragte sie und stibitzte Mark das letzte Canapé aus der Hand.

»Ach Gott, urteile nicht zu streng über mich«, seufzte ich, als Mark zu einer langen Erzählung über die Demütigungen anhob, die ich im vergangenen Monat erlitten hatte. Carol lachte an den richtigen Stellen, schnappte an den richtigen Stellen nach Luft und versetzte Mark einen Klaps, als die Rede auf Steven kam (»Kajakfahren auf dem Meer, im November … Wie konnte er nur?«).

»Klingt doch interessant«, meinte sie, als Mark fertig war. »Weißt du, ich hab da einen Cousin, der …«

»Fang gar nicht erst an«, ich hielt eine Hand hoch. »Ich lasse mich nicht mehr verkuppeln. Echt nicht«, beharrte ich, als die beiden widersprechen wollten. »Ich werde die Sache auf eine ganz neue Weise angehen.«

»Und zwar?«

»Die Einzelheiten meines Plans harren noch der Ausarbeitung …«

»Häh?«

»Sie hat noch nicht darüber nachgedacht«, übersetzte Carol.

»Danke, Carol.« Ich nickte ihr zu. »Aber seid versichert, dass ich mir etwas ausdenken werde. Ich will nur keine Blind Dates mehr mit Wildfremden.«

»Aber ich …«

»Aber wir …«

»Ich muss mal«, erklärte ich, drehte mich um und … rannte geradewegs in Stanley hinein. »Oh, ich …«

»Muss man nicht immer in den unpassendsten Momenten?«, fragte er anzüglich. Ich machte, dass ich fortkam.

»Wo zum Teufel sind bloß die verdammten Toiletten?«, fluchte ich fünf Minuten später, als ich auf der Suche nach einem Waschraum durch lange, trüb erleuchtete Korridore wanderte. Meine Füße in den neuen High Heels schmerzten, während ich eine endlose Reihe heiterer bäuerlicher Genrebilder passierte: Cottages, Mühlen, Bauern mit riesigen Hüten, die Feldarbeit verrichteten, Hacken oder Harken oder was auch immer. Das Stimmengewirr von unten ebbte immer mehr ab, als ich zu Holzfiguren und gewaltigen, im Halbdunkel bedrohlich funkelnden Ritterrüstungen kam. Dann gelangte ich in einen Flügel des Hauses, den ich bereits zu kennen meinte. Hinter der nächsten Biegung öffnete ich eine schwere Eichentür. Das Zimmer wurde von Kerzen erhellt, unter dem verschnörkelten Kaminaufsatz prasselte ein Feuer, und über dem Kamin hing ein goldgerahmter Spiegel. Das Zimmer war für eine Toilette eindeutig zu groß, und die vielen deckenhohen Bücherregale luden auch nicht gerade zum gemütlichen Schmökern in der Badewanne ein – also schloss ich messerscharf, dass ich in der Bibliothek gelandet war. Ich wollte schon kehrtmachen, doch da rief eine Stimme aus den Tiefen des Raums:

»Kommen Sie herein, meine Liebe!«

Ich hoffte, dass die Stimme kein Gespinst meiner Einbildung oder der Geist der Vergangenen Weihnachten war, und bahnte mir den Weg zu einem gewaltigen Ledersessel vor dem Kamin. Nachdem meine Augen sich an die trübe Beleuchtung gewöhnt hatten, erkannte ich die schmächtige Gestalt einer älteren Frau.

»Es tut mir leid, ich habe mich anscheinend im Zimmer geirrt«, beteuerte ich.

»Das macht doch nichts, kommen Sie, setzen Sie sich.« Sie wies auf den anderen Sessel.

Das Feuer prasselte fröhlich, am Kaminaufsatz, auf dem Weihnachtskarten aufgestellt waren, hingen Christdornzweige, die Umgebung war alles in allem sehr behaglich und weihnachtlich.

»Wein?«, fragte sie und nahm ein Glas von dem Tablett, das neben ihr stand.

»Das wäre nett«, antwortete ich und nahm das Glas. »Danke sehr.«

Ich setzte mich. »Ich heiße übrigens Nicola«, sagte ich und zeigte überflüssigerweise auf meine Brust, als wüsste sie nicht, wer gemeint war.

»Esther«, erwiderte sie und nippte an ihrem Wein.

Ich schätzte sie auf achtzig, mindestens. Esther beugte sich vor und schenkte uns ein, dabei fasste sie die Flasche mit beiden Händen. Sie trug ein schlichtes marineblaues Kleid und eine Perlenkette, wirkte alles in allem sehr elegant und fühlte sich hier offenbar ganz zu Hause. Ihr Kurzhaarschnitt gab den Blick auf kleine Perlenohrringe frei, die bei jeder Bewegung aufblitzten. Und auch ihre Augen funkelten im Schein des Kaminfeuers.

»Und – warum haben Sie sich hier oben versteckt?«

»Ich habe nach der Toilette gesucht.« Ich wurde rot. »Und Sie?«

»Ach, ich wollte nur ein bisschen Ruhe haben. Mein Exmann ist unten. Meine beiden Exmänner.« Sie lachte gackernd.

»Verstehe.«

»Ja, der eine hat seine neue Frau mitgebracht, um mit ihr anzugeben. Sie sieht aus wie eine Weihnachtsgans, dressiert und in Lagen von türkisfarbener Alufolie gewickelt, soweit ich sehen kann.«

Bei der Vorstellung rümpfte ich die Nase.

»Hab nie den Richtigen geheiratet«, meinte sie und schwenkte ihren Wein im Glas.

»Warum?«, platzte ich unvermittelt heraus.

Sie wirkte gar nicht eingeschnappt, sondern legte die Stirn in Falten und dachte nach.

»Wir hatten nichts gemeinsam«, gestand sie schließlich und nippte an ihrem Glas.

»Zum Beispiel?«, fragte ich.

»Zum Beispiel guten Wein.« Wieder gackerte sie und schenkte sich ein. »Oder Musik, Tanzen, Sinn für Humor oder Liebe zu Büchern. Die beiden haben in ihrem Leben kein einziges Buch gelesen«, fuhr sie fort. »Bloß Sport: Angeln und Jagen und die verdammten Pferde. Ich kann Pferde nicht ausstehen – oder vielmehr das verdammte Polo. Wenn ich noch eine einzige Polo-Chukka mit ansehen müsste, würde ich mir auf der Stelle die Kugel geben.«

»Wow, Sie mögen Polo aber wirklich nicht«, bemerkte ich.

»Was ist mit Ihnen, Nicola, sind Sie verheiratet?«

»Nein.«

»Aber Sie haben einen Freund.«

Ich lachte. »Nein, ich hab keinen Freund, ich bin nicht liiert, sondern ich …« Ich stutzte.

»Sie sehen sich um?«

»Genau.« Jetzt lachten wir beide.

»Machen Sie ruhig so weiter, Nicola. Sie müssen einen Mann finden, mit dem Sie Ihr Leben teilen können, mit dem Sie etwas verbindet … Ein hübsches Gesicht ist natürlich auch nie falsch … und kräftige Beine. Die sind unverzichtbar.«

»Absolut. Danke für den Wein.« Ich beugte mich vor und umarmte sie. Dann richtete ich mich verlegen wieder auf. »Sorry«, lachte ich.

Esther lächelte bloß. »Sie sind ein Prachtstück«, sagte sie schlicht.

»Danke.«

»Nicola!«, rief sie, als ich schon an der Tür war.

»Ja?« Ich drehte mich noch einmal um und erwartete ein weises Wort, einen Rat oder ein besonders nachdenklich stimmendes Sprichwort.

»Zum Klo geht's nach links, Liebes.«

Als ich aus der Toilette stöckelte und mir klar wurde, dass ich ein wenig zu tief ins Glühweinglas geschaut hatte, sah ich die hoch aufragende Gestalt Stanleys neben der Furcht einflößenden Skulptur eines nackten Mannes mit langen, wehenden Haaren stehen. Ein Arm des Standbilds wies gen Himmel, während die andere Hand auf seiner Hüfte ruhte, als wäre er in einem Musical in Tänzerpose erstarrt. Dieser Gedanke brachte mich zum Kichern. Stanleys Miene hellte sich auf, und er kam rasch auf mich zu, drängte mich an die Wand.

»Du siehst heute Abend wirklich super aus«, sagte er, strich seinen Pferdeschwanz glatt und leckte sich die Unterlippe.

»Danke!«, quiekte ich und legte befangen eine Hand auf die Brust.

Er beugte sich vor. »Hatte grade eine sehr erhellende Unterredung mit Mark.«

»Ach ja?« Ich spielte die Naive.

Notiz im Geiste: Mark killen.

»Und ich werde mich danach richten«, flüsterte er.

»Mann, echt, das klingt ja gut. Oh, sieh nur! Sie haben Lametta an die Balken gehängt, wie schön!«

»Nic!«, hörte ich jemanden rufen. Carol winkte mir vom Ende des Korridors zu. Ich seufzte vor Erleichterung.

»Komme schon!« Ich winkte zurück und flutschte unter Stanleys Arm durch, bevor er mich festhalten konnte. »War echt nett, dich zu sehen, Stanley!«, rief ich über die Schulter. »Frohe Weihnachten!«

Carol hakte sich bei mir ein.

»Verdammter Mark«, brummte ich mit einem gefährlichen Unterton.

Viele, viele Glühweine später zwängten wir uns wieder in den Landrover. Guy telefonierte während der ganzen Heimfahrt über seine Freisprechanlage. Mutter saß stumm neben ihm. Ihr rechtes Auge rutschte weg, wie immer, wenn sie ein bisschen über den Durst getrunken hatte. Ich erzählte Carol und Mark, wie ich auf dem Weg zum Klo Esther kennengelernt hatte.

»Eshter hat gansch rescht. Mit den gemeinsamen Intereschen. Wir *müss'n* wasch gemeinsam ham.«

Carol wandte sich mit einem Schluckauf an Mark. »Un' wasch intereschiert dich?«

Mark schielte zum Gottserbarmen. »Du un' Fleermäuse.«

»Ja, aber du bis' ja auch verrückt.«

»Ja, aber wir sin' doch oft annen gleichen Orten, also ham wir gleiche Intereschen.«

»Ja, aber du bis' mir gefolgt, un' so wasch nennt man Schtalking, war also kein Sssufall.«

»Dasch stimmt«, gab Mark zu. »Aber manchmal ham wir uns auch per Sssufall am gleichen Ort getroff'n, weil wir ähnliche Intereschen ham.«

»Stimmt«, meinte Carol und beugte sich vor, um ihn auf die Nasenspitze zu küssen. Dann wandte sie sich an mich. »Männer lieben Autos, Werkscheug un Fuschball, du solltest mal schowas machen.«

»Schuperidee. Mach ich«, verkündete ich und fiel vornüber, als Guy mit einem Ruck in der Einfahrt hielt.

Wir stiegen torkelnd aus, schwankten über den knirschenden Kies zum Haus und lachten uns schlapp, als Mum das Schlüsselloch dreimal verfehlte.

Sie ermahnte uns, nicht so kindisch zu sein, sah mich aber erstaunt an, als ich sie in die Arme nahm und drückte. »Nacht, Ma«, sagte ich und gab ihr ein Küsschen auf die Wange.

»Gute Nacht«, wünschte sie auch mir, die Hand bereits auf dem Treppengeländer.

Guy sah nicht einmal von seinem Blackberry auf, als er sein »Gute Nacht!« von der Treppe herunterbellte.

Ich ging zu Carol und Mark in die Küche. »Lasch uns online gehen, dann melden wir dich zu wasch an, Nic«, sagte Carol und klatschte begeistert in die Hände.

»Toller Vorschlag!«

Wir blieben wie angewurzelt stehen, als wir einen halb vollen Topf Glühwein auf dem Herd entdeckten.

»Sssolln wir noch ein' trinken, bis uns die Köpfe rauchen?«, fragte Carol und brachte Mark damit wieder zum Lachen.

Mit den Glühweinbechern in der Hand suchten wir nach Tischlerkursen an der Technischen Hochschule und schrieben mich mit besoffenem Kopf ein.

»Da sssin nämich die ganschen Männer«, meinte Carol und machte eine betrunkene Geste in Richtung Bildschirm, was zur Folge hatte, dass ihr grünes Kleid von einem weiteren dunkelroten Farbtupfer verziert wurde.

»Bis Wallentinstag, Schwesserherz, hast du 'n Mann kenn'gelernt UND du kannss mit 'ner Drehbank ein Holschtablett dresseln«, las Mark von der Werbeblase auf der Website ab. Er zeigte auf das Foto eines Mannes, der an einer Maschine stand. »Du könnscht *ihn* kenn'gelernt ham«, flüsterte er.

»Ausssezeichnet«, riefen Carol und ich im Chor und plumpsten auf Mums weißes Ledersofa.

21

Mit einem schlimmen Kater und bohrenden Kopfschmerzen kroch ich am nächsten Tag in die Küche, um Kaffee zu kochen und den Kühlschrank zu plündern. Mark und Carol lagen noch in den Federn, und Guy hatte einen Zettel an den Wasserkessel gepappt, auf dem »Meeting« stand. Mum hatte einen zweiten Zettel dazugeklebt: »Bin bald zurück.« Mir war danach, einen dritten Zettel zu schreiben, auf dem schlicht »Ich sterbe« stehen sollte, aber ich brachte nicht die nötige Energie auf, einen Stift zu suchen.

Der Kessel blubberte. Ich holte mir einen Kaffeebecher, schüttete löslichen Kaffee hinein und freute mich bereits auf den Koffeinschock, als sich die Lage entscheidend verbesserte, weil ich in der Besteckschublade eine Jahresration Paracetamol entdeckte.

Als ich die Milch aus dem Kühlschrank nehmen wollte, läutete es zu meinem Ärger an der Tür.

Ich steckte meinen Kopf aus der Küchentür und erkannte hinter der Milchglasscheibe die Silhouette eines Mannes. Ob ich ihn einfach ignorieren durfte? Wie zur Antwort auf meine Frage klingelte es erneut. Der Postbote? Ein Sternsinger? Ich ging und öffnete.

Vor der Tür stand eine Gestalt im dreiteiligen Tweedanzug, komplett mit Jagdkappe auf dem strähnigen Haar. Stanley.

Mir fiel der Unterkiefer herab. Instinktiv zog ich meinen dünnen Morgenmantel vor der Brust zusammen.

»Nicola!«, sagte er erfreut, zog schwungvoll seine Kappe und beugte sich vor, um mir einen herzhaften Schmatz auf beide Wangen zu geben. »Wie schön, dich zu sehen! Echt, echt super.«

»Stanley, ich …«

»Mensch«, johlte er, als er mich genauer in Augenschein nahm, den fadenscheinigen Morgenmantel über dem dürftigen Pyjama und dazu Flipflops. »Du siehst aus wie die Frauen aus dieser Serie … *EastEnders*. Deine Ma zu Hause?«, fragte er übergangslos und sah sich suchend um, während er ins Haus stapfte, ohne dass ich ihn hereingebeten hatte.

»Nein, nein, Ma – ich meine: Mum – ist nicht da. Kommt aber bald zurück«, plapperte ich wie ein Papagei ihre Nachricht nach.

»Zu dumm. Hat da nicht gerade Wasser gekocht?«

Mit einem ergebenen Seufzer schickte ich mich darein, einen Gast zu bewirten. »Ja, stimmt. Möchtest du Tee? Oder Kaffee?«

»Earl Grey, falls du welchen hast, altes Mädchen, das wäre wunderbar.«

Ich holte noch einen Becher und sah Marks Kopf kurz hinter der Tür hervorzucken. Ich folgte ihm in die Diele, aber da hatte er sich schon wieder verzogen.

»Mark!«, zischte ich.

Sein Kopf erschien auf dem Treppenabsatz, wo Stanley ihn nicht sehen konnte. Stumm formte er Worte und vollführte dann die Pantomime eines Erhängten am Seil, mit heraushängender Zunge hin und her schaukelnd. Ich war viel zu groggy, um darüber zu lachen, und schlurfte in die Küche zurück. Leider, so begriff ich, konnte ich auf keinerlei Hilfe zählen.

Stanley warf sein langes Haar zurück, während er in der Küche herumstrich und Deckel von Behältern nahm, um ohne ersichtlichen Grund deren Inhalt zu inspizieren.

»Tja, Nicola«, meinte er, als ich ihm seinen Earl Grey mit Zitrone reichte, gerade so, wie er ihn mochte. »Du bist bestimmt ganz schön erstaunt, mich zu sehen, was?« Er sah mich über den Rand des Bechers an, während er, den kleinen Finger vornehm abgespreizt, seinen Tee schlürfte.

»Durchaus!«, bestätigte ich.

»Hab gedacht, ich schau mal eben rein und sag dir Bescheid, dass ich in der Gegend bin.« Er beugte sich vor.

»Okay.«

»Hatte gestern Abend nicht das Gefühl, dass wir uns wirklich getroffen hätten.«

»Wohl eher nicht.«

»Ich bin ganz in der Nähe«, sagte er und nickte langsam.

»Wie bitte?«

»Ganz in der Nähe.« Er betonte jedes Wort.

»Ähm …«

»Von jetzt auf gleich verfügbar, wenn du mal einen … netten Spielenachmittag verbringen möchtest.« Er zwinkerte mir zu.

»Einen Spielenachm…«

»Einen wirklich lustigen Spielenachmittag.« Wieder dieses Zwinkern.

»Oh, ach so! Okey-dokey«, sagte ich, stürzte meinen Kaffee hinunter und zog den Morgenmantel vor der Brust zu.

»Wir könnten wirklich Spaß haben, du und ich. Ich hab an dich gedacht, wie toll du gestern Abend in deinem Kleid ausgesehen hast, und weißt du, was ich gedacht habe?«

»Ähm, was hast du gedacht, Stanley?«

»Ich hab gedacht …« Er hielt inne, und sein Blick glitt langsam an mir herunter, bevor er mir wieder in die Augen sah. »Ich hab gedacht, ich muss dem Mädel klarmachen, dass ich scharf drauf bin, wenn sie's ist.«

»Aha. Nun, das ist ja nett«, sagte ich und scheuerte vor Verlegenheit meine Zehen an der Ferse.

»Genau. Also, heute Nachmittag veranstalten wir unser alljährliches Backgammon-Weihnachtsturnier.« Er wieherte vor Lachen. »Und deshalb muss ich jetzt wieder zu Mummy, aber, Nicola … Denk immer dran … Gleich um die Ecke wohnt ein Freund. Ein Freund, der mehr sein könnte als nur ein guter Freund.«

»Ich werde dran denken, Stanley«, krächzte ich und nickte dümmlich. »Danke für … ähm, danke, dass du an mich gedacht hast.«

»Ich lass dir meine Handynummer da«, sagte er und schob mir mit einem Finger eine Karte hin. »Du kannst mich jederzeit anrufen. Tag … und Nacht, Nicola.«

»Danke«, quiekte ich, plötzlich von überwältigender Lachlust gepackt.

»Tja«, sagte er dann und setzte die Kappe wieder auf. »Dann mach ich mich mal vom Acker.«

Und er verschwand tatsächlich. Ich blieb maßlos verwirrt in der Küche zurück.

Als die Haustür ins Schloss fiel, vernahm ich brüllendes Gelächter vom Treppenabsatz. »Tag und Nacht, Nicola. Tag und NACHT«, brüllten Mark und Carol im Chor.

»Wie bitte, war das etwa Stanley Holloway, der da gerade gegangen ist?«, fragte Mum Augenblicke später, als sie in die Küche gerauscht kam, den Kopf immer noch ungläubig in Richtung Haustür gereckt.

Ich stöhnte innerlich. »Ja, das war er«, sagte ich, wollte aber nicht mehr preisgeben. »Möchtest du Tee?«

»Grünen«, sagte sie. »Du weißt hoffentlich, Nicola, dass Stanley Holloway gar keine so schlechte Partie ist. Das kannst du mir glauben.« Sie ließ sich in züchtiger Haltung auf der Sofakante nieder. »Zunächst einmal müsstest du nicht mehr arbeiten.« Sie bemerkte einen Fussel unbekannter Herkunft auf ihrem Rock und schnippte ihn augenblicklich fort.

»Ich arbeite aber *gern*«, entgegnete ich.

»Ich weiß, Darling – du warst ja immer schon ein wenig exzentrisch –, aber du würdest nicht arbeiten *müssen*«, betonte sie.

Ich verdrehte die Augen und wartete darauf, dass das Wasser kochte.

Meine Mutter wedelte mit der Hand. »Ich bin ja froh, dass du in letzter Zeit aus deinem Schneckenhaus kommst, aber du darfst auch nicht zu wählerisch sein, Nicola.«

»Gott behüte«, murmelte ich.

»Mark hat mir erzählt, dass du jetzt immerhin wieder ausgehst …«

Ach, tatsächlich, Mark? Ich warf einen finsteren Blick zur Decke.

»Und vielleicht ist dann ja mal ein Ende mit dem ewigen Arbeiten und keinen Spaß haben. Du warst früher immer für einen Spaß zu haben«, seufzte sie.

»Danke, Ma«, sagte ich und reichte ihr den Becher.

»Alles Gute also«, sie hob den Becher wie zu einem Trinkspruch. Ein Splitter von Wärme flog von ihr zu mir, und ich lächelte.

»Danke, Mum.«

Sie nahm einen Schluck Tee. »Zu stark«, seufzte sie enttäuscht und leerte ihre Tasse in den Ausguss.

22

Nach drei Tagen und Nächten im Familiennest im grünen Gloucestershire kehrte ich nur zu gern nach Bristol zurück, um wieder zu Atem zu kommen und zu meinem lässigen Kino-Date mit Dan zu gehen. Ich war wirklich froh, wieder nach Hause zu kommen.

Ich stellte meinen Koffer in der Wohnung ab und ging sofort wieder hinaus, um die Zeitung und einen Kaffee zu ergattern. Die Zeitung unter den Arm geklemmt, eilte ich zum nächsten Café, das ein besonders starkes Gebräu im Angebot hatte, und spürte meine Lebensgeister wieder erwachen. Der Barista wünschte mir freundlich lächelnd »Fröhliche Weihnachten«, als ich meinen Becher entgegennahm. An einem Fensterplatz studierte ich in aller Ruhe die Zeitung und warf zu guter Letzt noch einen Blick auf mein Horoskop im Zeichen der Jungfrau.

»Ein neues Jahr, Ihr neues Ich! Seien Sie kühn!«

Weiterhin las ich, dass der Mond im Uranus stand und dass dies ein bedeutender Augenblick sei, was auch immer damit gemeint war. Ich hörte mein Handy piepsen und zog es aus der Tasche. Oh! Ich hatte einen Anruf von einer unbekannten Nummer verpasst. Ich rief meine Mobilbox ab.

»Ni-co-la. Fröhliche Weihnachten. Wir sehen uns ja bald. Denn Sie haben *versprochen*, zum Dinner und danach zu der Party mitzukommen. Es wird heiß. Rufen Sie mich an. Enttäuschen Sie mich nicht.«

Ich starrte mein Handy an. Ich starrte mein Horoskop an.

Und dann begriff ich: Obwohl ich mit Chris ausgehen wollte, damit James ihn nicht als Klienten verlor, freute ich mich auf den Abend! Ein neues Jahr, ein neues Ich! Auf dem Nachhauseweg beschloss ich, dass es nicht schaden konnte, kurz im Büro vorbeizuschauen. Ich konnte meine Mails checken und die Post sortieren, damit wir nach dem Weihnachtsurlaub nicht in einer Lawine erstickten.

Ich schloss die Haustür auf und eilte nach oben. Als ich die Tür zur Agentur öffnete, sah ich zu meinem Erstaunen keine Post, nicht einmal eine Werbesendung für Doppelverglasung oder eine Weihnachtskarte von einem verzweifelten Schauspieler, der die Gelegenheit nutzte, um uns sein Bewerbungsvideo anzukündigen. Ich zuckte zusammen, als ich Geräusche in James' Zimmer hörte. Bevor ich eine Waffe suchen konnte, erschien mein Boss höchstpersönlich mit einem Schirm, den er drohend emporhielt.

»Hier ist kein Bargeld!«, rief er. »Wir haben kein Bargeld hier!«

Er stoppte jäh, als er mich erkannte, mein erstarrtes Gesicht, meine zitternden Beine, und brach in erleichtertes Lachen aus. »Nicola! Gott sei Dank. Sie haben mich erschreckt!« Er ließ den Schirm sinken.

»*Ich* habe *Sie* erschreckt!«, stieß ich hervor und ließ vor Erleichterung fast meine Tasche fallen.

»Hm. Umgekehrt wohl auch«, sagte er mit besorgtem Blick auf mein bleiches Gesicht.

Eine Sekunde verstrich, dann begannen wir gleichzeitig zu reden.

»Ich wollte bloß reinschauen und die Post …«

»Ich glaub's einfach nicht, dass Sie im Urlaub ins Büro …«

Wir brachen verlegen ab, und ich tapste mit eckigen Bewegungen zu meinem Schreibtisch.

»Gut, fangen wir noch mal an«, sagte James. »Wie war Ihr Urlaub, und warum sind Sie nicht mehr dort?«

»Der Urlaub war herrlich, danke. Ich wollte auch nur kurz reinschauen, um die Post zu sortieren. Sie wissen schon … Dafür sorgen, dass alles in Ordnung ist«, erklärte ich.

»Nun ja, es *ist* alles in Ordnung. Ich kann von Ihnen doch nicht verlangen, dass Sie sogar an Weihnachten arbeiten, Nicola. Gehen Sie heim, feiern Sie, freuen Sie sich Ihres Lebens et cetera, et cetera …«

»Okay, gut.« Ich lachte und hielt in gespielter Ergebung die Hände hoch. »Ich brauche auch nicht lange.«

»Haben Sie Zeit für einen Kaffee?«, erkundigte er sich, während er sich den Mantel über den Arm drapierte.

»Ähm, nein, danke. Ich brauche nichts. Ich hab grade … ähm … einen getrunken.«

Ich angelte nach meiner Tasche und stieß mir den Kopf an der Schreibtischkante.

»Au!« Ich zuckte vor Schmerz zusammen.

James eilte herbei. »Haben Sie sich wehgetan?«

»Nein«, sagte ich und rieb die schmerzende Stelle. »Au«, entfuhr es mir erneut, hinter meinen Augen brannten Tränen. Na toll! Würde ich wie ein Baby vor meinem Chef heulen? Die Vorstellung dieser Schmach verdrängte die Schmerzen. Ich brachte ein schwaches Lächeln zustande.

»Dann machen wir mal weiter«, sagte ich munter.

James grinste. »Genau … sollte mich mal vom Acker machen.« Dennoch blieb er in der Tür stehen. »Es sei denn …«

»Ja?«

»Also, wenn Sie sich wirklich nützlich machen wollen, dann *könnten* Sie mir bei einer Sache helfen, die ich schon seit Wochen aufschiebe.«

»Und zwar?«

»Ich zeige es Ihnen«, sagte er geheimnisvoll und stürzte in sein Zimmer. »Warten Sie hier.«

Ich hörte, wie er herumwühlte und etwas Schweres über den Teppich zog. Dann ertönte ein dumpfer Aufprall, gefolgt von einem »Verdammt!«.

»Alles in Ordnung bei Ihnen?«, rief ich.

»Ja, ja, alles bestens«, stöhnte er. »Nur noch einen kleinen Augenblick Geduld.«

»Okay«, murmelte ich und trommelte zur Bestätigung auf meinen Schreibtisch.

Dann lautes Geraschel – es klang, als ob Tesafilm von der Rolle gezogen würde –, schließlich rief James triumphierend: »Sie können jetzt reinkommen!«

Ich öffnete behutsam die Tür und sah James, der stolz auf einen großen, länglichen Karton klopfte, der von einer provisorischen Schleife aus Tesafilm gekrönt war.

»Ta-Da!«, verkündete er. »Frohe Weihnachten! Sagen Sie nicht, dass ich Ihnen nie etwas schenke.«

Verblüfft, aber erfreut stürzte ich auf den Karton zu. »Oh, wow, das wäre aber doch nicht …« Dann entdeckte ich die Beschriftung an der Seite – »4-türiger Büroaktenschrank« – und blieb wie angewurzelt stehen. »Ach … *das* wäre wirklich nicht nötig gewesen!« Ich schlug ihm tadelnd auf den Arm.

Ein seltsamer, nie da gewesener Augenblick in meinem Leben: Noch nie hatte ich auf einen Chef einen physischen Anschlag verübt. James sah so überrascht aus, wie ich mich fühlte, aber während er sich mit übertrieben schmerzverzerrtem Gesicht den Arm rieb, brach er in schallendes Gelächter aus.

Ich gestikulierte hilflos. »Ich bitte um Verzeihung, James, ich weiß nicht, was mich da …« Meine wilden Gesten erschreckten ihn erneut, und er hob schützend die Hände vors Gesicht.

»Stopp, Nicola. Bitte nicht!« Dann grinste er mich an und senkte die Hände. »Noch eine Tracht Prügel vertrag ich nicht«, flüsterte er mit versagender Stimme.

Ich zog einen Flunsch und stemmte die Hände in die Hüften.

»Na schön«, lenkte er ein. »Den Klaps hatte ich wohl verdient.« Er reichte mir eine Schere. »Schneiden Sie den Tesafilm auf, Nicola, aber bitte, ohne mir zu nahe zu kommen, da ich Silvester nicht gern auf der Unfallstation verbringen möchte.«

Ich schnitt die Tesafilmschleife auf, und wir rissen gemeinsam den Karton auseinander. Nun sah es aber so aus, als wollten wir statt eines Aktenschranks eine bauliche Erweiterung an das Büro basteln, denn das Paket enthielt unglaublich viele Sperrholzplatten und Beutel mit Schrauben und Metallverbindungen.

»Oje, Selbstaufbaumöbel«, seufzte James. »Meine Lieblingsmöbel.«

Ich hob einen der Plastikbeutel auf. »Ich hab noch nie so viele Muttern auf einem Haufen gesehen.«

»Stimmt«, meinte James.

Ich sah rasch auf, weil ich glaubte, er mache sich über mich lustig, er aber lächelte nur unschuldig.

Nachdem wir zehn Minuten lang erfolglos Metallteile an Holzteile gehalten hatten, weil wir auf eine Eingebung hofften, wie daraus ein Aktenschrank entstehen könnte, flitzte James los, um Kaffee zu holen, während es mir überlassen blieb, die Aufbauanleitung aus dem übervollen Papierkorb zu fischen, wo James sie nach fünf Minuten frustriert versenkt hatte. Als er mit zwei Cappuccini zurückkehrte, hatte ich erfolgreich Teil A mit Teil B verbunden, und zwar mittels der Schraube J. Ich bildete mir nicht wenig darauf ein.

»Brillant! Und jetzt haben wir uns eine Pause verdient.« Er setzte sich auf den Teppich und lehnte sich gemütlich an seinen Schreibtisch.

»Wir?«, fragte ich süffisant.

»Na schön, Miss Gewinnerin des diesjährigen Preises für Selbstaufbaumöbel, *Sie* haben sich eine Pause verdient.« Er reichte mir meine Tasse.

»Also«, begann James nach einer Weile, »wie kommt es, dass Sie schon so schnell wieder hier sind? War Weihnachten so schlimm?«

»Nein, nicht unbedingt. Nur ermüdend, das Übliche halt, glaube ich.« Ich lächelte.

Dann erzählte ich James von meiner Familie. Von meiner rechthaberischen Mutter mit ihrem Yogatick, und von Guy, der ständig an seinem Handy klebte. Von meinem fledermausbesessenen Bruder und seiner Freude über mein Geschenk: ein riesiges gerahmtes Foto von *Cyttarops alecto* (der brasilianischen Kurzohr-Fledermaus). James revanchierte sich mit Geschichten über seine verrückte Tante, die das ganze Weihnachtsessen in ihrem Kartoffelbrei verschlafen hatte.

»Oje«, lachte ich, wobei mir auffiel, dass James Weihnachten offenbar nicht mit der Modekönigin Thalia verbracht hatte. Nicht, dass es mich interessierte.

»Ich habe gar nicht gewusst, dass Sie einen Neffen und eine Nichte haben.« Ich versuchte, mir James als Privatmann vorzustellen.

»Ich bin wohl leider kein sehr guter Onkel«, gab er zu. »Ich weiß, ehrlich gesagt, nicht recht, was ich mit Kindern anfangen soll. Es ist so lange her, dass ich selber Kind war, und ich habe keine Ahnung, womit Kinder heute spielen. Ich meine, ich hab gerne Züge gebaut und mit meiner elektrischen Eisenbahn gespielt, aber die Kinder heutzutage …« Er schüttelte den Kopf, als wäre er bereits im Rentenalter. »Schwer zu sagen, wofür sie sich interessieren, nicht wahr? Mein Neffe hat zu Weihnachten eine Wii geschenkt bekommen, und er hat sofort angefangen, von ihrer WAP-Fähigkeit und ihrer Soundso-Doppelfunktion zu erzählen. Ich hab kein Wort verstanden.«

»Ich bin mir sicher, dass die meisten Kinder auch heute noch gern Fangen spielen und in Pfützen springen.«

»Hört sich ganz richtig an … Also, Nicola Brown«, er rieb sich die Hände und schaute finster auf die vielen Einzelteile, die den Boden verunzierten. »Wollen wir uns daranmachen, dieses Biest fertig zu bekommen?«

Um 16 Uhr 36 glich der Aktenschrank einem großen hölzernen Puzzle und einem Haufen Altmetall. Als abstrakte moderne Skulptur wäre er möglicherweise durchgegangen. Aber als Aktenschrank? Keine Chance.

»Geben Sie mir das Dings da«, sagte James und wedelte auffordernd mit den Händen.

»Welches Dings?«

»Das Dings *da*, das an das Holz-Dings soll.«

»Sie müssen sich schon etwas genauer ausdrücken, fürchte ich.« Insgeheim genoss ich seine Verzweiflung.

»Sie wissen schon, dieses Ding, das in die Eckbohrung von dem Holz-Dings geschraubt wird«, sagte er total entnervt.

»Was, den Quermutterbolzen?« Ich schaute in die Anleitung. »Teil L.«

»Ist Teil L dieses Metallteil, das wie ein ›N‹ geformt ist?«

»Ja.«

»Dann ist es das.« Er klang unendlich erleichtert. »Genau das brauche ich.«

»Ich hab den Bolzen nicht, den müssen Sie haben.«

»Nein, hab ich nicht.«

»Vielleicht liegt er bei einem der Stücke von Teil H da drüben.«

»Liegt er nicht, hab ich schon nachgeguckt.«

»Also, ich hab ihn nicht.«

»Irgendwo muss er doch sein«, knurrte James und ließ sich auf alle viere nieder, um den Teppich abzusuchen.

»Sie haben drauf gesessen«, sagte ich und schnappte mir den Bolzen gerade noch rechtzeitig.

»Wie peinlich«, hüstelte er. »Man sitzt doch nicht gerne auf seinem Quermutterbolzen.«

»Nein, echt nicht.«

Nach einer gefühlten Ewigkeit saß der letzte verfluchte Bolzen im Schrank, und wir hatten auch den »Türöffnungstest« durchgeführt, der eben das beinhaltete, was sein Name ausdrückte. Alle Türen ließen sich öffnen, also war der Test ein totaler Erfolg.

Wir setzten uns und betrachteten unser Werk. Dann sprang ich auf und tätschelte den Schrank. »Wissen Sie, jetzt werde ich jedes Mal, wenn ich eine Akte hineinstelle, ganz …«

»… nervös sein, dass er zusammenkrachen könnte?«, meinte James.

»Nein«, lachte ich, »›stolz‹ war wohl eher das Wort, das ich gesucht habe.«

»Wie spät ist es eigentlich?«, fragte James. Draußen war es inzwischen dunkel geworden.

»Ähm …« Ich schaute auf meine Uhr. »Zehn vor sechs.«

»Meine Güte! Da wäre es ja schneller gegangen, einen Schrank zu schreinern.«

»Hm, das werde ich vielleicht bald lernen«, sinnierte ich im Hinblick auf den Tischlerkurs im neuen Jahr, zu dem mich Mark und Carol im Suff gedrängt hatten.

»Was werden Sie lernen?«

»Oh …« Ich wurde rot. »Nächste Woche fängt ein Tischlerkurs an, in dem man, äh, lernt, wie man … tischlert.«

»Tischlerkurs, ich verstehe.« James nickte.

»Da baut man, äh, Sachen aus Holz.«

»Ja, Nicola, hab schon verstanden.«

»Na klar. Hab ich mir schon gedacht. Wollte nur sichergehen«, kicherte ich.

»Na schön«, sagte James und nahm den Mantel von der Rückenlehne seines Stuhls. »Kann ich Sie irgendwo absetzen?«

»Nein, danke, ich muss bloß ein Stück die Straße hoch«, erwiderte ich. Mein Gesicht fühlte sich heiß an. Es musste an der Zentralheizung liegen.

»Sind Sie sicher?«

Ich nickte.

James öffnete die Tür, stutzte dann und drehte sich wieder zu mir um. »Hätten Sie vielleicht Zeit für einen Drink?«

»Oh, ich kann nicht. Ich habe eine … noch was vor«, stammelte ich. Plötzlich bedauerte ich, dass ich mit Dan verabredet war.

»Noch was vor«, wiederholte James. Er wirkte ein wenig enttäuscht, und ich wünschte wieder, kein Kino-Date zu haben.

James' Pullover fiel mir auf. War er vielleicht ein Weihnachtsgeschenk von Thalia? Er sah so kuschlig weich aus, dass ich plötzlich den Wunsch hatte, ihn zu berühren. Er ließ James' Augen meerblau leuchten. Wieder stieg Hitze in meine Wangen.

James räusperte sich. »Also, jedenfalls danke für die Hilfe. Ich hätte das Ding schon vor Stunden zerhackt, wenn Sie mir nicht geholfen hätten, es zu … ähm, bauen. Ich hab ja Hölzchen nicht von Stöckchen unterscheiden können. Wir sehen uns im Januar, Nicola!«, sagte er ein wenig zu laut.

»Bis dann!«, erwiderte ich ebenso munter und winkte obendrein mit einem Inbusschlüssel.

Bevor James das Büro verließ, drehte er sich noch einmal um. »Und halten Sie sich in der Zwischenzeit vom Büro fern«, warnte er scherzhaft.

»Okay.«

»Frohes Neues.«

»Frohes Neues«, erwiderte ich und winkte wieder mit dem dämlichen Schlüssel.

Ich sah ihm aus dem Fenster nach, wie er die Straße entlanglief, mit gesenktem Kopf im eisigen Wind. Ein leises Lächeln stahl sich in mein Gesicht. Plötzlich spürte ich Liebe zu Weihnachten in mir. Ich rannte durchs Zimmer, den Inbusschlüssel noch in der Hand, und küsste den Aktenschrank.

23

Auf dem Weg zu meiner Verabredung mit Dan war ich immer noch guter Laune. Ich fuhr auf den Parkplatz des Kinos und fand auch sofort einen freien Platz. In dem Ford Ka neben mir knutschten zwei Teenager, und ich hoffte nur, dass ich sie nicht störte, während ich im Rückspiegel mein Make-up überprüfte. Sie konnten nicht älter als siebzehn sein, und allein ihr Anblick bewirkte, dass ich mich alt fühlte. Sie würden mich bestimmt für alt, für einen Angehörigen einer anderen Generation halten, über das Verfallsdatum hinaus. Ich meine, ich ging schließlich stark auf die dreißig zu. Was konnte ich schon mit ihnen gemeinsam haben? Sie waren Ende der 90er geboren worden, als ich Evelyn Waugh las, mit flüssigem Eyeliner experimentierte und Enya hörte.

Zum Glück war der junge Mann vollauf damit beschäftigt, den BH seiner Freundin aufzuhaken, und sah mich daher gar nicht. Behutsam machte ich die Wagentür zu und schlich mich davon, bevor sie mich für eine Spannerin halten konnten.

Ich passierte die Drehtür des Kinos, und sogleich stieg mir der Geruch von zu süßem Popcorn in die Nase. Kinder sausten unter Heidenlärm von den Spielautomaten zum Süßigkeitenstand und wieder zurück, während ihre genervten Eltern hinter ihnen herbrüllten. Es wimmelte vor Menschen, der Lärm war beinahe unerträglich. Die ganze Welt schien sich heute Abend in diesem Kino ein Stelldichein zu geben. Behutsam umschiffte ich eine Familie, die sich wegen der Hotdogs stritt, und eine Gruppe präpubertärer Jungen, die darüber diskutierten, ob

»FSK ab 12« wirklich bedeutete, dass sie den Film nur in Begleitung eines Erwachsenen sehen durften. Als ich mich in die Ticketschlange einreihte, klingelte mein Handy. Ich fischte es aus meiner Tasche.

»Hallo?« Ich beugte mich vor und legte die Hand hinters Ohr, weil ich in dem Höllenlärm kaum etwas verstehen konnte.

Der Anrufer war Dan. Ich musste mich gewaltig anstrengen, um ihn zu verstehen. »Ich bin schon da. Ich war ein bisschen zu früh, also hab ich was besorgt! Ich warte im Foyer vor den Toiletten.« Damit legte er auf.

Oh, super, dachte ich und drängte mich aus der Schlange. Damit entfiel eine ungemütliche Viertelstunde Anstehen nach einer Kinokarte. Ich schaute mich vor den Waschräumen um und erspähte den leicht nervös wirkenden Dan, mit einem Eimer Popcorn und einer Tüte Süßigkeiten bewaffnet. Dan hatte sich seit dem Studium eigentlich kaum verändert. Er sah immer noch aus wie der Held einer amerikanischen Sitcom: weiße Zähne, glatte, gebräunte Haut. Als käme er gerade vom Skilaufen. Ich atmete tief durch, setzte ein Lächeln auf und ging auf ihn zu.

»Dan!« Ich winkte.

Er schaute auf und winkte mir wegen der vielen Fressalien, die er gekauft hatte, mit drei Fingern unbeholfen zu. »Nicola, hi.« Wir gingen zu Kino zwei, wo ein bulliger Typ den Einlass bewachte.

»Die Tickets, bitte.« Er streckte die Hand aus.

Ich drehte mich mit erwartungsvollem Lächeln zu Dan um.

»Die Tickets«, wiederholte ich. »Soll ich dir etwas von dem Zeug abnehmen?«

»Oh, ähm, ich hab mir eins gekauft, aber ähm, ich hab keins, also, ich hab gedacht … du würdest dir selber, ähm …«, stotterte Dan.

Ich sah ihn entnervt an. Der Ticketmann seufzte vernehmlich. Zu Recht, dachte ich.

Ich eilte zu der wimmelnden Schlange zurück und rief Dan über die Schulter zu: »Gib mir fünf Minuten.«

Dan wirkte verlegen, als ich zurückkehrte. »Super. Sorry, Nicola, das war sehr unachtsam von mir«, murmelte er und beugte sich vor, um mir ein etwas verspätetes Begrüßungsküsschen zu geben. Ich war nicht darauf vorbereitet, und so traf er mich zwischen Kinn und Unterlippe.

Der Ticketmann versuchte nicht mal, seine Erheiterung zu verbergen. Als er mir das Ticket zurückgab und uns reinwinkte, kicherte er immer noch in sich hinein.

Nachdem wir unsere Plätze gefunden hatten, fand Dan wohl, er müsse das Ticket-Debakel wiedergutmachen, und begann mit einem Vortrag über die neuesten Kinofilme. Er redete wie ein Fernsehmoderator auf Speed. Ich kam kaum mit, während er sämtliche Filme aufzählte, die er in letzter Zeit gesehen hatte. Dann erklärte er mir detailliert, warum Hollywood so besessen vom Nahen Osten war, warum Animationsfilme so schlechte Drehbücher, aber so brillante Effekte hatten und warum er den IMAX-Effekt schätzte, aber nicht bei diesem Film. Die Trailer liefen an, aber Dan quasselte unbeirrt weiter. Zu Filmen hatte er bereits alles gesagt, aber es blieb ja noch die Werbung. Er kannte die Texte sämtlicher Spots. Offensichtlich ging er nicht gerade selten ins Kino.

»Hm, ja, hab schon gehört, dass dieser Film ausgezeichnete Kritiken hat«, antwortete ich auf sein letztes Kommentarsperrfeuer.

Meine Erwiderung schien eine entspannende Wirkung zu haben, denn Dan lehnte sich endlich schweigend zurück. Ich machte es mir ebenfalls bequem, atmete langsam aus und fühlte mich besser. Allerdings knurrte mein Magen, und mir fiel ein, dass ich seit Stunden nichts gegessen hatte. Ich schielte zu Dans Einkäufen, die er säuberlich auf der Armlehne aufgebaut hatte, und streckte meine Hand nach dem Popcorneimer aus. Lecker! Ich angelte mir eine Handvoll köstliches Popcorn aus dem Eimer und atmete gierig den süßen Duft ein. Es war falsch, aber gleichzeitig so richtig. Caroline hätte mir für diese Schwäche bestimmt Beifall gespendet. Und Dan hatte obendrein eine Tüte gemischter Sweeties besorgt. Darauf stand ich total! Immer noch war es für mich ein Nervenkitzel, im Supermarkt eine kleine Tüte mit spritzigen Colafläschchen, Toffees und Weingummis zu füllen. Natürlich kaufte ich sie dann nicht, aber allein die Auswahl zu haben, war aufregend genug. Ich linste verstohlen in die Tüte, um Dans Auswahl zu beurteilen. Ausgezeichnet! Der Mann hatte Geschmack. Ich angelte nach einem Weingummi mit Smiley-Gesicht. Plötzlich tauchte Dans Hand im Halbdunkel auf und schlug meine beiseite.

»Sorry, Nicola, aber für zwei reicht es echt nicht«, erklärte er.

»Was?«, flüsterte ich entgeistert.

Er beugte sich zu mir herüber. »Ich hab wirklich nicht genug, also …« Ich starrte ihn entsetzt an, während meine Hand noch über der Tüte schwebte.

Verweigert er mir etwa Süßigkeiten?

Er nahm die Tüte weg. Tatsächlich!

Ich stand so abrupt auf, dass das Pärchen hinter uns zu murren begann. Dan sah mich neugierig an.

»Was hast du vor?«

Ich besaß nicht den Mut, etwas wirklich Bissiges von mir zu geben. Stattdessen zischte ich: »Ich hab Hunger!«

Dan nickte verständnisvoll und griff in seine Tüte.

Der Ticketmann sah mich fragend an, als ich an ihm vorbei ins Foyer stürzte. Ich schnappte mir die kleine Schaufel und häufte Berge von Zuckerzeug in meine Tüte.

»Das macht sechs Pfund vierzig, bitte«, sagte der Mann hinter der Theke.

Fein, dachte ich, als ich ihm einen knisternden Zehner gab. *Das müsste reichen*. Da ich auch Durst verspürte, fügte ich meinen Einkäufen noch einen Riesenbecher Limo hinzu und stakste zurück zu Kino zwei, beladen mit MEINEM Süßkram.

Ich kam gerade rechtzeitig zum Vorspann. Ich setzte mich und starrte entschlossen auf die Leinwand, um Dan nicht ansehen zu müssen, und baute meinen Drink und meine Süßigkeitentüte wie eine Lebensmittelmauer zwischen uns auf.

Der Film war toll. Jede Menge Explosionen und Action mit attraktiven, wenn auch oft schweißgebadeten Männern, mit denen man nur schlafen würde, wenn sie sich vorher geduscht hätten. Ich schaufelte mir Sweeties in den Mund, um nur ja keine Special Effects oder ein Wort der schnellen Dialoge zu verpassen. Bald schon verdurstend, griff ich nach meiner Limo. Sie steckte nicht im Becherhalter. Verwirrt warf ich einen Blick in den Fußraum, doch da lag sie auch nicht. Ganz langsam drehte ich mich zu Dan um. Ich wollte es nicht glauben. Das war nun echt *ungeheuerlich:* Dan nuckelte AN MEINER LIMONADE.

Ich starrte ihn an, während er ungerührt MEINE Limo schlürfte. Zum Glück für das Publikum explodierte in diesem Augenblick auf der Leinwand ein Auto, sonst wäre ich im ganzen Saal zu hören gewesen. »Das glaub ich jetzt nicht!!« Selbst Dan hörte meinen wütenden Ausbruch nicht, aber er war ja auch völlig damit beschäftigt, an MEINEM Strohhalm zu nuckeln.

Ich verpasste vor Zorn sogar die letzten Filmminuten. Ich war zu sehr damit beschäftigt, mir möglichst ätzende Bemerkungen zu überlegen, damit ich Dan nach dem Ende des Films unter meinem Zorn zermalmen konnte. Ich putschte mich richtig hoch. Das würde ich ihm nicht durchgehen lassen. Er sollte hören, dass sein Benehmen inakzeptabel war, dass er ein ausgemachter Geizhals war und nicht einfach so an anderer Leute Strohhalmen nuckeln konnte. Ganz so würde ich es vielleicht nicht ausdrücken. Oh gut, der Abspann lief schon. Dan war bereits aufgestanden und strebte dem Ausgang zu, ohne auf mich zu warten. Ich beeilte mich, denn je früher wir draußen waren, desto eher konnte ich vom Leder ziehen.

Wir stießen die schweren Türen auf, ich drehte mich nach ihm um, öffnete den Mund und … hörte mich »Was jetzt?« sagen. Immerhin in einem ziemlich wütenden Ton.

»Wollen wir was trinken gehen?«, fragte Dan.

»Also, ich …« Und schon war mir der Wind aus den Segeln genommen. *Komm schon, Nicola, sag ihm endlich, was er für ein Arsch ist.* »Ich … ähm … Ja, das wäre nett.«

Ich kniff.

Wir verließen das Kino und gingen in ein Restaurant auf der anderen Straßenseite. Eine Kellnerin führte uns an einen hübschen Tisch im hinteren Teil. *Mach reinen Tisch, reinen Tisch*, dachte ich, während ich den Mantel auszog und mich setzte. Ich bestellte ein Mineralwasser, da mir so viel Zucker im Körper herumgeisterte, dass ich dringend Flüssigkeit brauchte.

Dan nahm mir gegenüber Platz und fuhr sich mit der Hand durch die Haare. Ich nickte und lächelte. Zumindest konnte es nett werden, wenn man über die alten Zeiten quatschte.

»Hattest du auf der Uni nicht lange Haare?«, fragte Dan und wies auf meinen Bob.

Verlegen griff ich mir an die Spitzen. »Das stimmt.«

»Ja«, nickte er. »Ich finde, du solltest sie wieder wachsen lassen.«

»Ach …«

Wieder senkte sich Schweigen über uns. Ich wartete auf unsere Drinks, trommelte mit den Fingern auf den Tisch und sah mich im Restaurant um. *Er hasst mein Haar und klaut mein Essen*. Ich hätte nicht erwartet, dass es noch schlimmer kommen könnte, aber nachdem wir zehn Minuten lang versucht hatten, Erinnerungen aufzufrischen, und jedes Mal in einer Sackgasse gelandet waren, versiegte die Unterhaltung vorerst. Dann gab ich mir einen Ruck.

Während ich die traurige Anekdote erzählte, wie ich einen Kopierer blockiert hatte (nicht gerade eine meiner Glanzleistungen), wurde mir bewusst, dass Dan auf meine Brüste starrte. Ich kam zu dem Teil, wo ich den Hersteller anrufen musste, um nach dem Papiereinzug zu fragen, doch selbst diese bravouröse Wendung der Ereignisse schien Dan nicht von meiner Anatomie ablenken zu können. Es bestand kein Zweifel daran, dass er mir auf die Titten glotzte. Dumm war nur, dass er mir ab und zu auch ins Gesicht schaute, deshalb konnte ich ihm schwerlich Chauvinismus vorwerfen. Während ich unentwegt weiterredete, wurde mir immer unbehaglicher zumute. Meine Geschichte endete (glücklich, wie ich hinzufügen sollte, da der Kopierer immer noch funktionstüchtig war), und ich verschränkte die Arme vor der Brust in der Hoffnung, Dan von meinem Ausschnitt abzulenken. Was aber nicht klappte.

»Mal nur so aus Interesse gefragt, Nicola: Welche BH-Größe trägst du?«

»Wie bitte?«, keuchte ich, verblüfft ob seiner Frechheit.

»Welche BH-Größe du trägst. Es könnte nämlich die falsche sein.« Er machte eine beredte Geste.

»Ich … ich weiß nicht«, brabbelte ich.

»Das braucht dir nicht peinlich zu sein«, sagte Dan eifrig. »Sieh mal, ich habe bei Marks and Spencer in der Unterwäscheabteilung gearbeitet, und du brauchst einen BH, der sie ein bisschen anhebt, wenn ich das mal so sagen darf.« Er hielt entschuldigend die Hände hoch. »Viele Frauen machen, was das angeht, etwas falsch, das ist weit verbreitet.« Und er nickte wissend.

Das musste der Moment sein, in dem ich ihn zum Schweigen bringen musste, der Moment, um diesem Mann gehörig die Meinung zu sagen. Aber ich konnte nicht. Es war mir schlicht unmöglich. Dan schien meine fehlende Reaktion als Ermunterung aufzufassen, um sich weiter über BHs zu verbreiten. »Hast du gewusst, dass neunzig Prozent der Frauen in diesem Land die falsche Größe tragen und viele deshalb Rückenprobleme bekommen? Gar nicht zu reden von dem Risiko, dass ihre Brüste mit zunehmendem Alter an Elastizität verlieren.«

Während Dan weiterschwafelte, saß ich wie erstarrt da. Wieso geriet ich immer nur an solche Männer? War ich kein netter Mensch? Womit hatte ich das verdient? Ich wollte ja gern versuchen, mich »da draußen« ein wenig umzuschauen, aber wenn *da draußen* so war wie der heutige Abend, war es dann wirklich so erstrebenswert? Wäre es da nicht besser, *drinnen* zu bleiben, hinter verschlossenen Türen, mit dem Fernseher als Gesellschaft? *Ich stehe jetzt sofort auf und gehe. Ich kann das. Ich kann mich einfach entschuldigen und gehen.*

»Dan, ich …«

»Noch einen Drink?«, fragte er aufgekratzt und winkte die Kellnerin herbei. »Das Gleiche noch mal, bitte«, bestellte er, obwohl ich mein Mineralwasser kaum angerührt hatte.

Na toll. Noch ein Drink bedeutete weitere Minuten der Qual, dachte ich und sank entmutigt auf meinem Stuhl zusammen. Wenigstens hatte Dan das Thema gewechselt. Jetzt zog er über die vielen Dicken her, die er täglich während der Lunchpause sah.

»Sind doch selber schuld daran!«, schimpfte er besserwisserisch und in einem unerträglich arroganten Ton – wieso war der mir früher nie aufgefallen? »Manche behaupten ja, es läge an den Genen, aber das ist doch Schwachsinn. Es liegt schlicht und ergreifend daran, dass sie zu viel in sich reinstopfen. Ich finde, man sollte sie zwingen, für Flugtickets mehr zu bezahlen.«

»Hm«, erwiderte ich vage.

»Ich glaube, dass viele Menschen im Grunde so denken wie ich«, fuhr er unbeirrt fort. »Aber das ändert gar nichts. Denn das eigentliche Problem, weißt du, ist diese verfluchte politische Korrektheit. Wenn ich Politiker wäre, dann würde ich allen Dicken verbieten …«

Bevor es noch übler werden konnte, stand ich auf. Es gab also auch für mich eine Grenze des Erträglichen.

»Ich muss jetzt heim«, verkündete ich und nahm meine Tasche.

Dan wirkte ein wenig verstimmt. »Dann frage ich nach der Rechnung.« Er winkte der Kellnerin. Sie erschien, während ich mir den Mantel über den Arm legte.

»Gut. Also, danke schön, Dan, es war ein … ähm …«

Dan schaute stirnrunzelnd auf. Er wirkte sichtlich überrascht, dass ich schon im Gehen begriffen war, und hielt eine Hand hoch. »Warte mal.« Er nahm die Rechnung, studierte sie, schaute mich an und sagte: »Deine Getränke kosten vier vierzig.«

Ich wühlte in meiner Tasche, warf einen Fünfer auf den Tisch und fauchte: »Das Wechselgeld kannst du behalten!« Was er mit Sicherheit tun würde.

24

Erst als sich das Taxi in rascher Fahrt vom Kino entfernte, atmete ich wieder ruhiger. Das winterliche Bristol sah wie verzaubert aus. Auf allen Flächen hatte sich Raureif gebildet, der unter den Laternen glitzerte. Aus den Pubs strömten Pärchen, die Köpfe vertraulich zusammengesteckt. Ein paar Mädchen mit Nikolausmützen schwankten auf Stöckelschuhen daher.

Ich stieg aus dem Taxi, bedankte mich bei dem Fahrer und sah zu meiner Wohnung hoch. Der Rasen vor unserem Wohnblock war frisch gemäht, und Julio hatte sich offenbar mit der Heckenschere betätigt. Er hatte die niedrige Hecke vor dem Haus beschnitten und ein paar Blumentöpfe platziert, um das Gesamtbild aufzubessern. Als ich näher trat, erkannte ich Lavendel. Sein Duft bewirkte, dass ich, mit dem Schlüssel in der Hand, wie angewurzelt stehen blieb. Mich überfiel eine Erinnerung. Sieben Jahre waren seitdem vergangen.

Ich war mit einem Lavendeltopf nach Hause geeilt. Ich wollte nämlich vor unserem Schlafzimmerfenster Blumenkästen anbringen, was auf den breiten Fensterbänken sicherlich kein Problem war. Ich stellte mir vor, wie wir des Morgens aufwachen würden, in inniger Umarmung, im Schein der aufgehenden Sonne. Das offene Fenster würde eine sanfte Brise hereinlassen und der Duft des Lavendels uns sanft von der Nacht in den neuen Tag begleiten.

In der Wohnung brannte Licht. Er war also ein wenig früher von der Vorlesung heimgekehrt. Grinsend plante ich mein

Attentat. Ich freute mich schon auf das Aufleuchten seiner bernsteinfarbenen Augen, seinen lachenden Mund.

Leise hatte ich mich in die Wohnung geschlichen, den Lavendel auf den Couchtisch gestellt, war in die Küche getappt und hatte um die Ecke gelinst. Niemand da. Ich wanderte ins Wohnzimmer und streifte mein Top über den Kopf. Ich wollte einen großen Auftritt im roten BH hinlegen, damit er über meine Kühnheit staunen sollte. Im Wohnzimmer hatte ich seine Kleider auf dem Sofa liegen sehen. Ich grinste in mich hinein. Dieser Frechdachs – war mir doch immer um eine Nasenlänge voraus!

Lachend war ich durch den Flur zu unserem Schlafzimmer gehuscht – das eben groß genug war, um unser Bett und unsere Liebe zu beherbergen. Ich drehte den Türknauf und wollte mich auf ihn stürzen.

Mein »Ta-Da!« erstarb mir auf den Lippen. Haut, nackte Haut, eine wallende blonde Mähne, überall lagen Kleider verstreut, und mein Freund, der Mann, mit dem ich gerade vor einem Monat in diese Wohnung gezogen war, der Mann, mit dem ich mein Leben verbringen wollte, lag zwischen den Beinen meiner besten Freundin. Sie hatte hochrote Wangen und riss erschrocken die Augen auf, als sie mich sah.

Wie betäubt hatte ich dagestanden, während die beiden eilig ihre Kleider zusammenrafften, Entschuldigungen murmelten. Ich konnte es nicht fassen. Meine Welt war binnen Sekunden zusammengestürzt.

Sein ungerührter Blick traf den meinen. Fast schon feixend sagte er: »Tja, *so* hab ich's dir eigentlich nicht sagen wollen.« Mir wurde übel.

Charlotte drückte ihren Pullover an die Brust – ein kläglicher Versuch, sich zu bedecken. Sie konnte mir nicht in die Augen sehen. In diesem Moment zerbrach unsere Freundschaft. Die langen Stunden, in denen wir uns bei einem Glas Wein unser Herz ausgeschüttet, über einer Schachtel Pralinen gekichert, vor Prüfungen gepaukt hatten. Was hatte ich ihr nicht alles von ihm erzählt, und wie oft hatte ich ihr, wenn sie betrunken war und irgendwo pennen musste, auf dem Fußboden ein Nachtlager bereitet! Ich hatte an unsere Freundschaft geglaubt. Sie wäre bei meiner Hochzeit Brautjungfer gewesen, und ich wollte mein Leben lang mit ihr befreundet sein.

Ich schaffte es gerade noch rechtzeitig ins Bad, bevor mir die Galle hochkam. Dann stolperte ich auf die Straße hinaus. Ich wusste nicht, wohin, aber ich wusste auch, dass ich nie wieder zurückgehen würde.

25

Singlefrau würde gern um Mitternacht jemanden küssen.
Chiffre 08 366

Es war Silvester und Zeit für meine Verabredung zum Dinner mit Chris Sheldon-Wade. Danach wollten wir auf eine Party, die er zusammen mit einem alten Freund aus der Schulzeit gab, den er zu meinem Befremden »Nobby« nannte.

Ich hatte Ewigkeiten gebraucht, um zu entscheiden, was ich anziehen sollte. Die Frau an Chris' Arm würde schon einiges Aufsehen erregen, deshalb hatte ich mir ein kurzes stahlblaues Abendkleid und absurd hohe silberne Riemchensandalen geleistet. Einen Augenblick lang fühlte ich mich wie in alten Zeiten, wenn ich mich voller Vorfreude für den Abend stylte. Ich nahm mir viel Zeit für mein Make-up, benutzte einen glänzenden roten Lippenstift und schminkte mir die Augen im Smokey-Look, mit einem Lidschatten, den Carol mir zu Weihnachten geschenkt hatte. Um den Look zu vervollständigen, steckte ich mein Haar am Hinterkopf fest.

Dann wartete ich und balancierte vor Nervosität auf der Sofakante. Vor dem Spiegel war ich von meiner Erscheinung sehr angetan gewesen. Doch jetzt erschien mir das Kleid zu kurz, der Lippenstift zu grell und die Schuhe geradezu absurd. Ich zog und zerrte an meinem Rocksaum. Ich konnte Chris nicht ausstehen. Er war launisch und egozentrisch, aber die Agentur musste ihn sich warmhalten, seine Honorare sicherten meinen Lohn, und ich wusste, wie wichtig er für James war.

Die Sprechanlage summte, ich nahm ab und hörte: »Niiicolaaa, der Taxameter läuft!« Ich flitzte so hastig die Treppe hinunter, dass ich mir fast eine Muskelzerrung zuzog.

Chris sah auf lässige Weise schick aus, er trug einen schwarzen Anzug mit einer schmalen dunkelblauen Krawatte. Ich brachte zunächst keinen Ton heraus, weil ich zwanghaft nach einem Thema suchte, das nichts mit der Arbeit zu tun hatte. Zum Glück hatten wir unser Ziel in weniger als fünf Minuten erreicht, und ich schaffte es immerhin, eine Bemerkung über das Wetter (ungemütlich, aber für Dezember normal) und seine Krawatte (Hugo Boss) zu machen.

Das Restaurant war brechend voll. Viele Paare warteten auf einen Tisch, saßen mit ihren halb vollen Drinks an der Bar und schauten hoffnungsvoll jedem Kellner nach. Wir aber wurden sogleich vom Oberkellner durchgewinkt. Mit leichten Schuldgefühlen versuchte ich den verkniffenen Blicken der anderen Gäste auszuweichen.

Wir brauchten ungefähr eine Dreiviertelstunde, um zu unserem Tisch zu gelangen. Chris kannte praktisch jeden, blieb ständig stehen und verteilte Luftküsschen. Endlich ließen wir uns an einem Ecktisch neben einem Aquarium mit bunten, exotisch aussehenden Fischen nieder. Chris verrückte seinen Stuhl um eine Winzigkeit, um »nicht in der Zugluft zu sitzen«, aber zufälligerweise saß er nun genau dem großen Spiegel gegenüber, den ich im Rücken hatte.

Dann verbrachten wir ein paar angespannte Minuten damit, den Blick eines Kellners aufzufangen. Jedes Mal, wenn ich ein Gespräch anfangen wollte, verrenkte Chris sich den Hals, um nach einem Kellner Ausschau zu halten, und brachte mich damit zum Schweigen. Endlich kam eine Kellnerin mit niedlichem blondem Pixie-Haarschnitt und endlos langen Beinen an unseren Tisch. Sie beachtete mich kaum, sondern teilte

Chris die Tagesspezialitäten mit, und das so leise, dass ich mich über den Tisch beugen musste, um sie zu verstehen. Das nützte jedoch auch nicht viel, da ich lediglich »Lachs, Kräuter, Spargel« verstand, und das gleich mehrfach. Alle anderen Spezialitäten der Küche würde ich also nicht kennenlernen.

Chris bestellte für uns beide Lachs im Teigmantel mit Dillsauce. Ich hätte zwar etwas anderes gewollt, hielt aber lieber den Mund. Immerhin kannte er dieses Restaurant besser als ich, und nur er war über die Tageskarte unterrichtet worden.

Unsere Kellnerin verzog sich mit einem letzten Kichern und beziehungsreichem Heben der Augenbrauen. Dann saßen Chris und ich da und starrten einander an. Er spielte nervös mit der Serviette auf seinem Schoß, und mich überkam so etwas wie Rührung. Ich hatte die Angelegenheit noch gar nicht von seinem Standpunkt aus betrachtet: Hier saß er und führte sozusagen eine Kollegin aus und musste sich jetzt ein Gesprächsthema aus den Fingern saugen. Vielleicht war seine selbstsichere Fassade ja nur Schau, und darunter verbarg sich eine sensible Seele?

In diesem Augenblick schaute er auf. »Ich muss Nobby nur rasch eine SMS schicken.«

»Oh.« Ich wurde rot vor Ärger. Das also war die Erklärung für das nervöse Gefummel unter dem Tisch! »Kommt er später auch zur Party?«, fragte ich.

Chris sah nicht einmal auf. »Ja, aber er wollte vorher das Spiel aufzeichnen.«

»Aha«, nickte ich. Ich merkte schon, dass ich nicht fragen durfte, um welches Spiel es sich handelte. So eine Frage wäre uncool. Ich stellte mir vor, wie er entnervt die Augen verdrehte, weil ich so wenig Ahnung hatte.

Also wartete ich geduldig, bis Chris zu Ende gesimst hatte. Ich studierte aufmerksam die Umgebung, täuschte unvermittelt Interesse an der Einrichtung vor. Am Empfang Marmorsäulen, hm, ja, sehr interessant. Das Toilettenschild in Kursivlettern, sehr geschmackvoll. Eine Bar aus Mahagoni und mit rotem Samt bezogene Hocker, *faszinierend*. Endlich war Chris fertig, und ich schaute ihn an, als wäre ich überrascht, dass er hier mit mir saß. So cool war ich. Chris legte sein Handy auf den Tisch und sah mich an.

»Wie war Ihr Tag?«, brach ich das Schweigen.

Was für eine absolut originelle Frage, Nicola. Doch Chris machte ein Gesicht, als hätte ich ihn gefragt, was er vom Christkind bekommen hatte. Eine bessere Frage hätte ich gar nicht stellen können.

»Yeah, ganz okay, Nicola. Hektisch, klar, aber so ist das Leben eines Schauspielers nun mal. Ich hab Porträtaufnahmen machen lassen, wollen Sie mal sehen? Er hat mir ein paar Kontaktabzüge ausgedruckt.«

»Oh, na schön«, murmelte ich entmutigt.

»Ich führe nämlich Buch darüber, welche Aufnahmen den Leuten am besten gefallen. Ich persönlich bin ja ein Fan von Nummer fünfundvierzig. In dem Ausdruck liegt so etwas Ernsthaftes, das sich gut für Dramen eignet. Finden Sie nicht auch?« Er hielt mir das Foto unter die Nase.

»Oh ja, es wirkt sehr … schwermütig«, wagte ich eine Interpretation.

Chris breitete die Fotos vor mir aus. Es mussten an die zweihundert Schwarz-Weiß-Aufnahmen von ihm sein, und alle glichen einander wie ein Ei dem anderen. Er bat mich, die fünf besten herauszusuchen. Ich saß da und starrte die Chris-Miniaturen hilflos an.

»Ähm …«

Plötzlich klingelte sein Handy, und er stürzte sich geradezu darauf. »JA, JA, JA!«, rief er und boxte begeistert in die Luft.

»Gute Nachrichten?«, erkundigte ich mich höflich, aber Chris simste schon wieder. Und diesen Augenblick wählte die Kellnerin, um uns den Lachs zu servieren.

»Sie haben's tatsächlich hingekriegt«, sagte sie lachend zu Chris, während sie mir den Teller hinknallte. »Ich hab's in der Küche gesehen. Supertor. Einfach brillant.«

Chris grinste sie an. »Ich hab gewusst, dass sie sich am Ende durchsetzen.«

»Hm«, mischte ich mich ein. »Toll … ähm …« Beide starrten mich an. »Tolles Restaurant. Mir gefällt die … Einrichtung.« Ich unterstrich meine Ausführungen mit einer schwungvollen Gabelbewegung.

»Tja, ich sollte dann mal wieder«, sagte die Kellnerin. »Hab schließlich noch andere Gäste.« Sie berührte Chris' Arm.

Chris nickte ihrem Rücken nach. »Nettes Mädel.«

»Sehr nett«, stimmte ich zu. Nach dieser ganzen Aufregung mit der Kellnerin und dem Spiel war ich erleichtert, dass er die Fotos vergessen zu haben schien.

»Verstehen Sie, Nic, das Wichtige ist, sich für das Shooting genug Zeit zu nehmen, um eine große Bandbreite an Emotionen rüberzubringen. Nummer drei und neunundvierzig sind ja ganz gut …«

Oh nein.

»… aber bei der Acht bin ich mir nicht so sicher. Ich frage mich außerdem, ob ich für *Spotlight* eine Aufnahme wie die Sechsundsiebzig nehmen könnte oder ob ich mich vielleicht lieber auf das Nachmittagsprogramm konzentrieren sollte, wofür wiederum die Neunundzwanzig am besten geeignet wäre …«

Ach, zum Teufel …

Ich versuchte, ein interessiertes Gesicht zu machen, während Chris in seine Kontaktabzüge vertieft war. Schließlich zog er sogar ein kleines Notizbuch hervor, in dem er säuberlich aufgezeichnet hatte, welche Fotos allgemein am besten gefielen. Nummer Sieben war offenbar der Favorit. »Es ist unglaublich wichtig zu wissen, welchen Ausdruck man will, und ihn dann in möglichst wenigen Bildern einzufangen. Fabio sagt, es sei traumhaft, mit mir zu arbeiten. Traumhaft!«

Während er schwafelte, wurde mir klar, dass meine Optionen spärlich waren. Entweder würde ich mir mit dem verbliebenen Besteck das Hirn ausstechen oder abhauen und riskieren, dass James und die Agentur Schaden nahmen, oder ich würde dem weißen Hauswein gründlich zusprechen. Ich entschied mich für die dritte Möglichkeit, und nach einer Weile hatten die Dinge ein viel freundlicheres Gesicht angenommen. Oder vielmehr Chris' Gesichter, die mir jetzt sogar witzig vorkamen. Mein persönlicher Favorit war die Nummer elf.

Chris steckte gerade mitten in einer Anekdote über einen Skiurlaub mit Nobby, als ich ihn sah: James. Mein Herzschlag setzte aus. Da saß er, an einem Ecktisch, und fixierte mit ernster Miene den Mann, der ihm gegenübersaß. Er trug den flaschengrünen Pullover, der mir so gut gefiel. Müde verbarg er ein Gähnen hinter vorgehaltener Hand, während er vorgab, seinem Gegenüber aufmerksam zu lauschen. Ab und zu lächelte er zustimmend und kniff auf eine mir vertraute Art die Augen zusammen. Ich wollte mich nur noch verstecken, James sollte mich nicht mit Chris sehen. Aber es war bereits zu spät. James drehte sich ein wenig, sein Blick fiel auf mich, sein Mund klappte auf. Ich versuchte zu lächeln, aber es gelang mir nicht.

»Alles in Ordnung, Babe?«, fragte Chris und grinste mich an. »Wir sollten allmählich auf die Party, was?«

»Hm …« Leicht beschwipst schwenkte ich meine Augen zu ihm zurück. »Oh … klar, klar.«

Doch ohne es zu wollen, blickte ich wieder zu James. Er hatte seinen Stuhl nun so verschoben, dass ich ihn im Profil sah.

Jetzt war ich vollkommen durcheinander. Sollte ich zu ihm gehen und ihm alles erklären? Aber was denn erklären? Dass *er* der Grund für mein Hiersein war? Dass ich mit Chris ausging, um der Agentur zu helfen? Eigentlich war ich ihm keine Erklärung schuldig, aber James hatte mich so seltsam angeschaut. Ich fühlte mich gedrängt, ihm zu versichern, dass zwischen mir und Chris nicht das Geringste lief. Doch als Chris mich zwischen den Tischen hindurch zum Ausgang führte, wurde mir klar, dass ich es nicht fertigbrachte.

Vielleicht hatte James gar nicht mich gesehen. Vielleicht hatte er über mich hinweg auf einen anderen Gast geblickt. Und was machte es schon aus, wenn er mich gesehen hatte? Wozu machte ich mir Sorgen? Wahrscheinlich würde Thalia später zu ihm stoßen.

Wir kamen heraus, und die Kälte traf mich wie ein Schlag. Ich schaute von außen in das Restaurant, suchte James' Tisch.

»Nic, nun kommen Sie schon!«, rief Chris ungeduldig.

»Ich komme, tut mir leid«, sagte ich und stieg hinter ihm ins Taxi.

Ich hampelte unter grellen Disco-Scheinwerfern unsicher zu den Klängen von »Karma Chameleon«, zog immer wieder meinen allzu kurzen Rocksaum hinunter und schrie den Mann an, der mir gegenüber tanzte. »IN EINER AGENTUR!«, wiederholte ich.

Ich hatte nämlich angenommen, dass er nach meiner Arbeit gefragt hatte, aber dass er mich während des überlauten Refrains *»Red, gold and green, red, gold and green …«* verstanden hatte, war praktisch unmöglich.

Jetzt sagte er wieder etwas. Ich hörte nur das Wort »Bar« heraus und nickte eifrig. Ein Drink. Gut.

Das Thema lautete »Celebrities«, und die diesjährige Silvesterparty war so »heiß«, wie Chris prophezeit hatte. Die Musik dröhnte, und die Gäste amüsierten sich prächtig. Es gab ungefähr tausend paillettenschillernde Ladies, viele Männer im Smoking, einen Tennisspieler, einen Elvis und zwei Mädchen mit Kate-Middleton-Masken. Chris hatte mich mit Komplimenten und Champagner traktiert, wenn er nicht gerade neue Gäste begrüßen ging. Es gab Momente, in denen es sich gut anfühlte, im Mittelpunkt zu stehen. Und ich musste uns Chris warmhalten. Die Agentur brauchte ihn. James brauchte ihn. Wieder sah ich sein gestresstes Gesicht vor mir, seine zerzausten Haare, die tiefen Linien um seine Augen, wenn er wieder eine Nacht lang einem zukünftigen Klienten Honig ums Maul geschmiert hatte. Chris brachte Geld in die Agentur, und diese Verabredung war nur ein kleines Opfer, damit er uns erhalten blieb.

Jetzt schwebte er wieder heran, ganz der Mann der Stunde. Eine hinreißende Blondine in winzigen Shorts zwinkerte ihm zu. Chris tätschelte ihr den Hintern. Ich lächelte ihn nervös an und wippte ein wenig stärker im Rhythmus mit. Ich wollte ihm zeigen, dass ich mich hier wohlfühlte.

Das sollte auch nicht allzu schwerfallen, denn der Mann, mit dem ich die lautstarke Konversation geführt hatte, kehrte mit einem frischen Wodka Lime zu mir zurück.

»DANKE!«, brüllte ich und nickte ihm zu. Ich sog am Strohhalm, schaute den Tanzenden zu, nickte im Takt zur Musik und versuchte, mir nicht allzu blöde und fehl am Platz vorzukommen. *Es ist gut für mich, es gibt mir Mut, gibt mir Mut, ich muss mehr ausgehen, muss mehr ausgehen*, betete ich wie ein stummes Mantra. Chris legte den Arm um meine Taille und stellte mich seinem Freund vor. »Das ist Nicola, ist sie nicht wunderschön?«

Eigentlich hätte ich wütend sein müssen, weil er mich wie ein Zirkuspony vorführte, aber absurderweise fühlte ich mich geschmeichelt. Ich schüttelte Chris' Freund die Hand, bedankte mich noch einmal für den Drink und nahm mir vor, endlich lockerer zu werden. Ich stellte mir vor, wie Caroline hereinkäme und mir begeistert die Daumen drückte. Partys waren eigentlich etwas Tolles. Man war zu nichts verpflichtet, konnte unangenehmen Zeitgenossen aus dem Weg gehen, jederzeit abhauen – und vor allem konnte man alle möglichen Rollen spielen, da einen ja niemand *wirklich* kannte. Als mir das klar wurde, erfasste mich ein Gefühl der Freiheit. Ich war die geheimnisvolle Dame an Chris' Seite. Ich sah umwerfend aus. Ich amüsierte mich prächtig.

So schritt der Abend voran, und nachdem ich wieder einmal von der Toilette zurückgekehrt war, musste ich feststellen, dass Chris irgendwo herumschwirrte und ich mich wieder mal mit Wildfremden unterhalten musste. Um einen guten Einstieg hinzulegen, lächelte ich die Leute an meinem Tisch strahlend an. Die meisten ignorierten mich, aber ein Mädchen mit riesigen Kristallohrringen wirkte fast erschrocken. Peinlich berührt wandte sie sich an ihren Freund und sagte etwas über eine Lesbe, die hier ihr Unwesen treibe. Ich hörte nicht, was sie im Einzelnen sagte, aber ihr Freund sah mich nun auch feixend an. In diesem Augenblick zerschellte ein Glas auf dem Nebentisch. Flüssigkeit spritzte über die Tischkante auf mein neues Kleid. Ein Mann in einem Nadelstreifenanzug à la Al Capone schwankte gefährlich und drehte sich zu mir um, wobei er ein wenig zu lange brauchte, um mein Gesicht zu fixieren.

»Da hab isch gesesssen.«

»Ähm … ja. Trotzdem hallo.«

»Du bist ja klaaaasse, hab disch hier noch nie gesehn. Ich heiß Seb«, er streckte mir die Hand hin, rutschte aus und hielt sich am Tisch fest.

»Ich bin Nicola«, sagte ich. Ich war durchaus bereit, das Handschütteldebakel gnädig zu übersehen, wenn ich nur wieder jemanden zum Reden hatte.

»Wie heißtu, hastu noch mal gesacht?«, nuschelte er. Er schaffte es immer noch nicht, mir gerade ins Gesicht zu sehen. Mit meinen Titten hatte er da weniger Probleme.

»Ähm … Nicola«, erwiderte ich und stellte fest, dass mein Glas schon wieder leer war.

»Möchtest du was trinken, Seb?«, fragte ich und sah Chris auf der anderen Seite des Saals, wo er sich mit einem Mädchen unterhielt, das ein pinkfarbenes Top und meterhohe Absätze trug.

»Iss gut, Nikki. Aber ich lad dich ein.« Und er zog so viele Banknoten aus der Tasche, dass es schon peinlich war.

»Nicola …«, berichtigte ich.

»Erica. Hassu gesacht, schab's gehört!«, rief er hinter mir her, als ich zur Bar ging.

Wenig später kam ich mit den Drinks zurück. Seb hatte sich keinen Zoll von der Stelle gerührt. Ich setzte mich.

»Also, Anuschka, was machst du denn so?«, fragte er und zog die Nase hoch.

»Ich arbeite bei einer Schauspieleragentur hier in der Stadt«, antwortete ich und nippte an meinem Glas.

Seb trank sein Bier in gierigen Zügen.

»Intereschierst dich also für Schauspielerei? Ich mach in PR, ruf mich einfach an, kann dich mit den richtijen Leuten bekannt machen. Iss bloß 'ne Frage von Image. Kennst du Kristen …«

»Ich heiße Nicola.« Ich tätschelte ihm den Arm, als wäre er ein kleines Kind.

»Nein, ich meine, kennst du Kristen?«

»Kristen?«

»Stewart.«

»Ach so, natürlich, Kristen«, nickte ich, als wüsste ich genau, wen er meinte.

»Yeah, sie war ein absoluter Nobody, bevor sie mich traf, und dann, schwupps, isssie ganz an die Spitze geschossen, nich? Hab sie übrigens letzte Woche gesprochen, und da sagt sie: ›Seb. Danke. Du hass mir so geholfen.‹«

»Oh, prima. Das ist ja nett.« Ich stürzte meinen Drink hinunter.

»Also, Babe, meld dich einfach, und wir kriegen dasch schon hin.«

»Oh, okay, danke. Ich meld mich. Bestimmt.«

Nach ein paar Drinks mehr kam mir Seb erstaunlich witzig vor. Ich war fest davon überzeugt, dass wir ein anregendes Gespräch führten. Ich argwöhnte sogar, dass wir gute Freunde werden könnten. Ich zerrte ihn auf den Dancefloor. Es mochte an den Tanzstunden liegen, die ich als Kind gehabt hatte, oder vielleicht lag es auch am Alkohol, aber ich merkte plötzlich, dass ich zu den besten Tänzerinnen Bristols zählte. Ich war ein Talent. Hätte glatt in einer Castingshow auftreten können. Ich bewegte mich gekonnt, kam nicht einmal aus dem Takt und hatte Bewegungen drauf, von denen ich bislang nichts geahnt hatte.

Ich blieb auf dem Dancefloor und tanzte immer mal wieder einen Mann an. Die Glücklichen. Bald schon gesellte sich Chris dazu (ohne Zweifel von meinen Bewegungen angezogen) und nahm mich in seine Arme, flüsterte mir Komplimente ins Ohr. Ich dachte, wir zwei müssten beim Tanzen richtig gut aussehen. Ich trank und trank und tanzte und trank und feierte und lachte und tanzte und trank. Das war mein neues Leben. Das war die neue Nicola.

Dann war es plötzlich Mitternacht, und ich war SUPERGUT DRAUF und umarmte Chris und zählte den Countdown mit. Seb hatte sich vom Acker gemacht, eine Schande, schließlich waren wir die besten Freunde, aber Chris und ich hatten sehr viel miteinander getanzt, und er WAR nett – fand ich zumindest.

»Sechs, fünf, vier, drei, zwei, eins … FROHES NEUES JAHR!«

Inmitten der Tanzenden und Umarmenden wandte Chris mir sein Gesicht zu und küsste mich auf den Mund.

»Ich hoffe, es wird ein glückliches neues Jahr für dich«, flüsterte er und lächelte mich mit seinen perfekten weißen Zähnen an. Der Augenblick wurde nur ein wenig verdorben von einer Brünetten in einem figurbetonten Midikleid, die Chris in ihre Arme schloss, um ihm ein Frohes Neues zu wünschen. Mit Zunge. Aber bevor ich überhaupt reagieren konnte, wurde ich von einem temperamentvollen Mann im Kilt (das Kostüm sollte Mel Gibson darstellen) von den Füßen gerissen, damit wir in das neue Jahr hineintanzten, und plötzlich war es mir schnurzegal, wer wen küsste und wo. Darüber brauchte ich mir überhaupt keine Sorgen zu machen. Mel war übrigens auch ein ausgezeichneter Tänzer. Es gab Cocktails und Champagner und Chris und alle lachten. Alles war gut.

Ich kann nicht glauben, was ich hier mache. Chris war direkt hinter mir, er hatte seine Hände um meine Taille geschlungen, blies mir seinen Atem in den Nacken. Er murmelte etwas von »Säften« oder »Superkräften«, es war schwer zu verstehen. Was hatte ich vor? Das sah mir so gar nicht ähnlich. Benommen stolperte ich zum ersten Stock hoch, Chris immer schön im Schlepptau. Auf dem Weg nach oben zog er mir das Kleid fast aus – und nicht auf die zärtliche Art. Dann stolperte er und klammerte sich an mir fest. Ich hörte Stoff reißen und begriff, dass mein blaues Kleid dieses Abenteuer wahrscheinlich nicht überstehen würde.

Wir gelangten vor meine Tür, und ich steckte den Schlüssel ins Schloss. Er drehte sich zwar, aber die Tür ging nicht auf. Ich starrte verwirrt auf meinen Schlüssel und versuchte es noch einmal. Mit dem gleichen Ergebnis. Dann sah ich, dass die Milchglasscheibe neben der Tür hell war. Das Licht brannte. Da stimmte etwas nicht! Ich hatte es bestimmt nicht angelassen.

Ich zuckte vor Schreck zusammen. »Oh mein Gott, pst!«, zischte ich und hockte mich aus unerfindlichen Gründen auf den Boden.

Chris tat es mir nach und breitete die Arme aus, während sein Kopf von rechts nach links wackelte.

»Ist das ein Spiel?«, nuschelte er. Dann kicherte er.

»Pst«, mahnte ich und versuchte, ihm die Hand auf den Mund zu legen, traf aber seine Schulter und schleuderte ihn zu Boden. Da lag er nun wie ein Käfer mit angezogenen Beinen. Das brachte *mich* zum Kichern. Chris wälzte sich auf die Seite und schaute mich an, vor Anstrengung schielend, die Wange gegen den Boden gepresst, das Gesicht platt gedrückt.

Ich beruhigte mich wieder. »Da drinnen ist ein Einbrecher«, flüsterte ich und zeigte auf das Milchglasfenster. »Ich hatte alle Lichter ausgemacht.«

Chris verrenkte sich den Hals, um durch die Scheibe spähen zu können. Er machte keinerlei Anstalten, sich aufzusetzen.

»Was machen wir denn jetzt?«, flüsterte er.

»Er könnte immer noch drin sein«, sagte ich voller Angst. »Er hat irgendwas mit der Tür gemacht, damit ich nicht reinkann. Oh Gott. Er kann immer noch da drin sein!«

»Wir fangen ihn«, beschloss Chris, kam hoch und klatschte in die Hände wie ein Kind.

»Der Schlüssel geht nicht, ich komm nicht rein«, erklärte ich.

»Ich bresch ein, geht gansch leicht«, nuschelte er, stand auf und musterte die Tür. Ich erhob mich ebenfalls, leicht schwankend. Dann nahm ich seinen Arm und nickte.

»Tu's.«

Chris zog seine Brieftasche und suchte nach einer Plastikkarte.

»Dasch machen die in Filmen immer scho«, meinte er zuversichtlich. Er brauchte Stunden, um den Türschlitz zu finden. Dann steckte er die Karte hinein und zog sie herunter, doch nichts geschah. Er versuchte es noch einmal, mit dem gleichen Ergebnis. Ich war überzeugt, dass der Einbrecher uns hören und sich mit einem Messer oder einer Pistole auf uns stürzen würde (auch ich weiß, was die in Filmen machen). Da nahm Chris unvermittelt Anlauf und warf sich, Schulter voran, gegen die Tür. Es knackte abscheulich, und wir fielen über die Schwelle.

Im Wohnzimmer brannte Licht.

»Isch leer«, verkündete er und drehte sich zu mir um.

»Pst«, mahnte ich und machte eine beredte Geste zum Wohnzimmer. »Vielleicht ist er noch hier.«

Ich stolperte ins Zimmer.

Auf meinem Sofa erhob sich ein Hügel. Schlief der Einbrecher etwa? Nein. Denn der Einbrecher begann zu schreien: »Oh Gott! Da ist ein Mann im Zimmer! EIN MANN IM ZIMMER! Oh Gott.«

Es war mein Bruder. Ich stürzte mit ausgebreiteten Armen auf ihn zu.

»Ich bin's! Keine Angst! Ich hab *dich* für einen Einbrecher gehalten, Mark, aber du bischt dasch, bischt kein Einbrecher, du bisses bloß, ja, du …«, lallte ich und umarmte ihn.

»Er isss mein Bruder, gar kein Einbrecher«, erklärte ich Chris, während ich den zu Tode erschrockenen Mark tröstete. »Wir sind sicher. Allesch gut.«

Das Licht des anbrechenden Tages bohrte sich in meine geschlossenen Augen, und ein abgestandener Geruch wehte über mein Gesicht. Was für ein scheußlicher, scheußlicher Morgen, und jemand ATMETE MICH AN. Ich stöhnte, machte ein Auge auf und versuchte, den Atmenden wegzuschieben. Oh Gott. Es war Chris. Verflucht, was hatte der hier zu suchen? Warum zum Teufel lag ich neben ihm? War in der Nacht etwas passiert? Ich konnte mich nicht bewegen. Eine Welle der Übelkeit spülte über mich hinweg. In meinem Kopf war nur noch nebelhafte Erinnerung.

Vage entsann ich mich, an der Bar einige Schnäpse bestellt zu haben, aber von da an konnte ich mich auf nichts mehr besinnen. Ich hatte das Gefühl, dass etwas Schlimmes passiert war, konnte aber nicht sagen, was. Hatte es mit Chris zu tun? Ich machte das andere Auge auf und sah, dass ich angezogen war. Mein Kleid hatte sich so verdreht, dass eine einsame Brust herausschaute, aber ich brachte einfach keine Energie auf, sie wieder unter den Stoff zu schieben. Plötzlich erschien mein Bruder in der Schlafzimmertür.

»Mark, was zum Teufel …?«, fragte ich, setzte mich hastig auf und versuchte, die Brust zu bedecken.

Ich schaffte es gerade noch rechtzeitig ins Bad, bevor die Übelkeit ihr Recht forderte. Als ich herauskam, war Mark verschwunden. Ich warf mich wieder aufs Bett. Das weckte Chris. Er murmelte etwas, dann öffnete er schlaftrunken die Augen. Machte sie wieder zu. Dann riss er sie förmlich auf. Setzte sich bolzengerade auf und fiel fast aus dem Bett, stolperte durchs Zimmer und landete im Sessel, der meinem Bett gegenüberstand.

»Shit, Nicola, ich meine, hi, Morgen, ich meine …« Dann gab er es auf und vergrub den Kopf in den Händen. »Meine Frau bringt mich um.«

Ich machte die Augen wieder zu.

Oh Gott.

26

Singlefrau sucht unverheirateten Mann für gemütliche Stunden zu Hause.
Chiffre 49 990

Vor Weihnachten hatte James Caroline und mich gefragt oder vielmehr *gebeten*, ob wir am Neujahrstag im Büro vorbeischauen könnten, um ein wichtiges Casting für die nächste Woche vorzubereiten. Also schleppte ich meinen Kadaver nach einer erfrischenden Dusche und dem Verbrauch einer halben Tube Zahnpasta in die Agentur, wo ich von Caroline geradezu ins Verhör genommen wurde.

»Chris ist verheiratet?«, wiederholte sie entgeistert, nachdem sie mir die ganze Geschichte aus der Nase gezogen hatte.

»Ja.«

»Weißt du, ich glaube fast, das habe ich schon gewusst.« Nachdenklich schlürfte sie ihren Milchshake.

Ich starrte sie mit offenem Mund an. »Hättest du das nicht ein bisschen früher erwähnen können?«

»Nun, woher hätte ich denn wissen sollen, dass du mit ihm ausgehst? Und überhaupt, Nicola, was hast du von dem Mann erwartet? Du weißt, dass ich ihn absolut nicht ausstehen kann. Komm, jetzt tu nicht so überrascht! Du weißt ganz genau, dass er ein arroganter, nichtsnutziger …«

»Caroline, müssen Sie eigentlich *jedes Mal*, wenn ich das Büro verlasse, schlecht über mich reden?«, ließ sich James vernehmen, der eben hereingekommen war.

»Ha, ha, ha«, gluckste sie, als er uns beiden einen Becher Tee reichte.

Ich wandte den Blick ab. Ich konnte James nicht in die Augen sehen. Voller Verlegenheit erinnerte ich mich an die gestrige Begegnung im Restaurant.

»Also, wen nehmen Sie schon am ersten Tag des neuen Jahres auseinander?«

»Niemanden«, sagte ich rasch und warf Caroline einen warnenden Blick zu.

»Niemanden«, wiederholte sie mit gewinnendem Lächeln.

»Hm … Nun, wenn eine von Ihnen mich brauchen sollte, ich bin in meinem Büro, wo ich meine arroganten, nichtsnutzigen Füße hochlegen und absolut nichts tun werde.«

Ich sah James nach, wie er im Zimmer verschwand. Offenkundig wollte er nicht verraten, dass er mich gestern Abend gesehen hatte. Vielleicht hatte er mich auch gar nicht gesehen? Vielleicht hatte er wirklich über meine Schulter hinweg auf jemand anderen geblickt? Ich konnte es nur hoffen.

Caroline erzählte ich nichts davon. Aus irgendeinem Grund wollte ich ihr die Begegnung verschweigen.

Sie wühlte in einem der Aktenschränke herum und zog triumphierend einen Ordner heraus. »Das sind Chris' Unterlagen«, sagte sie und überflog die Papiere.

»Pst«, mahnte ich mit einem Blick auf James' Tür.

»Oh, sieh nur … *verheiratet.*« Ihr selbstgefälliger Ton war unerträglich.

Ich starrte sie wütend an.

»Ja, genau«, fuhr sie mit Blick auf seinen Lebenslauf fort. »Wie ich erwartet hatte.« Sie nickte feierlich und schob den Ordner in den Schrank zurück. Zuvor aber machte sie Eselsohren in eines von Chris' Fotos.

»Was hattest du erwartet?«

»Sein Geburtsdatum«, verkündete sie triumphierend. »Genau wie erwartet.«

»Sein Geburtsdatum ...?«

»Er ist im *Juni* geboren«, betonte sie, als läge die Bedeutung klar auf der Hand.

»Im Juni?«

»Er ist Zwilling.« Sie zuckte die Achseln und grinste übers ganze Gesicht. »Das erklärt alles. Chris ist ein typischer Zwilling.«

»Ähm ... besonders amüsant finde ich das nicht«, spöttelte ich. Ärgerlich, dass mein Leben eine Komödie astrologischer Fehlgriffe zu sein schien.

»Aber es erklärt einiges«, beharrte Caroline. »Gemini, die Zwillinge, sind dafür bekannt, zwei Gesichter zu haben, sie tendieren dazu, ein Doppelleben zu führen. Sie sind an allem interessiert, können sich aber niemals auf eine Sache festlegen. Wie Charlie in *Two and a Half Men*, der keiner Frau treu sein kann.«

»Aber Chris ist doch nicht wie Charlie.«

»Nein ...«, überlegte sie. »Aber vielleicht liegt das an seinem Mondzeichen?«

»Mondzeichen?«

»Ja, das Zeichen, in dem der Mond zum Zeitpunkt deiner Geburt steht.«

Ich starrte sie verständnislos an.

»Ach, komm schon, Nic, weißt du denn gar nichts darüber? Du solltest dich wirklich mal für Astrologie interessieren. Das ist eine faszinierende Wissenschaft, und sie kann dir jede Menge Ärger ersparen. Du zum Beispiel bist *Jungfrau*, also musst du nach einem Erdzeichen Ausschau halten.«

»Wie Skorpion?«, fragte ich und dachte an meinen Ex.

»NICHT Skorpion«, entgegnete sie vehement. »Ehrlich,

Nic. Skorpion ist ein Wasserzeichen wie Fische oder Krebs. Das weiß man doch!«

Ich hatte allmählich die Nase voll. »Wassermänner sind also Wasserzeichen, soll ich die meiden?«, fragte ich verwirrt.

»Nein! Wassermann ist natürlich ein Luftzeichen.«

Natürlich, was sonst? »Okay, noch mal zurück auf Anfang: Wenn ich Jungfrau bin, welche Zeichen soll ich dann suchen?«

»Die Astrologie ist keine Naturwissenschaft«, lenkte sie ein. »Aber idealerweise solltest du nach einem Stier oder Steinbock suchen. Mit einem Feuerzeichen lägst du auch nicht ganz falsch, aber nimm bloß keinen Schützen!«

»Warum nicht?«

»Ich würde es nicht tun«, sagte sie und kräuselte verächtlich die Lippen.

»*Warum nicht?*«

»Das sind Betrüger«, behauptete sie.

»Wie, alle?«

»Ja, alle Schützen sind Betrüger«, erklärte sie so bestimmt, dass jeder Widerspruch sich erübrigte.

»Meine Mutter ist Schütze.«

Caroline besaß immerhin den Anstand zu erröten.

Es sah also ganz danach aus, als hätte ich ein Sechstel meiner Zeit verschwendet. Unglaublich. Was für einen Sinn hatte es, sich mit Männern zu verabreden, wenn man nicht im Voraus mit diesem Arsenal von Fakten und möglichen Fallstricken gerüstet war? Ich loggte mich auf der Dating-Website ein und überarbeitete meine Info. Ab sofort hieß es: »Zwillinge und Schützen brauchen sich nicht zu melden.«

Drei Minuten später erhielt ich eine wütende Nachricht von User PinkMan687. »Was hast du gegen Zwillinge?«

Oh Gott. Nun war ich auch noch Sternenchauvinist.

Ich hatte keine Zeit mehr, PinkMan687 zu antworten, denn James tauchte wieder auf. »Nicola«, sagte er, ohne mich anzusehen, »könnten Sie kurz reinkommen und mit mir die Rechnungen für, ähm …« Den Rest des Satzes murmelte er, und ich sah Röte an seinem Hals emporsteigen.

»Für was, James?«, feixte Caroline.

»Ich komme«, sagte ich, stand auf und folgte ihm verlegen in sein Büro. Meine Hände waren feucht.

James saß an seinem Schreibtisch. Ich nahm ihm gegenüber Platz.

»Was soll ich mir anschauen?«, fragte ich.

Er schob mir ein schmales Blatt zu. Mir fiel der Unterkiefer herab. Ich war sprachlos. James lehnte sich im Sessel zurück und grinste mich an.

»Das kann ich nicht annehmen«, sagte ich ungläubig.

»Was reden Sie denn, Nicola? Sie haben es sich verdient.«

»Neeiin, das ist doch zu viel!«, protestierte ich und schob ihm den Scheck mit dem Weihnachtsbonus zurück.

»Nehmen Sie's«, sagte er und schubste den Scheck wieder in meine Richtung. »Sie haben fantastische Arbeit geleistet, Sie beide, und Caroline hat dieselbe Provision erhalten. Sie beide haben weiß Gott hart genug dafür gearbeitet.«

»Ich … ich danke Ihnen«, sagte ich und versuchte, dankbar auszusehen.

»Sie werden's brauchen, wenn Sie unseren besten Klienten zum Abendessen einladen.« Er lachte und verschob ein paar Unterlagen auf seinem Tisch. Es klang kürzer und lauter als sein übliches Lachen.

Er hatte mich also doch gesehen.

»Es war bloß ein Essen!«, platzte ich heraus.

»Natürlich, es geht mich ja auch nichts an. Ich hatte bloß

immer den Eindruck, dass Sie kein besonderer Fan von Chris sind, aber …«

»Bin ich auch nicht«, fiel ich ihm ins Wort … und fragte mich, warum ich überhaupt das Bedürfnis verspürte, mich zu rechtfertigen.

»Geht mich ohnehin nichts an.« James zuckte die Achseln.

»Das stimmt«, sagte ich brüsk, doch sofort tat mir der harsche Ton leid. Das Lächeln in seinen Augen war erloschen.

Mein eigener Atem kam mir unangenehm laut vor. Meine Hände krallten sich um den Scheck. James öffnete den Mund und schloss ihn wieder. Er sagte nichts. Ich stand auf.

»Wäre das alles?«, fragte ich knapp.

»Ja«, krächzte er.

»Nun, dann werde ich wieder an die Arbeit gehen.« Die Tränen brannten hinter meinen Augen. »Danke, James, für die … danke.« Ich schloss die Tür hinter mir.

Caroline schaute mich nachdenklich an, als ich aus James' Zimmer kam. »Stimmt etwas nicht, Kleines?«

Ich setzte ein Lächeln auf, zwang meine Mundwinkel nach oben. »Alles gut«, verkündete ich. »Alles ist absolut in Ordnung.«

27

Singlefrau möchte Mann mit ähnlichen Interessen kennenlernen. Sie tischlert gerne.
Chiffre 5902

Heute Abend sollte endlich mein Tischlerkurs beginnen. Nachdem ich einen Parkplatz vor dem Frenchay College gefunden hatte, unterzog ich mich im Spiegel einer kritischen Prüfung. Ich freute mich darauf, einmal etwas ganz anderes zu machen, das mich von meinem Alltag ablenkte. Als ich einen verirrten Mascarafleck von meinem Augenlid wischte und mir über die glänzend rosa geschminkten Lippen leckte, überlegte ich, ob ich meinen Look nicht ein wenig übertrieben hatte. Ich sah an mir hinunter auf mein sorgfältig zusammengestelltes Outfit. Im Ganzkörperspiegel meiner Wohnung waren mir ein kariertes Holzfällerhemd und Latzhosen wie eine ausgezeichnete Wahl vorgekommen. Jetzt aber beschlich mich der Verdacht, dass ich wie Bob der Baumeister aussah, wenn auch mit wunderbar langen Wimpern und einem Schmollmund. Aber es war zu spät, um daran noch etwas zu ändern. Ich atmete tief durch, stieg aus, schnappte mir meine Tasche und lief auf den Eingang zu.

Ich steckte den Kopf in Klasse 12B. Hier sollte der Kursus stattfinden. Viele lange Tische standen in Reihen. Unter dem grellen Neonlicht sah man, dass alle mit einer orangefarbenen Staubschicht bedeckt waren. Zahlreiche gefährliche Werkzeuge lagen ungesichert herum. Der Raum war leer bis auf einen Mann, der mit dem Rücken zu mir über eine »Werkbank« (die Begriffe sollte ich später noch lernen) gebeugt stand und irgendetwas mit einem »Fuchsschwanz« und einem Holzbrett anstellte. Ich hüstelte leise, während mein Herz vor Aufregung klopfte. Der Mann sah von seiner Arbeit auf. Er wirkte kurz verstimmt, dann schaute er zu der Uhr über meinem Kopf, und ganz allmählich breitete sich ein Grinsen auf seinem Gesicht aus.

»Sie müssen Nicola sein.«

»Ich bin zu früh, tut mir leid.« Ich wedelte entschuldigend mit den Händen. »Ich warte besser draußen.« Damit wollte ich mich wieder in den Korridor zurückziehen.

»Seien Sie nicht albern! Passt ganz gut, dass ich Ihnen die Grundlagen zeigen kann, bevor die anderen eintrudeln, damit Sie sich an Ihrem ersten Tag nicht ganz verloren vorkommen. Lassen Sie mich das hier nur eben zu Ende machen. Suchen Sie sich eine Werkbank aus und ziehen Sie eine von denen da über.«

Er deutete auf eine Reihe Schürzen an Wandhaken. Ich nahm eine Schürze und ging zu einer Werkbank in der Mitte des Raums, steckte meinen Kopf durch das Schürzenband und verknotete die Bänder im Rücken. Dann stellte ich meine Handtasche neben dem Heizkörper ab.

Der Mann kam herüber und streckte mir seine Hand hin. »Ich bin Tom. Danke, dass Sie sich für meinen Kurs angemeldet haben.«

Ich schüttelte ihm die Hand. Unter der Schürze trug er Jeans und T-Shirt. Er hatte rötliches Haar und einen dichten Bart, der mit Sägespänen gespickt war. Seine Hände waren gewaltige Pranken, und der ganze Mann roch nach schwerer Arbeit und Bienenwachs.

»Also, nicht, dass Sie erschrecken, aber dieser Kurs ist ein wenig, äh … männerlastig.«

»Das hatte ich erwartet«, sagte ich ein wenig zu begeistert. Und wurde sofort verlegen.

»Ja, aber keine Angst. Ich bin sicher, die werden Sie gut aufnehmen. Sind 'n netter Haufen, Anfänger hauptsächlich und alle in verschiedenen Stadien ihrer Projekte.«

Ich nickte.

»Also, wie sind Sie auf die Tischlerei gekommen?«, fragte er.

Ich hatte meine Antwort bereits während der Fahrt geübt. »Ich möchte lernen, etwas herzustellen, etwas aus dem Nichts zu erschaffen, etwas, ähm, Schönes.«

»Klingt doch gut. Die meisten hier wollen bloß die Grundlagen der Tischlerei beherrschen, ohne sich allzu sehr zu blamieren, aber wir haben auch einen wie Clive, der unbedingt sein eigenes Boot bauen will. Ein gut gemeinter Rat: Erwähnen Sie vor ihm NICHT das Thema Segeln, falls Sie nicht zufällig ein paar Mußestunden übrig haben.«

Ich lachte und strich Clive vorsorglich von meiner Liste.

Tom gab mir eine Fünf-Minuten-Unterweisung und holte ein paar Bretter sowie sämtliche Werkzeuge, die ich benötigen würde. Es waren verwirrend viele. Ich musste wohl nervös gewirkt haben, denn Tom streckte seine Hand aus und drückte mir aufmunternd die Schulter. »Viel Glück.«

Während der Rest des Kurses langsam eintrudelte, ertappte ich mich dabei, wie ich die Titelmusik von *Herzblatt* summte. Fast erwartete ich, den Moderator hereinspazieren zu sehen, der auf mich zeigen und rufen würde: »Nicola aus Bristol will sich hier einen Mann angeln, wer möchte die Schraube in ihrer Mutter sein?« Als der letzte Mann gekommen war, fragte ich mich allmählich, wieso ich mich bloß für diesen Kurs angemeldet hatte. Eines war klar: Nur so zu tun, als würde ich mich für männliche Hobbys interessieren, würde nicht reichen, um den

Mann meiner Träume zu finden. Tom brachte mir ein Brett, das beinahe so lang war wie ich selber. Ich nahm es zögernd.

»Ein paar von denen sind schon ziemlich weit, aber keine Angst, Sie holen das im Handumdrehen auf. Alex hier wird Ihnen gern zeigen, wie Sie Ihr Holz auf Maß sägen, nicht wahr, Alex?«

»Mit dem größten Vergnügen«, antwortete ein hochgewachsener Mann mit hellbraunen Locken und Grübchen. Einige graue Haare in seinem Schopf ließen mich auf einen Mittdreißiger tippen. Hemd plus Krawatte unter der Arbeitsschürze deuteten auf einen respektablen Job hin. Ich schaute ihn an und schenkte ihm ein strahlendes Lächeln, das ich ebenfalls im Wagen geübt hatte.

»Super.« Vermutlich klimperte ich auch mit den Wimpern.

»Zunächst einmal müssen Sie dieses Ding in der Mitte durchsägen«, begann Alex freundlich. »Ich hab mir letzte Woche mit dem Fuchsschwanz fast die Hand abgesäbelt, deshalb gebe ich Ihnen mal Starthilfe. Wird mir auch nicht schaden, die Übung.«

»Danke«, sagte ich und trat beiseite, damit er werkeln konnte.

»Sie spannen das Brett in diesen Schlitz hier ein, kann mich auf den Tod nicht erinnern, wie man den nennt, aber jedenfalls hält er das Brett fest. Und dann sägen Sie auf sich zu, das ist effektiver und auch sicherer. Jedenfalls hat Tom das gesagt, *nachdem* ich fast meine Hand verloren hätte.«

Er schaute von der Werkbank auf und warf Tom einen gespielt ärgerlichen Blick zu.

»So, Nicola, los geht's. Ihnen überlasse ich den schwierigen Teil, denn mir kann man so was nicht anvertrauen«, er zeigte auf die Säge. »Wenn Sie das erledigt haben, zeige ich Ihnen, wie Sie das Holz für die nächsten Arbeitsschritte anreißen.«

»Ähm, danke.«

Alex ging. Er merkte anscheinend gar nicht, welchen Eindruck er bei mir hinterlassen hatte. Er hatte einen tollen Arsch …

KONZENTRIER DICH, Nicola. Du willst doch ein Tablett machen.

Wie versprochen zeigte mir Alex, wie ich das Holz zuschneiden musste. »Wenn Sie zwei Zentimeter vom Rand absägen wollen, müssen Sie vorher Markierungen anreißen. Dann nutzen Sie die Punkte, um eine Linie einzuritzen. Die zeigt Ihnen an, wo Sie sägen müssen.«

Er zeigte auf verschiedene Abschnitte im Holz, und ich nutzte die Gelegenheit, um verstohlen auf seine Hände zu schielen. Kein Ring. Von dieser Beobachtung aufgemuntert, arbeitete ich konzentriert, genoss die einzelnen Arbeitsschritte und den logischen Aufbau des Werks. Wir lernten noch etwas über das Falzen, dann sagte Tom, dass die Stunde nun zu Ende sei. Ich begab mich zum Wagen und stellte beim Blick in den Spiegel fest, dass ich voller Zufriedenheit grinste. Das Grinsen hielt an, als ich zu Abend aß, mir die Zähne putzte, ja, selbst im Bett grinste ich noch. Aber es war nicht Alex' Gesicht, das mir zu diesem Glücksgefühl verhalf. Es waren meine zurechtgesägten Holzbrettchen, die fein säuberlich nebeneinanderlagen, mein Fuchsschwanz, meine mit Sägemehl überzogene Werkbank und das Klatschen meiner Kurskameraden, die mir zu meinem Erfolg gratulierten.

28

Nach einem erstaunlich festen Nachtschlaf schielte ich auf meinen Wecker – und fuhr erschrocken hoch: 8:34 Uhr war KEINE GUTE ZEIT. Ich warf meine übliche Morgenroutine über Bord und raste wie eine Verrückte die Treppe hinunter. Ich war zu spät dran. Aber ich kam NIEMALS zu spät. So etwas passierte mir einfach nicht. Das kleine Loch in meiner Strumpfhose, das entstanden war, als ich sie hastig hochzog, hatte eine hässliche Laufmasche gezogen. Keine Zeit mehr, ein Ersatzpaar zu kaufen – und warum hatte ich eigentlich keines in meiner Handtasche? Ich stieß die Haustür auf und hastete die Treppe zur Agentur hoch.

»Es tut mir leid, es tut ja mir so leid, dass ich zu spät komme, aber ich … bin ganz allein im Büro«, beendete ich konsterniert meinen Satz in dem leeren Raum. Ich lachte vor Erleichterung und streckte die Hand nach der Post aus … Da sah ich, dass der Anrufbeantworter blinkte. Ich stellte auf Lautsprecher.

»Sie haben sechs neue Nachrichten.«

Ich machte mich auf etwas gefasst. Das würde ein langer Tag, ich ahnte es schon.

Nachricht Nummer eins stammte von einer verzweifelten Caroline.

»Es tut mir leid, es tut mir furchtbar leid, ich komme etwas später. Ben ist mit einer Mandelentzündung oder so, jedenfalls mit einer grässlichen Krankheit von der Schule heimgeschickt worden …«

»Muuummm …«

»Psst, nicht jetzt, Benjamin, ich telefoniere gerade … Ich muss also auf den Babysitter warten. Sie sollte bald kommen, sorry, Nic, ruf mich später mal an …«

Oje. Die arme Caroline. Ich stellte mir vor, wie Ben seine Lage gehörig ausnutzte, um sich verwöhnen zu lassen und reichlich Eis am Stiel einzuheimsen.

Die zweite, ebenso hektische Nachricht stammte von James. *»Guten Morgen, meine Damen, ich muss heute nach Birmingham zu einem kurzfristigen Meeting mit John von Earpiece Productions. Wir treffen uns zum Lunch, und der Mann kann einen Stiefel vertragen, ich nehme also lieber gleich den Zug. Wenn ich bis zum Abend nicht wieder da bin, rufen Sie sämtliche Notaufnahmen rund um Birmingham an, weil ich dann mit ausgepumptem Magen in einer davon liegen werde. Adios, Señoritas, und lassen Sie während meiner Abwesenheit bitte nicht das Büro in Flammen aufgehen. Bye.«*

Ich verdrehte die Augen und riss den ersten Briefumschlag auf. Die dritte Nachricht ließ mich zu Eis erstarren. Eine ungeduldige Stimme dröhnte durch den Raum.

»James, hier Glenn. Wo zum Teufel steckt Lydia? Alles ist bereit zum Dreh, und sie sollte um sieben hier sein. Wehe, wenn sie nicht auf dem Weg ist …«

Herrgott. Glenn. Glenn war Furcht einflößend. Er war unser bester Kunde, Chef von Lime Productions und gerade mit einer Werbeserie für einen Handyhersteller beschäftigt. Er hatte bereits alle unsere Schauspieler und Schauspielerinnen verbraucht und war, wie Caroline es ausdrückte, »die Butter auf unserem Brot« oder »unser Broterwerb« oder wie auch immer, jedenfalls irgendwas mit Brot. Auf jeden Fall war er für uns furchtbar wichtig. Und offenbar furchtbar sauer.

»… James, Mensch, wo steckt sie bloß? Wir müssen loslegen, alle sind da, also sorgen Sie gefälligst dafür, dass sie kommt.«

Wir durften Glenn nicht verlieren. James hatte den Mann wochen-, nein monatelang umworben. Nach jedem Meeting mit Glenn war er erschöpft, aber gut gelaunt zurückgekehrt. Glenn stellte zwar hohe Ansprüche, war aber ein treuer Kunde.

»... *James, ich muss Ihnen nicht sagen, dass ich die Geduld verliere. Wenn sie nicht binnen einer Stunde hier ist, werde ich mich anderswo umsehen. Und nicht nur, was diesen Auftrag betrifft.*«

Ich hatte genug gehört. Ich schnappte mir den Ordner »Buchungen« und blätterte hektisch zur Tagesliste vor. Lydia hätte vor anderthalb Stunden in einem Studio im Stadtzentrum sein müssen. Ich schnappte mir den Hörer und wählte 1471. Unbekannte Nummer.

»Verdammt!« Ich knallte den Hörer auf.

Ich konnte es schaffen. Ich würde persönlich hingehen und für uns um Entschuldigung bitten. Ich konnte diese Sache aus der Welt schaffen.

Ich riss den Aktenschrank auf und blätterte hektisch, bis ich zu Lydias Unterlagen kam. Gefunden! Ich würde sie auf dem Weg anrufen. Ich schnappte mir die Schlüssel und stürzte zur Tür hinaus.

Keuchend erreichte ich keine acht Minuten später das Studio und trat ungeduldig von einem Bein aufs andere, während ich darauf wartete, dass der Summer ertönte.

»Hallo«, hauchte ich in die Sprechanlage. »Hier Agentur Sullivan, ich bin ...« Ich hielt inne, um Luft zu holen, doch da ertönte bereits der Summer, und ich trat ein.

Ich raste zum Empfang. »Hi, guten Morgen, ich komme von der Agentur Sullivan und bin ...«

»LYDIA!«, brüllte eine Stimme hinter mir.

Ein großer Mann in einem teuren grauen Anzug stieß wie

ein Habicht auf mich nieder. Mit geblähten Nüstern schrie er mich an: »Sie sind fast zwei Stunden zu spät! Was zum Teufel bilden Sie sich ein? Wir müssen sofort mit dem Dreh anfangen. Jede Minute, die wir verlieren, kostet uns …«

»Oh nein!«, unterbrach ich ihn. »Ich bin nicht –«

»Keine Zeit für Entschuldigungen. Mir nach!«, bellte er und marschierte los. Doch nach drei Schritten fuhr er wieder herum. »Ich dachte, Sie hätten lange Haare«, bellte er.

»Also, nein, sehen Sie, die Sache ist die …«

»PAUL!«, brüllte er einem Brillenträger zu, den ich für den Regisseur hielt (wenigstens saß er auf dem Regiestuhl und linste durch eine Kamera). »Hast du nicht gesagt, sie hätte lange Haare?«

»Hat sie auch gehabt.« Paul sah mich an und erbleichte. Er legte die Stirn in Dackelfalten, dann kratzte er sich am Kopf. »Sie … hat …«

»Ich bin nicht …«

»Spielt jetzt auch keine Rolle mehr. Gefällt mir sogar besser so. Okay, steckt das Mädel in die Klamotten und lasst uns anfangen. Wir müssen bis Mittag hier raus, diese Geschichte kostet mich ein Vermögen!« Und Glenn stolzierte davon, um eine vorbeieilende junge Frau anzubrüllen.

»Ähm … Verzeihung«, murmelte ich, an niemanden im Besonderen gerichtet, da alle schwer beschäftigt waren, auf Monitore schauten, Kabel überprüften oder von Glenn zur Schnecke gemacht wurden.

Eine junge Frau mit kurzen Haaren und einer Stupsnase kam auf mich zu und nahm mir den Mantel und Lydias Lebenslauf ab.

»Schönes Foto«, lächelte sie und schaute es kaum an. »Aber leibhaftig wirken Sie jünger, oh, Sie haben ja einen Gastauftritt in *Casualty* gehabt, wie aufregend!«, sagte sie – und lief davon.

»Oh nein, ich … bin nicht …«

Bevor ich ihrem Rücken etwas zurufen konnte, wurde ich von einer Walküre mit gewaltiger Oberweite und wilden blonden Locken eingefangen. »Ich bin Pauline, die Kostümbildnerin. Sie haben uns echt Sorgen gemacht. Wir haben aber ein paar ganz tolle Outfits für Sie, kommen Sie mit.« Und sie stieß eine Tür auf, die in einen Raum voller Kleiderstangen führte. »MAKE-UP!«, brüllte sie so unvermittelt, dass ich zusammenzuckte.

»Also eigentlich bin ich nicht …«

»Arme.« Sie bedeutete mir, dass ich selbige heben sollte.

Verunsichert kam ich der Aufforderung nach. »Hören Sie, Pauline, ich glaube, hier liegt ein kleines Missverständnis vor«, murmelte ich in den Stoff, der mir übers Gesicht gezogen wurde.

»Hm …«, brummte sie und wühlte in den Kostümen. »Ich hab gedacht, Sie hätten 75B, aber Ihre Dinger sehen größer aus.«

Verlegen verschränkte ich meine Arme vor der Brust. Ich begriff, dass es keinen Zweck hatte, die Wahrheit zu gestehen. Ich hatte Lydia ja nicht mal angerufen. Wo steckte sie bloß? Und ich, großer Gott, in was steckte ich? Was machte ich hier? Es war noch nicht einmal neun Uhr morgens, und ich war halb nackt, wurde von Pauline gelupft und gestopft und sollte mich als Schauspielerin für einen Werbespot ausgeben, von dem ich keine Ahnung hatte.

Pauline war mit Eifer bei der Sache. »Ihr erstes Outfit ist ein Einteiler, also ziehen Sie bitte die Hose aus.«

»Ähm, na schön, ja«, erwiderte ich begriffsstutzig. Gleich würde ich in BH und Höschen dastehen. Das einzig Tröstliche war, dass es ein Ensemble war.

»Gut, wir haben Ihnen diese Schuhe besorgt.« Sie kam mit

einem Paar winziger roter Schühchen an, die Tinkerbell gepasst hätten.

»Oh, nein, ich habe Größe vierzigeinhalb«, erklärte ich, bevor irgendjemand versuchen konnte, meine Füße in diese Treter zu zwängen.

»Na, dann sitzen sie eben eng!«

Ich beugte mich herab und versuchte meine großen Füße in die zierlichen Schühchen zu zwängen. Meine Fersen quollen über die Seiten, und meine kleinen Zehen ragten grotesk heraus. Pauline seufzte verärgert und konsultierte ihre Kladde. »Hier steht, Sie hätten Schuhgröße siebenunddreißig«, warf sie mir vor.

»Nein, sie, ähm, also verstehen Sie, es ist so …«

»Ist eh wurscht«, sie riss mir die Schuhe von den Füßen. »Chloe soll Ihnen andere aus dem Fundus holen. CHLOE!«, schrie sie der bedauernswerten jungen Frau nach, die bereits von Glenn zur Schnecke gemacht worden war.

»Ja.« Chloe flitzte herbei.

»Kannst du mal nachsehen und mir welche in vierzigeinhalb bringen, die zu dem Catsuit passen? Möglichst in Rot? Vielleicht Stiefel …«

»Was für ein Suit?«, keuchte ich, als Chloe davonflitzte.

»Catsuit«, wiederholte Pauline. Ich starrte sie entgeistert an.

»Na ja, was sollen Superhelden Ihrer Meinung nach sonst tragen?«, fragte sie und lächelte zum ersten Mal.

»Superhelden? Oh, okay, na gut, prima, yup, OKAY«, brabbelte ich, nun wirklich besorgt. Wo war Lydia?! Was tat ich hier? Das gehörte so gar nicht zu meiner Jobbeschreibung!

Plötzlich stand Glenn in der Tür. Hastig versuchte ich, so viel von meiner Blöße zu bedecken, wie mir möglich war.

»Pauline, wir brauchen sie in fünf«, bellte er, ohne mich anzusehen.

»Sie muss erst noch in die Maske, Glenn«, widersprach Pauline und bedeutete mir, in den Catsuit zu steigen, den sie mir hinhielt.

»Wie lange also?«, knurrte er.

»Zehn«, rief sie über die Schulter.

»Höchstens!«, brüllte er und verschwand.

»Rosaline macht Ihnen das Make-up«, sagte Pauline, während ich mich in den Catsuit zwängte. Er klebte eng an jeder Kurve meines Körpers. Ich schnappte nach Luft, als sie den Reißverschluss im Rücken hochzog. »Wir können das Haar einfach glätten, das geht schneller«, sagte sie und schob eine Strähne hinter mein Ohr.

Plötzlich sprang die Flügeltür zu meiner Linken auf, und eine ältere Frau mit eisengrauen Haaren bis zum Hintern, in Blümchenbluse und marineblauem Hosenrock, klatschte in die Hände und schritt auf mich zu. »Was für ein schönes Gesicht!«, lobte sie und hob mein Kinn.

»Dafür ist keine Zeit mehr, Rosaline. Glenn will sie sofort haben, wir sind hier fast fertig«, sagte Pauline mit einem Mund voller Nadeln.

»PAULINE!«, hörten wir Glenn brüllen.

»Meine Güte, wir kommen ja schon«, flüsterte sie und steckte ein paar Nadeln in den Rücken des Lycra-Anzugs, worauf »hauteng« sich in »Zweite Haut« verwandelte. Ich sah entsetzt an mir herab und zog meinen Bauch ein.

Rosaline murrte ein wenig, während sie ihren Make-up-Wagen zu einem Schemel vor einem Spiegel rollte. »Was, glaubt der Mann, kann ich in fünf Minuten ausrichten? Magie braucht Zeit.« Sie verrieb ein wenig Foundation zwischen ihren Händen. »Na schön, Darling, brav hinsetzen. Sie werden absolut blendend aussehen, und das sofort«, sagte sie, während sie über meinen Kopf hinweg Pauline anschielte.

Ich konnte nur noch schlucken und mich brav vor den Spiegel setzen. Mir war schlecht.

Eine halbe Stunde später wartete ich nervös auf meinen Auftritt, angetan mit einem grellroten, hautengen Catsuit aus Lycra mit Rennstreifen an den Seiten. Meine Füße steckten in glänzenden oberschenkelhohen PVC-Schaftstiefeln. Meine Haare waren geglättet und zu einem hohen Pferdeschwanz gebunden. Mein Gesicht war gepudert, die Augenbrauen gezupft, die Augen mit schwarzem Lidschatten und dickem Lidstrich umrandet, und ich biss mir auf die Unterlippe, auf der eine dicke Schicht dunkelrotes Lipgloss klebte.

Paul, der Regisseur, dessen Wangen inzwischen wieder mehr Farbe bekommen hatten, erklärte mir die nächste Szene. Ich sollte auf die Kamera zulaufen, erst nach links, dann nach rechts blicken und dabei mutig und selbstbewusst aussehen. Paul war klasse. Er wusste genau, dass ich nicht Lydia war, schien die Scharade aber durchziehen zu wollen, da er ebenso wenig seinen Job verlieren wollte wie ich unseren guten Kunden Glenn. Wir waren also Komplizen.

Der Bluescreen hinter mir sollten später Bilder von einer verwüsteten Straße in einer amerikanischen Stadt ersetzt werden: hastig abgestellte Wagen, baufällige Häuser etc., aber im Moment sah ich lediglich eine riesige blaue Leinwand. Auf den schwarzen Boden waren gelbe Kreuze gemalt, die mir anzeigten, wo ich starten, wo ich anhalten und wohin ich rennen sollte. An einer bestimmten Stelle sollte ich so tun, als würde ich das Heck eines Autos in die Höhe wuchten, aber vorerst ging es nur darum, immer wieder in die Einstellung hinein- und hinauszulaufen und dabei einen Eindruck von Dringlichkeit zu vermitteln. Ich stellte mir vor, dass das Faxgerät im Büro kaputt war und der Drucker Rauchwolken ausstieß. Diese heimtückischen Büroszenarien erfüllten ihren Zweck, denn schon bald rief Glenn »Cut!«, und Rosaline eilte herbei, um mir ein letztes Mal die Nase zu pudern. »Sie sind großartig, Darling. Heute muss ich für meinen Lohn fast gar nichts tun.«

Sechs Stunden später hatte ich den Catsuit abgelegt und war wieder im Büro, mit deutlichen Spuren des Supergirl-Make-ups im Gesicht. Caroline wuselte geschäftig umher, sie hatte am Ende ihre Schwiegermutter zum Babysitten verdonnert. »Sie wollte sich mit ihrer Bridgerunde rausreden, aber ich weiß genau, dass sie sich immer mittwochs treffen. Diese *Hexe*, echt.« Sie war dermaßen durch den Wind, dass sie nicht einmal fragte, wo ich den ganzen Tag gesteckt hatte, wofür ich ihr sehr dankbar war. Denn ich fühlte mich nicht in der Lage, von meinem Abenteuer zu berichten. Am besten erzählte ich keiner Menschenseele davon.

»Das arme, kleine Lämmchen. Ich bin froh, dass ich morgen freihabe, dann kann ich ihn den ganzen Tag betütteln. Dann will er meistens so schnell wie möglich wieder zur Schule …«

»Hm …«

»Er hat auch schon um sein Lieblingsessen gebeten. McDonald's. Aber ich werde nicht einknicken. Ich werde nämlich … Nic? Nicola?«

»Hm …«, murmelte ich zerstreut.

»Alles in Ordnung mit dir? Du bist so komisch«, sagte sie und zog die Stirn kraus. »Wo bist du übrigens gewesen? Und seit wann schminkst du dir Smokey Eyes?«, fuhr sie fort. »Oh, hast du etwa während der Mittagspause ein Date gehabt?«

»Nein.« Ich musste lachen. »Nein. Ich … muss mal los und 'n paar Büromaterialien besorgen«, fügte ich hastig hinzu.

»Das beantwortet aber nicht meine Frage«, insistierte Caroline. »Oh, ist es etwa der Verkäufer im Großhandel? Stehst du auf den?«

Ich antwortete nicht, sondern klickte meinen E-Mail-Account an.

»Triffst du dich mit einem Mann, der Büromaterial verkauft?«, fuhr Caroline kichernd fort. »Bist du etwa einem Mann verfallen, der seinen Kompass von seinem Winkelmesser unterscheiden kann?«

Ich schwieg.

Lydia hatte mir eine E-Mail geschickt: eine lange, umständliche Erklärung, dass sie ihr Handy verloren und unsere Nummer nicht gewusst hatte, dass sie einen Riesenkrach mit ihrem Freund gehabt hatte etc. etc. Ich scrollte rasch nach unten. Sie hatte sich Sorgen gemacht, dass er »eine Dummheit machen würde«, also war sie den ganzen Morgen bei ihm geblieben, aber jetzt – mit welcher Erleichterung las ich es – »haben wir unsere Probleme wieder gelöst«. Puh.

Ich drückte auf »Antworten« und versicherte Lydia, dass der Job von »einer anderen Schauspielerin« übernommen worden war. Dann löschte ich »Schauspielerin« und schrieb stattdessen »jemand anderem«. Daraufhin äußerte ich Zweifel, ob wir sie noch einmal vermitteln würden, da ihr Verhalten unprofessionell gewesen sei und ein schlechtes Licht auf die Agentur werfe.

Sekunden später stand James in der Tür. Sein Jackett war sauber, sein Hemd nicht zerknittert und seine Augen klar. Er hatte also nichts trinken müssen.

Caroline schaute zu ihm auf. »Es geht Ihnen gut!«, rief sie freudig.

James strahlte sie an. »Ich hab's überlebt! Zum ersten Mal! Wir haben Trockenen Januar, was wohl so etwas wie Fastenzeit sein soll, deshalb gab's nur Sprudelwasser«, erklärte er. »Unglaublich.«

Kopfschüttelnd steuerte er auf sein Büro zu. Blieb aber neben meinem Schreibtisch stehen und schaute mich forschend an. »Nicola, Sie sehen irgendwie verändert aus.« Er legte den Kopf schief.

»Ach ja?«

»Hm … ja. Ach übrigens, Caroline«, sagte er, während er mich immer noch anstarrte. »Können Sie mir die Kontaktinfo beschaffen, wer bei Lime Productions für das Casting zuständig ist?«

Ich wand mich in meinem Stuhl.

»Mach ich, Chef«, sagte Caroline und wirbelte zu ihrem Schreibtisch herum.

»Gut«, meinte James und ging in sein Büro. In der Tür drehte er sich aber noch einmal um und sah mich an.

»Ich helfe dir suchen!«, rief ich Caroline zu und stieß mir beim Aufstehen an der Tischplatte das Knie.

Der Arbeitstag endete keinen Moment zu früh. Als die Zeiger der Uhr auf die 6 rückten, erhob ich mich und griff nach meiner Tasche. Da rief James aus seinem Büro: »Nicola, könnten Sie bitte einen Moment hereinkommen?«

Mit einem Gefühl, als wäre ich ins Büro des Schuldirektors gerufen worden, legte ich meine Tasche ab, strich meinen Rock glatt und zog den Pullover herunter.

Dann ging ich in James' Büro.

»Ja?«

James saß hinter seinem Schreibtisch, wie üblich von einem Chaos von Papieren umgeben. Gerade legte er den Hörer auf.

»Ich hatte eben Glenn am Apparat, der mich ganz schön zusammengestaucht hat. Offenbar ist Lydia viel zu spät gekommen.«

»Oh ja, das stimmt, sie kam sehr spät«, murmelte ich.

»Spät?« James runzelte die Stirn.

»Ja, aber am Ende ist sie doch noch gekommen.«

»Am Ende ist sie doch noch gekommen?« Er kniff die Augen zusammen.

Ich verlagerte mein Gewicht auf das andere Bein und bohrte die Fingernägel in den Handteller.

»Ja, am Ende hat sich alles geklärt.«

»Warum habe ich dann eine lange, rührselige Mail von Lydia erhalten, in der sie mich anfleht, sie nicht aus unserer Kartei zu streichen?« Er wies auf seinen Monitor.

Urplötzlich wurde ich von etwas gefesselt, das ich hinter ihm auf der Straße sah. »Oh, sehen Sie nur! Eine … Frau. Das sieht man selten … solche Frauen … heutzutage …«

»Wen haben Sie statt Lydia hingeschickt, Nicola?«, fragte James. »Wer hat den Auftrag übernommen?«

»Den Auftrag? Den Auftrag anstelle von Lydia?« Meine Stimme war übertrieben laut geworden.

»Ja«, seufzte James und raufte sich die Haare.

Mein Brustkorb schnürte sich zusammen. In meinem Kopf ging es drunter und drüber. Waren das vielleicht die Vorboten eines Herzanfalls? Denn gleich würde ich einen bekommen.

»Ähm … ich …« Ich rotierte. Innerlich. Alle möglichen Antworten schossen mir durch den Kopf, gefolgt von peinlichen Bildern meiner selbst in einem affigen, grellroten, hautengen Catsuit. *Sei tapfer, Nicola. Sei tapfer.*

»Wer war es? Glenn fand sie nämlich super …«

Langsam sickerte die Information ein und verdrängte alles andere.

Glenn fand sie super …

»Oh!«, stieß ich so laut hervor, dass James zusammenzuckte. »Das sind ja tolle, TOLLE Neuigkeiten.«

Ich wandte mich zum Gehen.

»Einen Moment noch, Nicola. Wer war es?«

»Es war ... Sam«, sagte ich im Umdrehen. »Sam. Sie ist großartig, einfach großartig.«

»Na gut. Da unsere Agentur den Scheck erhält, müssen wir ihn an diese Sam weiterleiten. Ich kann mich gar nicht an eine Sam erinnern«, sagte er und zog die Nase kraus.

»Oh, sie hat früher mal ein paar Sachen für uns gemacht. Kleinere Aufträge, wissen Sie?« Ich wagte es nicht, ihm in die Augen zu sehen.

»Na, dann danke ich Ihnen. Sie und diese Sam haben meinen Tag gerettet.«

Meine Handflächen waren feucht, dennoch hob ich den Blick und registrierte sein Lächeln. »Nichts zu danken. Und, ähm ... war das alles?«, fragte ich.

»Ja, Sie haben das großartig gemacht. Noch einmal vielen Dank, Nic. Überrascht mich allerdings nicht, dass Sie das hingebogen haben. Ich kann's gar nicht erwarten, das Material zu sehen. Glenn wird es sofort nach dem Schnitt rüberschicken, sagen Sie mir also Bescheid, wenn es kommt.«

Ich erstarrte vor Schreck.

Einen Moment lang herrschte Schweigen.

»Mach ich«, sagte ich dann, schloss verzweifelt die Augen und kehrte an meinen Schreibtisch zurück.

29

Ich hatte nie viel mit Alkohol anfangen können, aber an Tagen wie diesen schien ein Krug Singapore Sling das einzig wahre Mittel gegen die feindliche Welt zu sein. Ich füllte den Grund des Krugs mit Eiswürfeln, grub den Gin aus den Tiefen meines Kleiderschranks und goss ein großzügig bemessenes Quantum ein, das für eine Party mit vier Gästen gereicht hätte. Auf den Gin gab ich Cherry Brandy, mixte Angostura Bitter und den Saft einer halben Zitrone darunter und füllte schließlich mit Ginger Ale auf, das sogleich zur Oberfläche sprudelte und eine dünne Schaumschicht bildete.

Mit leicht zitternder Hand goss ich die Mischung in ein Longdrink-Glas.

Dann stellte ich alles auf ein Tablett (ich hatte mir ein Steak mit Zwiebeln gebraten, das erste seit Jahren), trug es ins Wohnzimmer, machte den Fernseher an und ließ mich an meinem Couchtisch nieder, wo ich gleichzeitig durch die Programme zappte und meinen Cocktail schlürfte.

Als ich die letzte Zwiebel vom Teller kratzte und mir das dritte Glas einschenkte, klingelte mein Handy.

»Hey, Mark«, meldete ich mich.

»Selber hey. Langen Tag gehabt?«

»Das kannst du laut sagen.«

»Irgendwas Ungewöhnliches passiert?«

»Nein, bloß die Arbeit … das Übliche eben. Wie geht's dir?«, fragte ich, während ich fieberhaft *Lenk dich ab! Lenk dich ab!* dachte.

Das funktionierte. Wir sprachen über Carol, die mögliche Entdeckung einer neuen Fledermausunterart in Südamerika (»Kannst du dir das vorstellen, Nic? Der Kerl darf ihren NAMEN aussuchen!«) und darüber, dass er im Januar trocken bleiben wollte.

Ich schenkte mir ein viertes Glas ein. »James hat erzählt, dass sein neuer Kunde auch einen Trockenen Janu …«

Mark stieß einen bewundernden Pfiff aus. Ich verstummte augenblicklich.

»Weiter, Schwesterherz, was hat James gesagt?«

»Nichts!«, blaffte ich.

»Nein, echt jetzt, was hat James gesagt?«

»Also, er meinte, sein …«

Wieder stieß Mark einen Pfiff aus.

»Mark, lass das.«

»Was denn? Ich freu mich doch für dich, Schwesterherz.«

»Es gibt gar nichts zu freuen, also hör mit deinem grässlichen Gepfeife auf.«

»Okay.«

Wir schwiegen kurz.

»Aber *James* hat auf jeden Fall etwas *Interessantes* gesagt.« Er fing an zu lachen.

»Mark, lass das, wir sind nicht mehr elf.«

Er hörte auf zu lachen. »Wenn ich drei Tage später geboren worden wäre, dann schon.«

»Was?«

»Es war ein Schaltjahr.«

»Was?«

»Wenn ich am Schalttag geboren wäre, wäre ich erst elf.«

»Was?«

»Ich meine ja nur …«

»Okay, ich leg jetzt auf, Mark.«

»Verstehe. Damit du dich wieder *James* widmen kannst ...«

Nachdem ich das Gespräch beendet hatte, ließ ich den Kopf in die Kissen sinken. Warum war Mark nur so versessen darauf, mich wegen James zu necken? Hatte ich in letzter Zeit so viel über ihn gesprochen? Ich dachte an unsere Unterhaltungen an Weihnachten und in den letzten Wochen. Wahrscheinlich war James' Name ab und zu gefallen. Aber war es nicht das Natürlichste von der Welt, ihn zu erwähnen? Immerhin sahen wir uns jeden Tag bei der Arbeit. Wir verbrachten eine Menge Zeit miteinander. Außerdem war James mit Thalia zusammen. Niemals würde ich mich in eine Beziehung drängen. *Blöder Bruder*.

Wieder einmal tauchte die Gestalt meines Ex vor mir auf. Seine Augen, seine Nase, sein Mund, sein kräftiger Blondschopf – und seine Arme, in denen er die Frau hielt, die ich für meine Freundin gehalten hatte. Auch sie trat mir ungebeten vor Augen, ihre glänzenden Haare, ihre farbenfrohen Kleider. Ich erinnerte mich an ihr selbstsicheres Lachen, den ungläubig zur Seite gelegten Kopf, als ich ihr Vorwürfe gemacht hatte. Anfänglich hatte sie geleugnet, doch am Ende war sie in Tränen aufgelöst und hatte alles zugegeben. Sie hätten eben die Hände nicht voneinander lassen können, versuchte sie sich zu rechtfertigen. Außerdem hatte er ihr verschwiegen, dass er mir einen Heiratsantrag gemacht hatte.

Meine Finger krampften sich um den Longdrink. Ich hatte ihn gehasst, ich hatte auch sie gehasst, und jetzt fürchtete ich mich davor, dass ich wie sie sein könnte. Auf den Mann einer anderen scharf, was nicht sein durfte. So ein Mensch war ich nicht. *Es ist ja nichts passiert*, redete ich mir ein. Mark hatte bloß ein Talent, mich mit seinen Neckereien paranoid zu machen.

Ich zappte durch die Programme und warf mir vor, dass ich

zu viel grübelte. Ich war keine Frau, die einer anderen den Mann ausspannte. Aber von jetzt an würde ich vorsichtiger sein.

30

Unsere alljährliche Kundenparty stand vor der Tür, und nachdem ich an diesem Tag mit der Arbeit ins Hintertreffen geraten war, raste ich nach Hause, nahm eine Dusche, zog mich in Windeseile um und bearbeitete meine Haare mit dem Plätteisen. Etwas Eyeliner konnte auch nicht schaden und ich vollendete den Look mit ein wenig korallenrotem Lipgloss. Das sollte reichen. Ich rief ein Taxi und verließ das Haus, nicht ohne Julio zum Abschied fröhlich zuzuwinken.

Anderthalb Stunden später stand ich mit einem aufgesetzten Dauerlächeln neben einem Bartisch voller schmutziger Biergläser. James war natürlich auch da, aber ich war ihm aus dem Weg gegangen, hatte mich in kein Gespräch verwickeln lassen und gewissenhaft Distanz gewahrt. Irgendwann war Thalia in desolatem Zustand erschienen, und ich hatte gesehen, wie James sie hinausführte. Draußen unter dem Vordach hatten die beiden heftig gestikulierend miteinander gesprochen, es hatte fast wie ein Streit gewirkt. Ich schalt mich, weil ich sie beobachtete, und konzentrierte mich wieder auf unsere Gäste.

Manche klebten förmlich an den Tischen fest. Ich spielte die Gastgeberin, stellte die Leute einander vor und sorgte dafür, dass niemand allein war. Als Caroline nach Hause ging, hatte mich momentan so etwas wie Panik überfallen, aber alle waren nett und geduldig, und ich wuchs mehr und mehr in die Rolle der Gastgeberin hinein. Noch etwas später ging Thalia. James führte sie hinaus, eine Hand an ihrem Rücken. Bevor sie hinausgingen, warf er mir einen Blick zu, und ich winkte. Thalia, mit dem Zuknöpfen ihrer Jacke beschäftigt, folgte seinem Blick und nickte mir brüsk zu.

Dann war ich allein mit unseren Klienten, in meinem kurzen schwarzen Abendkleid und meinen neuen roten High Heels. Einige Männer hatten im Laufe des Abends versucht, aus meinem Singlestatus Kapital zu schlagen, und zu meinem Erstaunen konnte ich ganz locker damit umgehen. Während der letzten fünf Minuten hatte ich die Fragen eines Mannes beantwortet, der ein T-Shirt mit der Aufschrift »Nur nicht ins Schwitzen geraten« trug, das jedoch pikanterweise unter den Armen große gelbliche Schweißflecken offenbarte. Für einen Mann war er zu stark geföhnt. Er arbeitete im Personalbüro, spielte in seiner Freizeit Laute und befasste sich laienhaft mit der Aufzucht von Frettchen. Ein möglicher Fang also.

Ich überlegte gerade, ob ich mir einen Moscow Mule bestellen oder allmählich aufbrechen sollte, als ich ihn sagen hörte, dass die Fähe stürbe, wenn sie sich nicht verpaarte.

»Wie bitte?« Ich glaubte mich verhört zu haben.

»Ja, genau so ist es. Dann stirbt sie!«, bekräftigte er.

Da begriff ich, dass er die ganze Zeit über Frettchen-Sex geredet hatte.

Verzweifelt sah ich mich nach einer mitfühlenden Seele um, die mich aus diesem Schlamassel retten konnte. Vielleicht würde sich eine hilfsbereite Kellnerin meiner annehmen? Niemandem in der unmittelbaren Nachbarschaft schien meine missliche Lage aufzufallen, und mir fiel auch keine höfliche Ausrede ein, um diesen Mann stehen zu lassen. Ich wollte wirklich nicht unhöflich sein, war aber auch nicht erpicht darauf, weitere Details aus dem Leben der Fähe zu hören.

»… das kann dann zu Knochenmarkdepression führen und bei manchen Frettchen zu einer nicht-regenerativen Anämie und letztlich zum Tod.«

Igitt.

Doch dann, als hätte Gott höchstpersönlich meinen Hilferuf vernommen, sah ich James zurückkehren. Ich zögerte keine Sekunde.

»James!«, jaulte ich und winkte so verzweifelt, dass ich einer Ertrinkenden ähnlich sah.

Der Verschwitzte brach mitten im Satz ab und machte ein finsteres Gesicht.

»James!«, rief ich wieder und nickte ihm aufmunternd zu. »James, wie *geht* es Ihnen?«, rief ich und schaute möglichst bedeutungsschwanger. Der Verschwitzte, der anscheinend der Meinung war, dass James keine Konkurrenz darstellte, nahm seinen Frettchen-Faden wieder auf.

»Verstehen Sie mich recht, die Fähe *stirbt*, wenn sie sich nicht paaren kann«, sagte er mit Nachdruck und einem vielsagenden Funkeln in den Augen, während sein Blick langsam an mir heruntерglitt. Ein Schauder überlief mich.

Dann sagte James: »Oh mein Gott, *Sie* sind das?«

Er stellte sich neben uns. Ich ließ vor Erleichterung die Schultern sinken.

»Es tut mir leid, dass ich Sie nicht sofort erkannt habe in dem … dem …« Er verhaspelte sich. Ich nickte ihm ermutigend zu.

»Mit dem, äh … der Frisur«, er deutete auf meinen Kopf.

Gut gemacht.

Ich lächelte ihn an. »Verstehe.« Ich strich mir übers Haar. »Ist ein neuer Look, ich wollte es mal … hochstecken«, schloss ich triumphierend.

Der Verschwitzte starrte auf meine Frisur, dann auf James und schließlich wieder auf mich.

»Sieht gut aus«, sagte James und beugte sich vor, um mich zu umarmen.

Nun war die Reihe an mir, erstaunt zu sein. Während er mich umarmte, flüsterte er mir »Richtig so?« ins Ohr.

»Ach, ich hab Ihnen ja so viel zu erzählen, James!« Spielerisch tätschelte ich seine Brust.

Ich wandte mich an den Verschwitzten. »Tut mir leid, aber James und ich kennen uns seit einer Ewigkeit. Wenn Sie uns entschuldigen würden?« Und nun endlich begriff der Verschwitzte, dass er geschlagen war, und trollte sich.

»Danke, danke, danke«, sagte ich zu James und lächelte wie eine Blöde. »Ich bin Ihnen unendlich dankbar.«

»Und ich ziemlich verwirrt«, erwiderte er. »Einen Drink?«

»Auf jeden Fall.«

Ich drehte mich um und entdeckte den Verschwitzten in der Schlange vor der Theke.

»Ähm, vielleicht lieber woanders?«

James führte mich in eine kleine Bar in einer Seitenstraße der Park Street. Ein beeindruckender Schuppen. An den Wänden hingen alte Musikerporträts, manche signiert, die meisten in Schwarz-Weiß. Niedrige Glastische standen vor breiten alten Ledercouchen, auf jedem Tisch flackerte ein Teelicht, und die Stimmen der Gäste erreichten ein Crescendo, als wir uns einen Weg zur Theke bahnten.

James bestellte die Drinks und bestand darauf, mich einzuladen. »Nic, auf unserer Feier waren die Drinks immerhin umsonst. Aber Sie mussten von dort fort.«

Ich machte es mir auf einem Sofa bequem, wobei mein Kleid ein gutes Stück hochrutschte und ziemlich viel Bein zeigte. Ich versuchte, den Rock herunterzuziehen, aber vergebens.

Ein Mann mit Filzhut hatte einen Barhocker vor das Mikrofon gestellt und stimmte einen Song an. Ich seufzte, lehnte den Kopf zurück und schloss die Augen.

»Besser?« James lachte.

Ich machte ein Auge auf. »Sehr viel besser.«

James trug einen schwarzen Kaschmirpullover und eine braune Cordhose, die an den Knien schon ein wenig abgewetzt war. Als er sich bequem zurücklehnte, sah er wie ein reicher Aristokrat aus, der von einem Ausflug mit den Jagdhunden zurückgekehrt war. Ich blinzelte verwirrt, als mir bewusst wurde, wie ich ihn anstarrte.

Er beugte sich vor. »Cheers.« Wir stießen an. »Freut mich, dass ich Ihnen zu Hilfe eilen konnte.«

In kameradschaftlichem Schweigen lauschten wir der Musik, genossen die entspannte Atmosphäre und das Plaudern der anderen Gäste. In einem Winkel lachte ein Pärchen, der Mann langte über den Tisch und nahm instinktiv ihre Hand. Ich lächelte bei dem Anblick. James beobachtete das Paar ebenfalls, seine Miene war undurchdringlich. Er sah mich an. Ich hob den Strohhalm an die Lippen und schlürfte verwirrt.

Plötzlich schossen mir unzählige Fragen durch den Kopf: Warum war er zu der Party zurückgekehrt? Wo war Thalia geblieben? Ich öffnete den Mund … und machte ihn wieder zu. Ich war nicht sicher, ob ich fragen durfte, nicht sicher, ob ich es überhaupt wissen wollte. Es ging mich schließlich nichts an. Sein Privatleben war privat, und ich konnte mir keine Freiheiten erlauben. James war nett zu mir, weil er mein Boss war. Das war alles.

Plötzlich stand der Sänger vor unserem Tisch. Auffordernd hielt er uns das Mikro hin.

»James?«, zischte ich aus dem Mundwinkel. »Was will er?«

James sah so alarmiert aus, wie ich mich fühlte, und zischte zurück: »Ich glaube, es ist ›Open Mike‹-Nacht.«

Der Sänger nickte und streckte James das Mikro hin. »Ein kleiner Song, mein Freund?«

James beugte sich zu dem Mikrofon. »Oh, ein Song. Okay, also, mal sehen.« Er tat, als müsse er seine nicht vorhandene Krawatte lockern. Dann sah er mich an, und langsam breitete sich ein Grinsen auf seinem Gesicht aus. »Ich freue mich, Ihnen eine wunderbare Amateur-Schauspielerin ankündigen zu können, die bestimmt auch singen kann.« Er nahm das Mikrofon und wollte es an mich weiterreichen. Ich fuhr entsetzt zurück. »Aber sie gibt nicht viel auf ihr Talent«, fuhr James fort, »und braucht daher etwas Ermutigung.«

Das Pärchen in der Ecke hämmerte mit den Fäusten auf den Tisch und jubelte begeistert.

Ich starrte James mit offenem Mund an, das Glas in meiner Hand zitterte.

Dann brachte ich einen Laut zwischen einem Jaulen und einem Gurgeln zustande.

James hielt mir auffordernd das Mikrofon hin. »Nur Mut, Nicola. Zeigen Sie denen, was Sie draufhaben.«

»Aber ich …«

»Hey, Sie können das! Glenn hat mir das Schnittmaterial von dem Werbespot geschickt. Sie haben erstaunl…, Sie haben sehr gut ausgesehen.« Er hüstelte verlegen. »Und so selbstbewusst! Ich habe auch gehört, wie Sie beim Teekochen im Büro singen.« Eine leichte Röte kroch an seinem Hals empor. »Sie können das!«

Als würde ich mich selber von oben betrachten, sah ich mich mit zitternden Knien aufstehen und das Mikro nehmen. Als ich auf das Podest zuging, erfüllten mich James' Worte mit Wärme. Ich stieg auf die Bühne.

James musste wohl meinen Namen erwähnt haben, denn einige Leute riefen: »Nicola!« Es klang ermutigend.

Ich stand auf der leicht erhöhten Bühne und schaute mein Publikum an. Alle Augen waren auf mich gerichtet. Ich beugte mich zum Mikro vor, den Blick auf den Boden gerichtet, und spürte die Erwartung im Raum. Ich öffnete den Mund … aber kein Laut drang heraus.

Erschrocken schaute ich zu James hinüber, der sich bequem in die Polster lehnte und albern kicherte. Als ich sah, wie er sich auf meine Kosten amüsierte, kehrte mein Mut zurück – und mir kam eine Idee. Ich schaute mein Publikum an, das zwar nicht ganz Wembley-Stärke erreichte, mich aber dennoch mit Schrecken erfüllte.

Ich räusperte mich. »Heute ist ein ganz besonderer Abend, denn ich freue mich, Ihnen ein Duett ankündigen zu können, das ich mit meinem ebenso zurückhaltenden Partner James singen werde.« Dann trat ich einen Schritt zurück und fing an zu klatschen, und das gesamte Publikum klatschte mit. Jetzt hatte ich meinen Spaß, denn James spuckte vor Schreck seinen Drink ins Glas. Ich stemmte eine Hand in die Hüfte und drohte ihm scherzhaft mit dem erhobenen Zeigefinger. »Nur nicht so schüchtern, James.«

Alles klatschte wie besessen, als er sich langsam vom Sofa erhob und zu mir auf die Bühne kam.

»Hexe«, flüsterte er mir vom Mikrofon abgewandt zu.

»Sie haben angefangen«, raunte ich aus dem Mundwinkel, wandte mich wieder unserem Publikum zu und schenkte den Leuten ein strahlendes Lächeln.

»Also, was singen wir, James?« Ich hielt ihm das Mikro unter die Nase.

»Ich finde, wir sollten ›*Something Stupid*‹ singen, Nicola.«

Die Musik setzte ein.

Zwei Stunden später stolperten wir aus der Bar, begleitet vom herzhaften Schulterklopfen des Gastgebers der Open Mike-Nacht und dem Nicken und Lächeln wildfremder Menschen.

Das nette Pärchen schlenderte grinsend an uns vorbei. Der Mann rief uns noch »Alles Gute!« zu, dann legte er den Arm um seine Freundin und sie gingen ihrer Wege. Die Straße war leer, nur ein paar Nachtschwärmer strömten noch aus dem Kebab-Schuppen an der Ecke. Alle Fenster waren dunkel. Die Stadt schlief. Es kam mir vor, als wären wir die einzigen Menschen, die noch wach waren, und dieser Gedanke brachte mich plötzlich wieder zur Besinnung, er bewirkte, dass die Verzauberung verflog.

»Soll ich Sie nach Hause bringen?«, fragte James.

»Nein danke, nicht nötig. Ich nehme ein Taxi.«

Ich hielt das nächste Taxi an, warf James nur einen flüchtigen Blick zu, als ich dem Fahrer meine Adresse nannte, dann stieg ich rasch ein. Auf dem kühlen Leder sitzend blickte ich mich noch einmal um. James stand auf dem Bürgersteig und sah mir nach, und auf seinen Lippen erstarb eine Frage.

Stunden später starrte ich immer noch an die Decke. Ich strampelte die Bettdecke weg, wälzte mich herum und schüttelte zum achtzehnten Mal meine Kissen auf. Warum konnte ich nicht zur Ruhe kommen? Jedes Mal, wenn ich die Augen zumachte, sah ich die Bilder des Abends vor mir und zuckte schuldbewusst zusammen. Es war doch nichts weiter gewesen als ein freundschaftlicher Drink! Ich durfte nicht zu viel hineininterpretieren. James war in festen Händen und nicht einmal an mir interessiert. Wir hatten eigentlich kaum etwas gemeinsam. Wir lachten zwar über die gleichen Dinge, aber das ging doch vielen Menschen so! Und ich fühlte mich in James' Gegenwart nur deshalb so entspannt, weil er mir vertraut war. Mehr war da nicht, ich sollte wirklich aufhören zu grübeln. Zeit, die Augen zu schließen und endlich zu schlafen.

»… And then I go and spoil it all by saying something stupid like I love you …«

Argh.

Nach einer unruhigen Nacht, in der ich viel wirres Zeug geträumt hatte, stand ich früh auf und ging zur Arbeit. Ich murmelte »Hallo«, als ich James sah, der sich im Übrigen dermaßen *normal* verhielt, dass ich mich in meiner Annahme, zwischen uns sei überhaupt nichts vorgefallen, vollkommen bestätigt sah. Ich musste auf die Piste gehen und andere Männer treffen, ich musste mit meiner Suche am Ball bleiben.

Also schlug ich am Nachmittag Orte und Aktivitäten nach, wo ich interessante Männer treffen könnte. Der Valentinstag rückte bedrohlich näher, und ich wollte sichergehen, an diesem Tag nicht ohne Date dazustehen. Was ich brauchte, war ein ganzer Tag mit ausgesprochen maskulinen Beschäftigungen: »Männerkram« eben. Ich notierte mir die Öffnungszeiten eines billigen Speiselokals in der Nähe meiner Wohnung und die Adresse eines Golfplatzes. Immerhin ein Anfang.

31

Der Tag, an dem ich ausschließlich »Männerkram« machen wollte, dämmerte herauf und versprach sonnig zu werden. Zuerst wollte ich die Imbissstube aufsuchen, ein üppiges Frühstück zu mir nehmen und dabei die Sportseiten studieren. Dann zum Golfübungsplatz, wo ich ein paar Bälle schlagen wollte, und danach zum Supermarkt, wo ich mich bei den Automagazinen herumdrücken würde, und wenn das auch nichts brachte, würde ich noch eine Sportkneipe aufsuchen, einen halben Liter Bier kippen und Schinkenchips knabbern. Mein Plan war absolut wasserdicht. Ich überprüfte ihn auf Lücken, konnte aber keine finden. Ich würde einen Mann umgarnen, ich würde einen Kerl einfangen, ich würde ein Exemplar der männlichen Spezies erbeuten, ich würde …

»Schräges Mantra, Schwesterherz.«

In der Badezimmertür tauchte ein Kopf auf, und ich begriff, dass ich die letzten Sätze laut ausgesprochen hatte.

»Raus hier, Mark«, sagte ich zu seinem Spiegelbild.

»Ist gut.« Der Kopf verschwand.

Im Gehen rief er noch: »Ich hoffe, dir wird beim Einfangen eines Kerls Erfolg beschieden sein, ich hoffe, dass du ein Exemplar der männlichen Spezies erbeutest.«

Voller Energie betrat ich das nicht ganz saubere Esslokal am Ende meiner Straße. Die Fenster waren von Dampf beschlagen, und es roch durchdringend nach gebratenem Speck. Ich trat vor die kaffeefleckige Theke und bestellte ein komplettes englisches Frühstück. Als ich mich in einer der hölzernen Nischen niederließ, überlegte ich, warum ich eigentlich noch nie hier gewesen war.

Ich holte die Zeitung aus der Tasche und gab vor zu lesen, während ich in Wahrheit nach möglichen Opfern, sprich: Männern, suchte. Die Gäste waren bunt gemischt: ein Mädchen mit Hoody, ein Pärchen, das über einem Teller Waffeln Händchen hielt (für Geschwister wirkten sie zu intim, der Mann war also offensichtlich vergeben), ein Mann, der mit dem Rücken zu mir saß (ein breiter Rücken – wobei »breit« eine höfliche Umschreibung sein mochte … aber er kam jedenfalls auf meine Liste), sowie zwei Typen auf Barhockern an der Theke, die ins Gespräch vertieft waren. Es war schwer, sie ins Auge zu fassen, ohne dass sie auf mich aufmerksam wurden, aber ich konnte immerhin erkennen, dass der eine lange rote, zu einem Pferdeschwanz gebundene Haare hatte und der andere ein großes Tattoo im Gesicht. Daraufhin wandte ich meine Aufmerksamkeit wieder dem breitschultrigen Mann in der Nachbarnische zu und wünschte, dass er mir sein gebräuntes und möglicherweise attraktives Gesicht zuwenden würde. Er machte eine Bewegung, und ich starrte hastig in meine Zeitung, die ich, wie ich erst jetzt merkte, verkehrt herum gehalten hatte. Ich drehte sie um und vertiefte mich in einen Artikel über die Champions League. Für Chelsea war irgendwas schiefgelaufen. Ich wusste nicht, ob das gut oder schlecht war, fand aber, dass ich, wenn ich schon darüber las, auch eine Meinung haben sollte. Ich beschloss, dass es traurig war, und machte ein entsprechendes Gesicht.

Das wirkte wie magnetische Anziehung. Der Breitschultrige drehte sich zu mir um und grinste, nickte zu meiner Zeitung hin. Ich erwiderte das Nicken, aber da kam auch schon mein reich beladener Teller. *Wow*. Mein Magen knurrte vernehmlich beim Anblick von zwei prächtigen Spiegeleiern, fetttriefendem

Speck, zwei dicken Würstchen und einer Beilage von Bohnen und Toast. Ich haute rein und stöhnte vor Behagen, während ich mir das Zeug gabelweise in den Mund schaufelte. Als ich alles verputzt hatte, musste ich zu meinem Bedauern feststellen, dass sämtliche Männer das Lokal verlassen hatten. Mein üppiges Frühstück war schuld – es hatte mich von meiner Mission abgelenkt.

Ich fuhr zum Golfübungsplatz, und meine Laune wurde mit jeder zurückgelegten Meile besser. Inmitten weiter Felder stand eine einsame, windumtoste Baracke, hinter der sich der gepflegte Golfrasen erstreckte. Tief atmete ich die frische Luft ein. Die Kälte brannte in meinem Gesicht, und der Wind peitschte mein Haar in alle Richtungen. Beherzt öffnete ich den Kofferraum und holte einen Schläger Größe Sieben heraus. Ich kam mir vor wie eine Kriegerin, die ihr Schwert zückt. Als ich zu der Baracke lief, ließ ich einen Kriegsschrei los.

Drinnen ließ das Heulen des Windes etwas nach, und ich sah einen Münzautomaten, der auf dem kalten Betonboden thronte. Ich begriff, dass man die Bälle aus dem Automaten ziehen musste. Ich stellte mich hinter einen zehnjährigen Jungen, der ungeduldig am Ärmel seines Vaters zupfte. (Alleinerziehend? Jung verwitwet? Er und sein Sohn gegen den Rest der Welt?) Plötzlich rief eine Frau, die auf einer Bank saß und von Kopf bis Fuß in Rautenmuster gehüllt war: »Nimm fünfzig, Darling, ich möchte es heute mal so richtig krachen lassen.«

»Darling« nuschelte etwas und drückte auf eine Taste. Ich hörte die Bälle in einen Drahtkorb fallen. Dann wanderte das Paar mit seiner kostbaren Last davon.

Fünfzig mussten es also schon sein, wenn man von der Sache etwas haben wollte. Und das wollte ich. Schließlich hatte ich Golf schon im Fernsehen gesehen. Golf war ein bisschen so wie Hockey, nur mit einem kleineren Schläger. Und obwohl ich in Hockey nie besonders gut gewesen war (schreckliche Erinnerungen an 1994 und Emily Green und ihre Zahnspange), war ich trotzdem keine komplette Niete gewesen. Zuversichtlich drückte ich auf die 50er-Taste … und sah entsetzt zu, wie fünfzig Golfbälle über den Betonboden davonhüpften.

»Ein Drahtkorb, Sie müssen einen Drahtkorb unterstellen!«

Ein Mann hinter mir begann zu lachen, hielt ein paar der wild gewordenen Bälle auf und sammelte sie in seinen Korb.

»Oh Gott, oh nein, oh Gott!« Wie eine Verrückte hüpfte ich herum und sammelte die Bälle wie ein Känguru in den provisorischen Beutel meines Pullovers.

»Hier, nehmen Sie meinen«, sagte der Mann und hielt mir seinen Korb hin, damit ich die Bälle hineinschütten konnte.

Als ich die Stimme hörte, zuckte ich zusammen. Dann schaute ich hoch, und natürlich war es James, mit einem breiten Grinsen im Gesicht.

»Hab gar nicht gewusst, dass Sie golfen, Nicola.«

»Ich, ähm … fand, ein Versuch könnte nicht schaden«, stammelte ich.

Fünf Minuten später hatten wir unter den amüsierten Blicken der anderen Golfer endlich meine Bälle eingesammelt. Mein Gesicht musste inzwischen so rot geworden sein wie James' Pullover.

»Danke.« Ich nahm ihm den Korb ab.

»Nichts zu danken.«

Ich wartete, weil ich nicht wusste, was ich jetzt machen sollte. James zeigte auf den Automaten und nahm sich einen neuen Drahtkorb. »Ich sollte jetzt vielleicht auch …«

»Oh Gott, es tut mir leid! Ja, natürlich«, stammelte ich, nahm meinen Schläger und ging zu den Abschlagplätzen. Von dort warf ich einen Blick über die Schulter. James wählte ebenfalls die 50er-Taste.

Ich betrat den dritten Platz, der unbesetzt war, und verbot mir jeden Gedanken an James. Nachdem ich den Drahtkorb abgestellt hatte, nahm ich meinen ersten Ball und legte ihn auf das grellorange Kunststoff-Tee, das aus einem Loch in dem grünen Rechteck ragte. Ich umklammerte den Schläger mit beiden Händen, fixierte den Ball, holte weit aus und blickte suchend in die Ferne, wobei ich obendrein die Augen mit der Hand beschattete. Hinter mir hörte ich ein leises Lachen. Ich schaute zu Boden. Mein Ball lag immer noch auf dem Tee. Und James hatte mein Fiasko mit angesehen!

»Passiert mir auch immer beim ersten Schlag«, sagte er freundlich.

Ich nickte und drehte nervös den Ring an meiner rechten Hand.

Dann schaute ich wieder auf meinen Ball, ermahnte mich zur Konzentration und schlug. Und traf. Der Ball flog zwar ziemlich weit nach links, aber ich stieß dennoch einen Triumphschrei aus. Ich machte Fortschritte!

»Schon besser«, grinste James. Die Sonne malte Streifen auf sein Gesicht und hob seine Bartstoppeln hervor.

»Danke.«

»Es wäre vielleicht gut, wenn Sie ein wenig mehr Abstand zum Ball halten würden. Dann bekommt er nicht diesen Effet.«

»Danke für den Tipp.« Ich schob mich einige Zentimeter rückwärts.

Ich spürte ganz genau, dass er mich über den Zaun hinweg beobachtete.

Ich sah auf. »Sorry, würden Sie vielleicht … es ist nämlich schwer, sich zu konzentrieren …« Ich deutete auf den Ball. James lachte und widmete sich seinem Spiel.

Ich zog voll durch und sah dem Ball nach, der ungefähr dreißig Fuß weit flog. Und zwar in einer geraden Linie. Viel besser. Ich steckte den Kopf über den Zaun und wurde Zeuge, wie James seinen Ball verfehlte.

»Da hab ich mein Fett weg!«, lachte er.

In der nächsten halben Stunde schlugen wir unzählige Bälle über den Rasen. Meine flogen meistens scharf nach links oder rechts, einer prallte sogar senkrecht nach oben gegen das Blechdach, woraufhin alle anderen Spieler erschrocken nach Luft schnappten und mich ungläubig anstarrten. Da beschloss ich, es für heute genug sein zu lassen, außerdem sah ich, dass auch James zusammenpackte, obwohl er noch ein paar Bälle im Korb hatte. Ich spürte ein aufgeregtes Flattern im Bauch und ermahnte mich, diesen Ort so schnell wie möglich zu verlassen. So schnell ich konnte, lief ich zum Ausgang und stellte meinen Korb auf den Stapel. Murmelte einen Abschiedsgruß in James' Richtung.

»Nicola, warten Sie.«

Er eilte herbei. »Ich würde Sie ja gern zu einer Runde Golf einladen, aber ich fürchte, so weit sind wir beide noch nicht. Möchten Sie stattdessen einen Drink mit mir nehmen? Oder kann ich Sie zum Essen einladen?«

»Ich kann nicht. Heute Abend ist mein Tischlerkurs«, entgegnete ich und legte meinen einsamen Schläger in den Kofferraum. »Und Sie haben doch bestimmt auch etwas vor«, sagte ich rasch, bevor er einen neuen Vorschlag machen konnte.

»Nun ja, das schon, aber ich möchte es gerne«, beharrte er und wartete auf meine Antwort.

Ich dachte daran, mit welchen Absichten ich den Tag begonnen hatte. Wie lächerlich, nach all meinen Anstrengungen mit James auf dem Golfplatz zu landen! Zu gern hätte ich seine Einladung angenommen, wäre mit einem mir vertrauten Menschen in einem gemütlichen Pub gelandet. Doch dann fiel mir

Thalia ein, und ich schüttelte beharrlich den Kopf, sprudelte hastig eine Ausrede hervor, um nicht der Versuchung zu erliegen. »Ich muss wirklich heim … mich umziehen.« Ich lief um den Wagen herum zur Fahrertür. »Bin schon viel zu spät dran«, log ich.

James trat einen Schritt vor und sagte etwas, aber ich hörte nicht hin. Ich wollte nur noch fort. Vielleicht war James' Einladung lediglich freundschaftlich gemeint gewesen – ich aber wollte mich nicht zwischen ihn und Thalia drängen.

»Wir sehen uns im Büro!«, rief ich in heiterem Ton, startete den Wagen und fuhr rückwärts aus der Parkbucht.

James blieb auf dem Parkplatz zurück, die Golfschläger neben sich, und schaute mir mit finsterer Miene nach.

32

Diesmal gab ich mir mit dem Outfit besondere Mühe. Als ich aus der Dusche stieg und in mein Schlafzimmer watete, stand mir kurz Alex mit seinem lässigen Lachen vor Augen. In meinem Bauch flatterten Schmetterlinge, und ich freute mich, dass ich so aufgeregt war. War es Vorfreude auf Alex oder auf den Kurs? Auf Alex, hoffte ich. Er schien ein netter Mann zu sein, und ich wollte mich in ihn verlieben. Ich wollte mich in einen Mann verlieben, der noch zu haben war.

Ich saß vor dem Spiegel in meinem Schlafzimmer und steckte mir das Haar mit ein paar Klammern auf. Als Outfit hatte ich schwarze Dreiviertelhosen und ein rosa T-Shirt geplant, um wie ein reizvoller Peter Pan auszusehen. Ich schnappte mir die Schlüssel, raste die Treppe hinunter und lächelte Julio zu, der mir einen Abschiedsgruß nachrief.

Als ich das Tempo drosselte und auf den Parkplatz bog, lächelte ich mir im Rückspiegel zu. Heute sollte mein Tablett fertig werden – zumindest hatte es so geheißen –, und ich konnte es gar nicht abwarten, mein Werk von letzter Woche wiederzusehen. Diesmal war ich nicht die Erste. Ich winkte Tom zu, der mir freundlich zunickte, während er mit einem anderen Teilnehmer sprach. Ich nahm eine Schürze vom Haken. Mein Tablett stand auf der Werkbank, daneben lag ein Bogen gelbes Schleifpapier und ein kleiner schwarzer, rechteckiger Klotz. Ich stellte meine Tasche ab und betrachtete mein Tablett voller Stolz, fuhr mit der Hand unter seiner Kante entlang und staunte, dass meine zarten Hände so etwas zustande gebracht hatten.

Ich erschrak, als eine Stimme neben mir sagte: »Aha, das erste Stück. Jetzt haben Sie also Ihre Tischler-Unschuld verloren, M'lady.«

Alex grinste mich durch seine Sicherheitsbrille an, während er über seine Werkbank griff und seine Schöpfung zu sich heranzog. »Viel besser als dieses alte Teil.«

Bevor ich fragen konnte, was er da baute, kam Tom, um mir die nächsten Arbeitsschritte zu erläutern. Während ich meinen Kopf durch die Schürzenschlaufe steckte und die Bändel am Rücken verknotete, wickelte er das Schleifpapier um den Block und zeigte mir, wie ich das Tablett schmirgeln musste, um die Kanten zu glätten und die Oberfläche für Bemalung oder Lasur vorzubereiten.

»Sie können das Schleifen und Lasieren heute noch erledigen. Das Zeug, das wir benutzen, trocknet ziemlich schnell, und Sie können das Tablett heute noch mit nach Hause nehmen.«

»Oh, toll!«, platzte ich heraus und strahlte ihn an.

Tom lachte. »Ach ja, die leidenschaftliche Reaktion einer Elevin.«

Ich war vor Aufregung ganz aus dem Häuschen. Ich stellte mir vor, wie ich eine klassische Teekanne und zierliche Tassen und Untertassen auf das Tablett stellte (Klassische Teekanne und zierliche Tassen und Untertassen besorgen!), es meinen Gästen vorsetzte und dabei lässig bemerkte: »Ach, das alte Ding. Ist nichts Besonderes, hab ich mal selbst gemacht!« (Gefolgt von einem heiteren, bescheidenen Lachen.) Ich machte mich mit Feuereifer ans Werk. Ab und zu wechselte ich ein paar Worte mit Alex, der Leisten abmaß und leise Flüche ausstieß, wenn er mit einem Lineal die Maße nahm.

Da ich mich voll aufs Schleifen konzentrierte, merkte ich erst mit geraumer Verspätung, dass Alex das Lineal auf die Werkbank geworfen hatte und mit grimmigen Augen auf sein Werk starrte, die Hände zu Fäusten geballt.

»Was ist?«, fragte ich.

»Ich kann es nicht!«, verkündete er theatralisch.

»Aber natürlich können Sie«, sagte ich munter. »Ähm … was ist es denn?«

»Sehen Sie, Sie können nicht mal erkennen, was es werden soll!«, rief er verzweifelt.

»Aber natürlich kann ich das! Es ist ein, also, es ist jedenfalls etwas, das Sie, es ist …« Ich geriet allmählich in Panik. »Ist es ein Schlitten?«

»Es ist *kein* Schlitten!«, heulte er. »Das sollen die Einzelteile für die Wiege unseres ersten Kindes sein.« Alex' Schultern sackten herab, und er stützte seine Hände kraftlos auf die Werkbank.

Ich war viel zu verwirrt, um etwas zu erwidern. Eine Wiege? Für ein Baby? Für *sein* Baby? Ich prüfte meine Gefühle. War ich niedergeschlagen? Traurig? Enttäuscht? Alex war auf jeden Fall der attraktivste Mann, der mir in den letzten Wochen begegnet war. Er nahm zwei Leisten in die Hand und stierte sie ungläubig an. Mit Erstaunen stellte ich fest, dass ich gar nichts fühlte. Nicht einmal den Hauch einer Enttäuschung. Vor Überraschung machte ich große Augen.

Alex nahm dies als schlechtes Zeichen. »Sie glauben auch nicht, dass ich es schaffe«, murmelte er.

»Hm?« Aus meinen Gedanken gerissen, brabbelte ich drauflos: »Oh nein, das stimmt nicht, ich dachte nur gerade an etwas anderes. Natürlich schaffen Sie das. Was genau müssen Sie denn machen?«

»Alle diese Holzleisten auf dieselbe Länge zusägen und in

die Schlitze stecken, aber ich habe die Schlitze zu schmal ausgesägt.«

»Aha«, bemerkte ich, ohne recht zu begreifen. Mein ungeschultes Tischlerhirn war deutlich überfordert.

»Und ich bin nicht sicher, ob ich die Schlitze erweitern kann, ohne dass das Holz splittert.«

»Verstehe.« Ich nickte. (Kein Wort.) »Also … Ihr erstes Kind!«, fuhr ich begeistert fort, um ihn von seinen düsteren Gedanken abzulenken.

Alex nickte. »Wir waren gestern beim zweiten Ultraschall. Ich muss diese Wiege also *bald* fertig haben.« Wieder wurde seine Stimme gefährlich schrill.

»Junge oder Mädchen?«, fragte ich schnell.

»Wir wollen es nicht im Voraus erfahren. Aber ich habe keine vier Monate mehr, bis er oder sie ein Bettchen haben muss, und ich kriege es einfach nicht hin, und meine Frau wird mich wieder mit diesem Blick ansehen, den sie … den sie immer hat, wenn ich durch die Programme zappe und bei *Die Pannenshow* hängen bleibe … und dann weiß ich, dass ich versagt habe!«

Er vergrub den Kopf in den Händen. Ich brach in Lachen aus. »Sie sind ja eine richtige Drama Queen!«

»Ich bin ein Versager«, murmelte er, den Kopf auf die verschränkten Arme gelegt.

»Nein, Sie müssen sich bloß mal am Riemen reißen. Bitten Sie Tom um Hilfe und machen Sie weiter«, sagte ich so sachlich wie möglich.

Langsam hob Alex den Kopf. »Sie haben recht.«

Kurz darauf kam Tom und nahm die Sache in die Hand. Er zeigte Alex, was er machen musste, und stellte ihn wieder in die Spur. Ich begann mit der Lasur. Unter jedem Pinselstrich kam ein sattes Mahagonibraun zum Vorschein, es sah aus wie ein antikes Möbelstück oder schmelzende Schokolade. Ich war vollkommen gebannt und arbeitete eine Stunde lang schweigend und friedlich. Im Raum herrschte anheimelnde Geschäftigkeit, jeder arbeitete konzentriert an seinem Werk, manche riefen sich etwas zu, andere klapperten mit Brettern oder sägten wie verrückt. Ein älterer Mann an einer der vorderen Werkbänke hatte eine Thermosflasche mitgebracht und versorgte uns mit süßem Earl Grey in Plastikbechern. Sein Banknachbar Brian war hier, weil seine Frau ihn vor vier Jahren aufgefordert hatte, ihr endlich einmal etwas Selbstgemachtes zu schenken. Seitdem hatte er alle Tischlerkurse besucht, und seine Frau war mittlerweile stolze Besitzerin von drei Holzschalen, zwei Tabletts, einem Gewürzregal und einem Schlittenbett.

Alex war inzwischen wieder im Arbeitsfluss, die Wiegenpanik war vorüber.

»Und – haben Sie Kinder?«, fragte er spontan, als wir uns wieder unserer Arbeit zuwandten.

»Nein«, erwiderte ich prompt.

Er fragte nicht weiter, aber das nun entstandene Schweigen war auch nicht ungemütlich.

Am Ende der Stunde fiel mir eine Frau auf, die Alex durch das Rechteckfenster in der Tür zulächelte.

»Ihre Frau?«, fragte ich und nickte zur Tür.

Alex glühte vor Freude, während er instinktiv eine Bewegung in ihre Richtung machte. »Das ist sie.«

Sie war eine zierliche Person, hatte schulterlanges, leicht gewelltes Haar und trug den zierlichsten Schwangerschaftsbauch der Welt in einem rosa Sommerkleid vor sich her. Sie sah aus wie eine schwangere Statistin im *Sommernachtstraum*.

Sie kam herein und beäugte argwöhnisch den Leistenstapel auf Alex' Werkbank. »Ähm, sehr vielversprechend, Darling«, sagte sie zu ihm.

Ich grinste über ihre Bemerkung. Dann sah sie mich an, und wir brachen in Lachen aus.

Alex wandte sich ihr zu. »Hey, nun hört aber auf! Fran, das ist Nicola, Nicola, das ist mein liebendes Weib Fran.«

Ich schüttelte ihr die Hand. »Nett, Sie kennenzulernen, und meine Glückwünsche.« Ich deutete auf ihren Bauch.

»Danke«, sagte sie und trat näher, um mein Werk zu inspizieren. »Also, das lass ich mir schon eher gefallen«, meinte sie. Das fertig lasierte Teetablett sah in der Tat gut aus. Die Lasur war angetrocknet, und das Holz hatte einen wunderbaren warmen Schimmer. »Aber Alex ist so ehrgeizig, dass er meint, er könnte uns bald ein ganzes Haus bauen.«

»Darauf kannst du wetten.« Liebevoll tätschelte er seine Holzleisten. »Die hier wird auch toll aussehen, wenn sie erst einmal zusammengebaut ist, du wirst schon sehen.«

Wieder zog sie ironisch die Brauen hoch und lächelte mich an. »Erinnern Sie ihn bitte daran, dass unser Kind in knapp sechzehn Wochen zur Welt kommt, würden Sie das für mich tun, Nicola? Lassen Sie nicht zu, dass er sich in irgendwelchen komplizierten Schnitzereien verliert. Ich will bloß eine Wiege. Und wenn ich sie habe, storniere ich die bei Mothercare.«

»Du hast eine Wiege bei *Mothercare* bestellt?«, fragte Alex fassungslos.

»Natürlich nicht, Darling«, beeilte sie sich zu sagen und zwinkerte mir zu, als er sich abwandte, um seine Leisten wegzuräumen.

Wieder musste ich kichern. »Bis nächste Woche, Alex. Und war nett, Sie kennengelernt zu haben, Fran.« Ich ging und hängte meine Schürze auf.

»Ganz meinerseits.«

Nachdem ich Tom zum Abschied zugewinkt hatte, hob ich mein Tablett, das auf einem Zeitungsbogen stand, vorsichtig hoch und drückte mit dem Hintern die Tür auf. Behutsam trug ich mein kostbares Werk mit vorgestreckten Armen durch den Flur und hinaus auf den Parkplatz. Ich würde das Tablett zur Arbeit mitnehmen. Wir brauchten etwas, auf dem wir unsere unzähligen Tassen Tee transportieren konnten.

Als ich losfahren wollte, kamen Fran und Alex aus dem Gebäude. Alex war stehen geblieben und legte zärtlich eine Hand auf den gewölbten Leib seiner Frau, dann zog er sie lachend an sich und küsste sie. *Das will ich auch haben*, war mein Gedanke, als ich an ihnen vorbeifuhr. Vor meinem inneren Auge zog ein Gesicht vorüber. Mir wurde übel, und ich lenkte mich ab, indem ich das Radio voll aufdrehte und davonschoss.

33

»Warum flüstern wir?«

»Ich weiß auch nicht, aber es kommt mir irgendwie richtig vor.«

»Das stimmt.«

Mark und ich richteten den Blick wieder auf die Sterne. Er hatte mich nach der Arbeit ins Planetarium eingeladen, und es war wirklich beeindruckend. Wie ich so in meinem Sessel lag, überkam mich ein Gefühl der Grenzenlosigkeit: Neben diesem gewaltigen Universum war ich wirklich nur ein kleines, unbedeutendes Ich.

»Und – hast du mit deinem Neujahrsmann Verkehr gehabt?« Schon die Frage war unheimlich, noch schrecklicher aber klang sie in geflüsterter Form.

»Mark.« Ich setzte mich verärgert auf.

»Was denn? Das war doch eine ganz vernünftige Frage!«

»Musst du es unbedingt ›Verkehr‹ nennen?« Ich verrenkte mir den Hals, um ihn anzusehen. Mark hatte aus seiner Lederjacke ein provisorisches Kissen gebastelt und starrte hoch auf den Gürtel des Orion oder den Schöpflöffel. Oder was auch immer.

»Aber so heißt das doch.« Er zuckte die Achseln.

Ich verdrehte die Augen.

»Na gut«, brummte er. »Nicola, hast du mit deiner Verabredung Liebe gemacht?«

Ich ließ mich wieder zurücksinken. »Nein, Mark, ich habe keine Liebe gemacht. Tatsächlich habe ich gar nichts gemacht.«

»War es James?«, wollte er wissen.

»Wie bitte? Nein, es war nicht James. James ist mein Boss, und überhaupt, mit James läuft gar nichts. Warum erwähnst du ihn immer wieder?«

»Boss? Soll das ein Euphemismus sein?«

»*Was?*«

Mark schüttelte sich vor unterdrücktem Lachen.

»Du bist ein Arschgesicht. Wie läuft's mit Carol?«, wechselte ich geschwind das Thema.

Das Schweigen, das nun folgte, ließ mich erneut hochfahren. »Alles in Ordnung mit euch beiden?«

Mark setzte sich ebenfalls auf. »Also, eigentlich, Nic ... wollte ich dir sagen ...«

Ich starrte ihn entgeistert an. »Mark Brown, sag nicht, dass du ausgerechnet mit der Frau Schluss gemacht hast, die in jeder Hinsicht perfekt zu dir passt. Eine Frau, die widerliche Fledertiere mag, einen tollen Humor besitzt und obendrein eine Superfigur ...« Ich keuchte beinahe vor Zorn.

»Nic, Nic ...« Mark zwickte mich in den Arm.

»Autsch!«

»Sorry, wollte nur versuchen, dich zum Schweigen zu bringen. Ich muss dir nämlich was sagen.«

»Hättest doch einfach sagen können: ›Schwesterherz, ich muss dir mal was sagen.‹«

»Ja, wie auch immer, Nic. Es ist wichtig. Carol und ich sind immer noch zusammen. Eigentlich ...«

Im Observatorium war es zu dunkel, um ihn deutlich sehen zu können, aber ich hätte schwören können, dass Mark rot geworden war.

»... wollte ich dich fragen – und ich möchte deine ehrliche Meinung hören –: Nic, meinst du, ich soll sie fragen, ob sie bei mir einzieht?«

Schweigen senkte sich auf uns. Eine Sternschnuppe flog über uns hinweg.

Ich setzte mich langsam auf, blinzelte ein paarmal, dann schaute ich meinen attraktiven Bruder an.

»Das ist eine wunderbare Idee. Ja, auf jeden Fall.«

Und dann nahm ich ihn grinsend in die Arme und boxte ihn so hart auf den Arm, dass er fluchte. Ich wusste, dass mein Bruder den einen Menschen gefunden hatte, der ihn glücklich machen konnte. Und das machte *mich* glücklich.

Auf dem Heimweg wurden mir die Füße schwer, und als ich die Treppe zu meiner Wohnung hochstieg, war ich völlig erschöpft. Ich schloss meine Tür und sperrte die Welt aus. Die Aufregung über Marks Neuigkeiten hatte schon ein wenig nachgelassen, und ich fühlte mich müde und einsam.

Ich schenkte mir ein Glas Wein ein und ging mit mir ins Gericht. Was war ich nur für ein Mensch? Mein Bruder erlebte eine unglaublich tolle Liebesgeschichte, und ich hatte nichts Besseres zu tun, als in Selbstmitleid zu versinken. Schande über mich! Ich hätte ihn zu einem Sekt einladen sollen, um diesen besonderen Moment zu feiern. Ich hätte ihn auf mein Sofa setzen und ihm eine Menge schwesterlicher Ratschläge erteilen sollen.

Vielleicht war das ja mein Problem? Wer war ich denn, dass ich ihm Rat erteilen konnte? Was wusste ich schon über Beziehungen? Hier saß ich in meiner makellosen Wohnung, allein, wieder einmal allein. Ich hatte die vergangenen Monate mit absoluten Nullen verplempert und keinerlei Ergebnisse vorzuweisen.

Das Bild von Alex und seiner Frau kam mir in den Sinn und zugleich das Gesicht meines Bruders, wenn er von Carol sprach – sie alle waren unglaublich glücklich. Ich staunte darüber, dass diese Art Liebe doch möglich war!

Ich seufzte leise, doch dann loderte eine kleine Flamme der Hoffnung in mir auf. Ich musste meine Suche fortsetzen. Denn die Sache war es wert. Den Beweis hatte ich jetzt gesehen.

34

Als ich am nächsten Morgen um kurz nach halb neun im Büro eintrudelte, stellte ich überrascht fest, dass die Tür bereits offen stand. Caroline, die normalerweise erst kurz nach neun eintraf, war damit beschäftigt, die Möbel umzustellen und sämtliche freien Flächen mit glänzendem Konfetti in Form kleiner Ballons zu verzieren. Sie fuhr erschrocken herum, dann legte sie eine Hand auf ihre Brust.

»Ach Nic, du bist es! Du kannst mir helfen. Ich hab schon geglaubt, es wäre James, der ausnahmsweise einmal zu früh kommt.«

Ich stellte meine Tasche auf einen Stuhl. »Was machst du denn da?«

»James hat doch Geburtstag! Ich fand, wir sollten es mal so richtig krachen lassen.« Sie warf mir eine Tüte Luftballons zu. »An die Arbeit!«

»Dir ist schon bewusst, dass wir nicht mal neun Uhr haben und dass ich unter Koffeinentzug leide?«

Caroline verdrehte entnervt die Augen und schlurfte zu unserer Teeküche. »Stets zu Diensten, Euer Majestät.« In der Tür machte sie eine Verbeugung. Ich lachte, riss die Tüte auf und holte einen Ballon in einem alarmierend grellen Gelbton heraus. Als Caroline endlich mit meinem Kaffeebecher wiederkam (auf dem aus unerfindlichen Gründen »I LOVE LEEDS« stand), saß ich bereits inmitten einer bunten Ansammlung Ballons verschiedenster Größen und litt unter leichten Ohrenschmerzen.

Caroline tippte auf ihre Tastatur, und Lesley Gores *»It's My Party«* begann zu dudeln.

»Damit wir in Stimmung kommen!«, überschrie sie den Refrain.

Ich verdrehte die Augen und streckte die Hand nach meinem Becher aus.

Die Musik dröhnte immer noch, als James erschien. Er lachte, als er uns sah. »Ihr wart ja *fleißig*«, bemerkte er und sah sich um.

Caroline nahm ihn in die Arme und drückte ihn. Wieder lachte James und küsste sie auf die Wange. »Ihr seid die Besten.«

Er beugte sich vor, um auch mir ein Küsschen zu geben. Unsere Blicke trafen sich. »Vielen Dank.«

Mein Gesicht wurde brennend heiß. Rasch wandte ich den Blick ab.

Wir aßen Schokoladenkuchen von Küchenrollenpapier, krümelten meinen Schreibtisch voll und tranken Tee mit einem winzigen Schuss Whisky. (»Heute ist ein besonderer Tag«, machte Caroline geltend und schenkte großzügig ein.) Sie erzählte lustige Anekdoten vom Wochenende. Offenbar hatte Ben kürzlich beschlossen, dass Kleidung hinderlich sei und dass er nun wie »Adam in dem Garten« sein wolle. Dumm war nur, dass er diesen Beschluss ausgerechnet an dem Tag in die Tat umgesetzt hatte, als seine Eltern den Kollegen des Vaters ein Essen gaben.

James saß gemütlich auf dem Boden, den Kopf an die Wand gelehnt, die langen Beine ausgestreckt. Er hatte seine Krawatte gelockert und an diesem Morgen anscheinend keine Zeit zum Rasieren gefunden. Er hätte teuflisch gut ausgesehen, wenn Caroline nicht darauf bestanden hätte, ihm ein kegelförmiges Hütchen mit der Aufschrift *»Birthday Boy«* überzustülpen.

Im CD-Player lief Meatloaf. Ich musste über eine von Carolines Geschichten dermaßen lachen, dass ich an die Wand sank … und dabei berührte ich James' Hand. Mein Herz machte einen Satz. Ich war verlegen wie eine Vierzehnjährige. Doch bevor ich James anschauen konnte, hörte ich ein Hüsteln an der Tür. Thalia stand dort, im schicken marineblauen Bleistiftrock und einer hellen Seidenbluse. Ich zog meine Hand so hastig fort, als hätte ich mich verbrannt. James kam auf die Beine, während Thalia durch den Raum stöckelte und von ihrer beeindruckenden Höhe – zehn Zentimeter hohe Louboutins – auf uns herabsah.

»Wie gemütlich!«, schnaubte sie höhnisch.

Ich stieß ein gepresstes »Ha!« hervor. James hatte sein lächerliches Hütchen abgenommen, und ich bürstete hastig Konfetti von meinem Pullover. Ich kam mir dämlich vor. Caroline hingegen blieb unbeeindruckt auf ihrem Kissen sitzen und machte keinen Hehl daraus, dass sie sich über die Störung ärgerte. Immerhin bot sie Thalia ein Stück Kuchen an.

Thalia antwortete lediglich: »Kein Gluten«, und klopfte sich auf den Bauch. Caroline ahmte die Geste nach.

»Ähm, das ist aber mal eine Überraschung«, sprang James in die Bresche.

»Ich bin nur gekommen, um dir Glück zu wünschen.« Sie lächelte, aber ihre Augen blieben kühl. »Sollen wir?« Sie ruckte den Kopf zu seinem Büro. James brauchte einen Moment, bis er begriff.

»Ja, okay.« Er wandte sich an uns. »Caroline, Nic, vielen, vielen Dank für diese spontane Geburtstagsfeier.« Er tupfte an seinem Mundwinkel herum, verfehlte aber den Schokoladenfleck. Thalia streckte die Hand aus und wischte ihn mit dem Zeigefinger fort. James wich einen Schritt zurück. Ihre intime Geste machte mir das Herz schwer. Sie verschwanden in

James' Büro. Caroline sah mich an, den Kopf fragend zur Seite gelegt, doch sie sagte nichts, sondern stand auf und räumte die leeren Becher fort. Ich bürstete mir eilig die Krümel vom Rock und ärgerte mich, weil ich einen Kloß im Hals hatte.

Thalia blieb nicht lange. Als sie ging, grunzte sie eine Art Abschiedsgruß in Carolines Richtung. Die sah mich an und verdrehte die Augen, während wir Thalia die Treppe hinuntersteigen hörten. Dann legten wir die Off-Stimmen für eine neue Werbekampagne fest, schickten der Werbeagentur Videoclips und stellten sicher, dass unsere Künstler gebucht und über sämtliche Details des Jobs unterrichtet waren. Das war eine Menge Arbeit und lenkte mich ab. Doch dann klingelte das Telefon. Caroline nahm den Hörer ab und zog sogleich ein langes Gesicht. »Nein, also, das wäre wohl besser, nein, dafür ist es jetzt zu spät, nein, nein, er ist bei der Arbeit. Ich komme. Dann bleiben sie eben hier. Nein, ist schon in Ordnung. Okay, okay, danke.«

Mit einem Stöhnen legte sie auf. »Diese Tagesmütter sind der Nagel zu meinem Sarg! Nic, ist das in Ordnung für dich? Ich hab zu Hause zwei verlassene Kinder. Kann ich sie herholen? Sie sind auch bestimmt ganz brav. Ich werde sie mit McDonald's und Donuts zum Abendbrot bestechen.«

Ich tat es mit einer Handbewegung ab. »Natürlich ist das in Ordnung.« Ich drückte auf »Senden« und schaute wieder auf meinen Monitor. »Kein Problem.«

Caroline nahm ihre Schlüssel vom Tisch. »Super, dann geh ich sie jetzt holen. Könntest du James Bescheid sagen? Dich wird er wahrscheinlich nicht anbrüllen.«

»Wen werde ich wahrscheinlich nicht anbrüllen?«, drang eine Stimme aus dem Büro. »Wer missbraucht da meinen Namen, Caroline Harper?«

»Nic wird's Ihnen erklären!«, rief sie über die Schulter und verschwand so flink, dass ich nichts mehr sagen konnte.

Ich seufzte ergeben und ging zu James. »Sie hat eine Krise mit ihrem Babysitter und holt die Kinder her«, erklärte ich und wollte wieder gehen.

»Nic … Nicola!«, rief er mir nach. Ich drehte mich halb um. Er hatte einen Kugelschreiberfleck auf der linken Wange, und sein Haar war ein wenig zerzaust. »Danke für den schönen Morgen. Es war so nett von Ihnen beiden, und es tut mir leid, dass, also, es tut mir wirklich –«

»Es war Carolines Idee«, unterbrach ich ihn mit leicht schroffer Stimme. Als ich sah, wie enttäuscht er wirkte, tat es mir sofort leid.

»Ja, wie auch immer. Jedenfalls war es ein netter Einfall, und ich danke Ihnen sehr.«

»Nichts zu danken, das war doch selbstverständlich. Alles Gute zum Geburtstag!«

Er erhob sich ein wenig, als wollte er zu mir kommen, doch dann schien er es sich anders zu überlegen.

»Wissen Sie, Nicola, ich glaube, Sie haben das mit Thalia nicht richtig …«

»Ich muss jetzt an die Arbeit«, sagte ich und kam mir dämlich vor, weil ich so angestrengt versuchte, vernünftig zu sein.

»Ja, stimmt. Ich hab auch viel zu tun.« Er wühlte in seinen Papieren.

Ich nickte ihm kurz zu. »Dann machen wir wohl besser weiter.«

Ben und Alice stürmten eine halbe Stunde später wie ein Wirbelwind in die Agentur. Caroline keuchte auf der Treppe und rief, sie sollten sich »anständig« benehmen. Ben rannte auf mich zu und hielt mir strahlend etwas entgegen.

Caroline erschien prustend in der Tür und wischte sich die Stirn. »Oje, das wird ein schönes Durcheinander geben, was?«

Alice stülpte bereits den Papierkorb um. Caroline schnappte sich ihre Tochter und setzte sie auf ihren Bürostuhl, damit sie sich drehen konnte.

»Komm, kleiner Affe«, sang sie dabei. Alice kreischte vor Vergnügen.

Ben hielt mir immer noch seinen kleinen Gegenstand aus Holz hin, ein sechseckiges Teil mit Beinen.

»Er wollte dir seinen Tortenständer zeigen«, erklärte Caroline lachend. »Er hat ihn in der Schule gebastelt, und ich hab ihm erzählt, dass du auch tischlerst.« Sie wandte sich an Ben. »Was hat Nic noch mal für uns gemacht?«

»Ein Tablett!« Ben schrie es fast.

»Nicht schreien, Ben. Willst du es mal sehen?«

»Ja-harrrr«, erwiderte er, was Caroline mit »Ja, Mutter« übersetzte.

»Ich hole es«, sagte ich lachend, schob meinen Stuhl zurück und fühlte, wie mir leichter ums Herz wurde, als ich Bens Tortenständer in die Hand nahm und begutachtete. »Ben, der ist ja wirklich toll!«, lobte ich. »Die Beine hast du ganz prima angenagelt.«

Ben sah aus, als würde er vor Stolz platzen.

Ich holte das Tablett aus der Küche, und er nahm es behutsam mit beiden Händen, als fürchtete er, es könnte zerbrechen. »Cool« lautete sein Kommentar. Dann stellte er es auf den Boden, platzierte alle seine Spielzeugautos darauf und trug sie, die Nase hochgereckt wie ein Butler, durch den Raum.

Plötzlich stand Alice neben mir und streckte mir ihre Ärmchen entgegen.

»Sie möchte auf deinen Arm, Nic«, sagte Caroline und sah mich ein wenig nervös an.

»Oh«, sagte ich erschrocken. Doch dann beugte ich mich herab und hob Alice hoch, ging mit ihr zu meinem Schreibtisch und setzte sie auf meinen Schoß. Sie war leichter, als ich erwartet hatte, und aus der Nähe sah ihre Haut so weich aus, dass ich fast gefragt hätte, welche Feuchtigkeitscreme sie benutzte. Dann fiel mir ein, dass sie erst drei war. Das war die Erklärung. Ich hatte in der Nähe von Kindern immer leichtes Unbehagen verspürt, aber eigentlich waren sie gar nicht so kompliziert. Sondern lieb. Alice saß ruhig auf meinem Schoß, während ich eine Mail schrieb und ihr dabei von meiner langweiligen Arbeit erzählte. Sie schien ganz zufrieden zu sein, und Caroline und ich konnten tatsächlich arbeiten, wenn auch immer nur minutenweise. Ben schob seine Autos auf dem Boden herum und schien voller Konzentration an einem »ganz langen Stau« zu basteln.

»Das ist schön«, murmelte Caroline. »Sieht genauso aus wie die M5, Darling, gut gemacht.«

Ben strahlte vor Freude und reihte noch mehr Autos in die Schlange.

Alice wurde es allmählich langweilig. Sie starrte mich an. Dann legte sie mir die Hände auf die Wangen und drückte sie zusammen. Ich blies die Backen auf.

»Du bist sehr hübsch!«, verkündete sie.

Ich spürte, wie meine Wangen unter ihren kleinen Händen heiß wurden. Dann ließ sie los. »Danke schön, Alice. Du bist auch sehr hübsch«, sagte ich.

»Kannst du mir die Haare kämmen?«, fragte sie, wartete meine Antwort aber gar nicht erst ab, sondern sprang von meinem Schoß und holte eine kleine Bürste aus Carolines Tasche.

»Ich denke schon«, gab ich zurück, nahm die Bürste und zog sie behutsam durch ihre feinen blonden Haare.

In diesem Moment kam James aus seinem Büro und wäre fast über das Stauende auf der M5 gestolpert. »Hoppla!«, rief er und hockte sich nieder, um Bens Werk zu begutachten.

»Das ist ein Verkehrsstau«, sagte Ben stolz.

»Ein ausgewachsener Stau«, stimmte James zu. »Wie am Bankfeiertag.«

Ben nickte.

James gab Ben High five und erhob sich. Da erst sah er mich mit Alice auf dem Schoß.

»Sie ist hübsch«, sagte Alice wieder, zeigte auf mich und schaute dann James an.

»Das ist sie, nicht wahr?«, meinte er.

Ich wand mich verlegen auf meinem Stuhl, konnte jedoch nicht flüchten, da ich mit Alice festgenagelt war. *Immer nur schön ihre Haare bürsten*, dachte ich, während mir unter James' eindringlichem Blick heiß wurde. Als ich es endlich wagte, die Augen zu heben, schaute er mich immer noch an, und ein leises Lächeln spielte um seine Lippen.

35

Auf dem Heimweg freute ich mich aufs Abendessen: Butterspargel mit Parmaschinken, dazu eine getoastete Scheibe Ciabatta, vielleicht noch ein bisschen geschmolzener Camembert als Dip. Bevor ich vor Hunger auf den Bürgersteig sabbern konnte, wühlte ich in meiner Tasche nach einem Kaugummi, stieß aber nur auf alte Rezepte, lose Münzen und Haarnadeln. Seit wann herrschte in meiner Handtasche eine solche Unordnung? Und wieso war mir das nicht schon längst aufgefallen? Endlich ertastete ich einen einsamen Kaugummistreifen und zog ihn triumphierend hervor. Doch als ich ihn in den Mund stecken wollte, spürte ich eine Hand auf meiner Schulter. Ich jaulte vor Schreck auf und wirbelte herum, den Kaugummi wie eine Waffe vor mir ausgestreckt. Doch mein Angreifer sah mich nur kühl an. Fast hätte ich den Kaugummi fallen lassen.

»Thalia?« Mein Erschrecken war nicht zu überhören.

»Sie sind Nicola, nicht wahr?«

Ich runzelte die Stirn, während mir eine Menge Fragen durch den Kopf schwirrten. »Kann ich etwas für Sie tun?«, fragte ich, denn ihr sonst so gebräuntes Gesicht wirkte ein wenig bleich, und die sorgfältig mit Kajal umrandeten Augen waren gerötet. »Alles in Ordnung?«

»Ich wollte mit Ihnen sprechen«, sagte sie.

»Oh-kay.«

»Sie brauchen nicht gleich sarkastisch zu werden!«, fauchte sie.

Ich presste die Lippen zusammen. Ich hatte bestimmt nicht sarkastisch klingen wollen. Langsam wurde ich sauer. Was wollte sie von mir? Warum musste sie mir mit ihrer eleganten Armani-Figur den Weg versperren? Ich wollte zu meinem Butterspargel. Und den Camembert würde ich mir auch gönnen. Ich wartete darauf, dass sie etwas sagte. Wir standen mitten auf dem Bürgersteig, und die Passanten mussten einen Bogen um uns machen.

»Ich wollte Sie bitten, ihn in Ruhe zu lassen.«

Ich musste gar nicht erst fragen, wen sie mit »ihn« meinte.

Ich fühlte, wie mir das Blut in die Wangen stieg. »Ich bin nicht … ich mache doch nichts …«

»Ich weiß alles über Frauen wie Sie«, verkündete sie im Brustton der Überzeugung. »Und ich lasse mir von Ihnen keine Probleme machen. Ich höre ja, was er über Sie sagt. Ach, ihr habt es so richtig gemütlich in eurem kleinen Büro, nicht wahr?« Sie betonte das Wort »gemütlich« und zog es so in die Länge, dass ich bei jedem Buchstaben schmerzlich das Gesicht verzog.

Was hatte James über mich gesagt? Was hatte er über die Arbeit gesagt? Ich kämpfte gegen den Drang an, sie zu fragen, während in meinem Herzen ein kleiner Funke – der Hoffnung? – aufloderte.

»Thalia, ich mache gar nichts«, beteuerte ich und unterstrich meine Worte mit einer heftigen Geste.

»Sie wissen, was Sie machen.«

»Ich mache gar nichts«, wiederholte ich.

Sie sah mich höhnisch an, mit glitzernden Augen.

Machte ich etwas? War ich eine Unruhestifterin? Ich versuchte, die Sache mit ihren Augen zu sehen. Die Frau im Büro, die Geburtstagsparty, die kurzen Momente, in denen wir gemeinsam gelacht oder über etwas gescherzt hatten. Sein

Blick … Hatte ich in den letzten Wochen nicht ab und zu Ähnliches gedacht? Hatte ich nicht erwogen, ob … Ich schüttelte den Kopf. Ich hatte mir wirklich nichts zuschulden kommen lassen.

Und doch nagten Zweifel an mir. Kollegen standen sich nahe, sie teilten lustige Momente, sie verbrachten viel Zeit miteinander, mehr aber auch nicht. Aber Thalia konnte nichts von meinen Gefühlen wissen. Plötzlich brannten Tränen hinter meinen Augen. In aufwallendem Zorn wischte ich mir über das Gesicht. Diese Frau sollte mich nicht weinen sehen!

Ich fixierte einen Punkt oberhalb ihres Kopfes. »Es gibt nichts, worüber Sie sich Sorgen machen müssten.«

»Oh, das weiß ich!« Sie lachte, es klang schrill und gemein.

»Na dann«, sagte ich leise und senkte den Kopf.

»Ich wollte nur Klarheit schaffen, Nicola. Sie sollen wissen, dass ich weiß, was Sie vorhaben, und jetzt wissen *Sie*, wie ich darüber denke. Und wagen Sie es ja nicht, James von diesem Gespräch zu erzählen, denn ich werde alles abstreiten. Und dann werden Sie mit Ihren süßen, schmachtenden Rehaugen noch erbärmlicher dastehen. Sie sind jämmerlich!«

War es das? War ich jämmerlich? Ich würde jeden Moment in Tränen ausbrechen. Ich schluckte schwer, um meine Fassung wiederzugewinnen.

Thalia war fertig mit mir. Sie grinste breit. »Ich bin froh, dass wir geredet haben.« Dann wirbelte sie herum, das lange, glänzende Haar wehte im Wind. Eine Hand lag auf ihrer schwarzen Ledertasche, während die andere ein Taxi heranwinkte.

Ich blieb stehen und schaute ihr nach, am Boden zerstört. Mir war übel. Ich schlurfte zu einer Bank auf dem Hügel und ließ mich darauf sinken. Der Kaugummistreifen, der in meiner geballten Hand warm geworden war, fiel zu Boden.

36

Singlefrau möchte ungebundenen Mann kennenlernen, der weder ihr Chef ist noch ein gehässiges Supermodel mit superschicken Klamotten zur Freundin hat.
Chiffre 5790

Als ich mich wieder berappelt hatte, fiel mir ein, dass ich einige wichtige Unterlagen für ein Meeting im Büro vergessen hatte. Und heute Abend brauchte ich etwas, das mich von meinem Kummer ablenkte. Also trottete ich zurück zur Park Street. Ich hatte angenommen, dass niemand mehr im Büro sei, und war daher entsetzt, als ich eine Stimme hörte. Es war James, der telefonierte. Ihn wollte ich jetzt gewiss nicht sehen, also eilte ich zu meinem Schreibtisch, um die Unterlagen zu holen und schnell wieder zu verschwinden. Die Tür zu seinem Büro stand offen, und ich hörte erleichtert, dass er die nächsten Tage nicht da sein würde, da er »arbeiten müsse« (falls man es »Arbeit« nennen kann, wenn deine heiße Supermodel-Freundin in einem schicken Hotel ihre Beine und ihre mit Louboutins beschuhten Füße um deine Hüften schlingt). Ich war schon fast wieder draußen, da hörte ich, wie er auflegte. »Sind Sie das, Nicola?«

Verdammt.

Ich schloss vor Verzweiflung die Augen. Konnte ich mich noch rausschleichen? So tun, als wäre ich nie hier gewesen? Warum war ich nicht einfach schnurstracks nach Hause gegangen?

James kam aus seinem Zimmer.

»Hab ich mir doch gedacht, dass Sie das sind«, sagte er und fuhr sich lächelnd mit der Hand durch die Haare. »Mir war so, als ob ich Sie gesehen hätte.«

Ich nickte. Ich wollte nur fort, wollte wie von Zauberhand nach Hause versetzt werden.

»Das am Apparat war Chris«, fuhr James fort. »Er hat seinen Vertrag bei uns verlängert, deshalb möchte ich mich bei Ihnen bedanken für, ähm … also … für was immer Sie getan haben, um ihn zu überzeugen. Danke.«

Diese Unterstellung ärgerte mich. »Ich habe *gar nichts* getan.«

»Ich weiß. Verzeihen Sie, so hab ich das auch nicht gemeint.« Er trat einen Schritt näher. »Also, warum sind Sie zurückgekommen, Nicola?«

»Ich wollte nur ein paar Unterlagen holen.« Ich wühlte demonstrativ in den Papieren auf meinem Schreibtisch.

»War das Thalia, mit der ich Sie eben auf der Straße gesehen habe?«

»Ja.«

Mehr durften wir nicht sagen. Ich wollte nur noch fort, nach Hause, mich unter meiner Bettdecke verkriechen und die Welt ausblenden. Ich schob die Unterlagen in meine Handtasche und verließ das Büro ohne ein weiteres Wort.

Vielleicht hatte Thalia ja recht, und ich versuchte *tatsächlich*, James auf mich aufmerksam zu machen, mich in sein Leben einzumischen, krampfhaft Nähe herzustellen? Hatte Thalia eine Wahrheit erraten, von der ich nichts wusste? Ich trabte die Straße entlang und wand mich innerlich vor Scham, weil ich an die Silvesterparty und mein Benehmen mit Chris dachte, einem verheirateten Mann. Nie würde ich so etwas tun, hatte ich immer gesagt. Zugegeben, ich hatte nicht gewusst, dass er verheiratet war, aber vielleicht war ich *doch* so eine Frau, eine Frau, der das Wohlergehen anderer Menschen gleichgültig war, die einfach tat, worauf sie Lust hatte, eine Frau, die sich herzlich wenig um Beziehungen scherte. Alle meine Bemühungen, bis zum Valentinstag einen Mann an Land zu ziehen, hatten letztlich nur eines bewirkt: mir zu zeigen, wie groß meine Sehnsucht war, einen Menschen zu finden, der mein Gegenstück war, einen Menschen, bei dem ich mich nicht verstellen musste, keine Angst haben musste, dass meine Schattenseiten zum Vorschein kamen. Ich wollte meine Abende gemütlich zu Hause verbringen, etwas Gutes kochen, Filme schauen und Reisen planen, und das am liebsten mit einem Gefährten, mit dem ich alles teilen, mit dem ich reisen wollte. Mein Leben sollte endlich anders werden.

Bald ist Valentinstag, und ich hab die Wette verloren, ich hab's völlig verbockt. Ich werde wieder mal allein sein.

Mein Handy klingelte. »Schwesterherz«, meldete sich Mark. »Das ging ja mal flott!«

»Hey.«

»Sonst muss ich dir immer auf die Mailbox quatschen, ich …«

»Ich bin auf dem Nachhauseweg«, unterbrach ich ihn.

»Alles in Ordnung bei dir?«

Ich brachte einen Laut zwischen »Häh?« und »Nein!« hervor.

Mark senkte die Stimme. »Ich schaue später auf eine Stunde vorbei.«

Wieder wollten die Tränen kommen.

Ich schluckte sie hinunter, flüsterte leise »Danke« und beendete das Gespräch.

Ich wickelte mich enger in meinen Mantel und latschte müde zu meiner leeren Wohnung. Ich war so erschöpft, als wäre ich eine Ewigkeit gelaufen. Ich musste mich unbedingt hinsetzen.

Mark kam wie versprochen, und ich ließ ihn herein. Schon sein Anblick bewirkte, dass mir leichter ums Herz wurde: den geliebten Motorradhelm unter dem linken Arm, die Lederjacke lässig über die rechte Schulter geworfen.

»Hab mir Sorgen um dich gemacht, kleine Schwester. Sieht dir gar nicht ähnlich, so entmutigt zu sein.« Er zog mich an sich.

»Mir geht's gut«, sagte ich, lächelte kläglich und ging voran in die Küche. »Ich mache dir einen Tee.«

»Hey, Schwesterherz …«, sagte er, während ich kochendes Wasser in einen Becher goss.

»Ja?«

Mark sah verlegen auf seine Füße. »Carol hat sich einverstanden erklärt, bei mir einzuziehen«, verkündete er, ohne sich ein zufriedenes Grinsen verkneifen zu können.

»Das ist ja *großartig*«, sagte ich und stieß ihn scherzhaft mit der Hüfte an.

»Hey, du kriegst das auch noch hin«, sagte er.

»Ich hoffe es.« Ich reichte ihm seinen Becher und goss mir ein Glas Milch ein.

»Bestimmt. Du wirst eines Tages den Richtigen treffen. Du bist nämlich ein tolles Mädel. Obwohl«, er stutzte, »du gerade einen Milchbart hast.«

Ich wischte mir das Gesicht ab und versetzte Mark einen Knuff, in diesem Augenblick tönte der Türsummer. Ich sah Mark fragend an, dann eilte ich ins Wohnzimmer und drückte auf die Sprechanlage. James' Stimme klang verzerrt durch die Leitung.

»Ich bin ein Kollege …«, hörte ich ihn mit Nachdruck sagen.

Darauf folgte klar und deutlich die portugiesische Erwiderung: »Habe Sie hier noch nicht gesehen.«

»Ist schon okay, Julio!«, rief ich in die Sprechanlage. »Ich kenne ihn.«

Ohne Gelegenheit, mich wieder zu sammeln, wischte ich mir hastig den Milchbart ab und sah betäubt zu, wie James die Treppe hochkam. Er trug den Wintermantel aus Kamelhaar, der mir so gut gefiel. Als er vor mir stand, wirkte er nervös.

Nach einem Blick auf meine ungläubige Miene warf er einen argwöhnischen Blick nach unten ins Treppenhaus. »Sie haben da ja einen echten Türsteher«, lachte er. »Ich musste einen Eid auf meine Ehre schwören, sonst hätte er mich gar nicht hochgelassen!«

Ich lächelte ein wenig betäubt, während mir der Kopf vor Fragen schwirrte. »Das ist Julio«, sagte ich mit einer seltsam piepsigen Stimme.

James legte mir ungeschickt ein Paket in die Arme. »Ich fand, Sie sahen vorhin etwas blass aus. Da dachte ich, dass Sie vielleicht krank gewesen sind. Und so habe ich Ihnen ein Genesungsgeschenk mitgebracht«, erklärte er.

»Oh, danke!«, stieß ich hervor und spürte, wie Röte an meinem Hals emporkroch. Es war mir unendlich peinlich, dass er mir Geschenke mitbrachte, obwohl es mir gut ging und ich nur durch die Auseinandersetzung mit seiner Freundin ein wenig angeschlagen war.

In dem Paket befanden sich ein Stemmeisen und eine Tüte Schokokugeln mit Malzfüllung.

»Sie haben doch mit der Schreinerei angefangen, deshalb dachte ich, dass Sie damit etwas anfangen könnten, mit dem Stemmeisen meine ich, die Malteser sind natürlich nur zum Essen da!« Er lachte kurz auf und rieb sich den Nacken. Wenn ich es nicht besser gewusst hätte, hätte ich James für verlegen gehalten. Warum konnte ich solche Situationen nicht besser meistern? Warum konnte ich ihm nicht seine Befangenheit nehmen?

»Danke schön, das ist sehr nett«, erwiderte ich lächelnd. Wider besseres Wissen lebte ich ein wenig auf. James war zu mir gekommen, er wollte nach mir sehen, er hatte mir Geschenke mitgebracht.

»Hören Sie, Nicola«, begann er. »Ich weiß, dass Sie mit Thalia gesprochen haben. Und ich wollte Ihnen nur sagen, dass …«

»Tee oder Kaffee?«, rief Mark in diesem unpassendsten aller unpassenden Augenblicke aus der Küche.

James wich einen Schritt zurück. »Es tut mir leid, ich habe Sie gestört, Sie haben bereits Besuch, wieso auch nicht … Ist wohl besser, wenn ich wieder gehe.« Er wandte sich zur Treppe.

»Nein, ist schon in Ordnung, kommen Sie doch herein und trinken Sie einen Tee mit«, sagte ich und hätte mich für das Mitleid in meiner Stimme ohrfeigen können. »Das ist nur …«

»Nein, ich hätte es mir vorher überlegen sollen, bevor ich Sie einfach so überfalle.« Er starrte mich stirnrunzelnd an. »Ich habe da was falsch verstanden.« Und er schickte sich an, die Treppe hinabzusteigen.

Da erschien Mark in der Tür und legte mir lässig einen Arm um die Schultern.

»Hey«, grüßte er.

James hielt inne, drehte sich kurz um, sah Mark und mich in der Tür stehen und ging rasch weiter, während er sich noch einmal entschuldigte.

»James …!«, rief ich, aber er war bereits fort.

»Was hatte das denn zu bedeuten?«, wollte Mark wissen und beäugte neugierig Stemmeisen und Schokokugeln.

Ich schluckte schwer, mein Hals war trocken. »Nichts. Es war gar nichts.« Und ich schlug die Tür zu.

Später, nachdem Mark gegangen war – nicht ohne vorher sämtliche Malteser verputzt zu haben –, gestand ich mir meine Niederlage ein. Bald war Valentinstag, und ich hatte es nicht geschafft, den richtigen Mann zu finden. Mein Magen rumorte, und in einem plötzlichen Anfall von Aktionismus fuhr ich meinen Laptop hoch und rief Google auf. Ich würde am Valentinstag auf keinen Fall allein sein. Das würde ich nicht überstehen. Ich brauchte eine drastische Veränderung. Nachdem ich tollkühn zahllose Buttons angeklickt und meine Zahlungsmodalität eingegeben hatte, musste ich erst mal schlucken, aber dann war es vollbracht: Ich hatte einen Singleurlaub gebucht.

Ich nahm den Hörer ab und wählte Carolines Nummer, teilte ihrem Anrufbeantworter mit, dass ich morgen nicht zur Arbeit käme. Und dann platzte ich mit meiner überstürzten Buchung heraus. Sie sollte wissen, dass ich noch nicht aufgegeben hatte. Sie sollte wissen, dass ihre Herausforderung eine Veränderung bewirkt, meinem Leben Farbe verliehen hatte. Nachdem ich ein hastiges *»Goodbye«* gemurmelt und aufgelegt hatte, fragte ich mich kurz, ob ich die Arbeit in der Agentur nicht lieber aufgeben sollte. Ich liebte meinen Job, sicher, aber wie sollte ich damit fertig werden, James tagtäglich zu sehen?

Ich schüttelte den Gedanken entschlossen ab und holte meinen Koffer vom Schrank herunter. Sondierte meine Kleider. Okay. Welches Outfit würde einem Mädchen im Singleurlaub am besten stehen?

37

Das langsame, stetige Prasseln des Regens schien eine Spiegelung meiner trostlosen Stimmung zu sein, als ich am nächsten Morgen ein Taxi zum Flughafen nahm und meinen Rollkoffer in den Abflugbereich schleppte. Mein Herz war so schwer wie die Tasche, mit der ich zu kämpfen hatte. Ich schaute mir im Terminal die Pärchen und Familien an, die in die Ferien flogen. Wie hatte es nur so weit kommen können? Gab es außer mir noch irgendwen, den die Aussicht auf ein paar sonnige Wochen auf Kreta dermaßen deprimierte? Sollte ich nicht lieber umkehren? Doch sofort standen mir die Agentur und James' Gesicht vor Augen. Unmöglich.

Die Schlange zum Check-in-Schalter schien sich durch die ganze Halle zu winden. Ich stand apathisch da, während wir Zentimeter um Zentimeter vorrückten. Da fühlte ich, wie mir jemand auf die Schulter tippte: eine Frau in einem orangefarbenen Trägerhemd und rosa Stilettos.

»Auch auf Reisen, wie?«

Ich musste wohl genickt haben, denn sie sagte sofort: »Krass! Ich auch!« Dann zeigte sie auf ihr Gepäck. »Und nur das Nötigste dabei – wie immer. Ha-ha.«

Ich schaltete ab, während die Schlange langsam vorwärtsglitt, und beantwortete die Fragen dieser übertrieben fröhlichen Airport-Tussi äußerst zerstreut. Ich versuchte, mich mit dem Gedanken aufzuheitern, dass ich immerhin in den Süden flog. *Komm schon, Nicola, da gibt es Sonne und Strandliegen.*

»Wissen Sie, ich war schon dreimal auf so einer Reise und hab immer einen abgeschleppt.« Sie unterbrach sich kurz und setzte zu einer Kaugummiblase an, die sie aber zum Glück nicht aufblies. »Auf der letzten Reise hab ich einen Typen 'ne ganze Woche lang gevögelt, und kaum sind wir gelandet, wird er von seiner *Frau* abgeholt. Autsch.«

Sie grinste mich an. Jetzt *musste* ich etwas sagen.

»Das ist ja *furchtbar*«, murmelte ich.

»Ja, wie man's nimmt. Hat wohl nicht sein sollen. War aber auf jeden Fall besser als der Kerl von 2011. Wie der geklammert hat! Ich musste ihm schließlich unter die Nase reiben, dass ich echt nicht auf behaarte Rücken stehe.«

Darauf ich: »Äh …«

»Also, wollen Sie auch was aufreißen?«

Ich machte den Mund auf, aber die Worte blieben mir im Hals stecken. Wieder einmal fragte ich mich, was in aller Welt ich in dieser Warteschlange zu suchen hatte: Wie konnte es nur so weit kommen?

»Ihr erstes Mal?« Sie legte erwartungsvoll den Kopf schief.

»Ja«, bestätigte ich in dem Augenblick, als ich von der hinreißend gebräunten Person hinter dem Check-in-Schalter herangewinkt wurde. Ich trat an den Schalter und schob ihr meinen Ausweis hin. Die fröhliche Airport-Tussi stand schräg hinter mir und linste mir über die Schulter. Ich wartete darauf, dass die Check-in-Frau sie in die Warteschlange scheuchen würde, aber sie nahm offenbar an, dass wir zusammen reisten, denn sie nahm nun auch ihren Pass entgegen. Ich wandte mich an die Airport-Tussi und sagte stockend: »Das ist … mein erster Singleurlaub.«

Sie quietschte vor Vergnügen, und ihr rosa glänzender Mund formte ein stummes »O«. Ein hochgewachsener Mann in der Nachbarschlange kicherte spöttisch.

Ich räusperte mich und fuhr fort. »Ja. Ich bin Single und fahre in Urlaub, um jemanden kennenzulernen, der sich in mich verliebt.«

Die Check-in-Frau band einen Zettel um meinen Koffergriff und hob ihre exakt gemalte Augenbraue. Mit weit ausgebreiteten Armen wandte ich mich der wartenden Menge zu. »Es ist das erste, das *allererste* Mal, dass ich einen Singleurlaub mache«, winselte ich. »Ich habe gestern Abend gebucht, weil es mir richtig vorkam. Ich musste einfach … ich wollte … ähm …« Ich verstummte wie eine Idiotin und stierte meinen Koffer an, der bereits auf der Waage stand.

Da plötzlich glaubte ich zu hören, wie jemand meinen Namen rief, und mein Herz machte einen Satz. Ich fuhr so schnell herum, dass meine Haare flogen, und suchte mit hoffnungsvollen Blicken die Menge ab …

Nichts.

Ich hatte es mir lediglich eingebildet. Eine leichte Übelkeit überkam mich.

Die fröhliche Airport-Tussi legte mir ihren fleischigen Arm um die Schultern.

»Wir sollten im Flieger zusammensitzen, echt. Ich zeige dir meine Urlaubsbilder vom letzten Jahr. Hab sie alle auf dem Handy. Alle.«

Ich schniefte, nickte kurz und ergab mich in mein Schicksal. »Toll.«

Nicola Brown, wie konntest du nur so tief sinken?

Das Schildchen haftete an meinem Koffer, der jeden Augenblick seine Reise über das Förderband antreten musste, als ich wieder meinte, meinen Namen zu hören. Stirnrunzelnd schaute ich mich um, sah jedoch nur die fröhliche Airport-Tussi. Gerade wollte ich in Tränen ausbrechen, als ich wieder meinen Namen hörte, näher diesmal, und aus dem Augenwinkel sah ich jemanden winken. Ein Mann, ein großer Mann, ein Mann, den ich kannte, winkte mir und rief immer wieder meinen Namen. Es war James. Wärme durchströmte mich, und staunend winkte ich zurück.

»Sorry, warten Sie, ich, also ich …«

Ich packte meinen Koffer und riss ihn von der Waage, schwenkte ihn herum und zwängte mich rückwärts durch die Warteschlange. Die Leute fluchten, und die Check-in-Frau rief mir etwas nach, aber ich wusste nur, dass ich hier nichts zu suchen hatte. Mein Herz war von freudiger Erwartung erfüllt. Es war eine lange Fahrt zum Flughafen, und er hatte auch noch parken und zur Abflughalle laufen müssen, die ein gutes Stück vom Parkplatz entfernt lag, und das, nun ja, hätte er doch nicht gemacht, wenn er mich nicht unbedingt sehen wollte, nicht wahr?

Ich blieb wie angewurzelt stehen und starrte zu Boden. Vielleicht musste er geschäftlich verreisen und hatte mich nur zufällig gesehen? Oder, schlimmer noch, vielleicht waren er und Thalia auf dem Weg zu einem Liebesnest im sonnigen Süden. Ich hob die Augen wieder und suchte die Menge nach James ab. Mich beschlich der Verdacht, dass ich mir alles nur eingebildet hatte. War ich so verzweifelt, dass ich sein Bild heraufbeschwören musste, hier am Flughafen, wo er mir wie in einer Szene aus *Tatsächlich … Liebe* zuwinkte? Oh Gott, wie närrisch! Ich rannte auf eine Fata Morgana zu wie eine Ertrinkende in der Wüste. Ich vergrub den Kopf in den Händen.

»Nicola.«

Ich schaute auf, und da war er, leibhaftig, und winkte mir zu.

Ich versuchte mich zu sammeln, versuchte locker zu wirken, als ob die Situation ganz alltäglich wäre. Es ging völlig daneben. Als James sich einen Weg durch die Menge gebahnt hatte und endlich vor mir stand, muss ich wohl einem erschrockenen Kaninchen im Scheinwerferlicht geähnelt haben: große, starrende Augen, unfähig, mich von der Stelle zu rühren. James streckte mir die Hand hin … dann zog er sie wieder zurück.

»Flieg nicht«, bat er leise.

Ich wusste nicht, was ich darauf erwidern sollte, und stand nur mit blödem Gesichtsausdruck da.

»Es ist nämlich nicht, wie du denkst, ich muss es dir erklären«, fuhr James atemlos fort. »Die Sache ist die …«

So hatte ich ihn noch nie erlebt, so sprachlos, so ungeschickt. Ich spürte, wie ich von Wärme durchströmt wurde … doch dann rief ich mich zur Ordnung: James war mit Thalia zusammen und konnte kein Interesse an mir haben.

»Thalia hätte so etwas niemals sagen dürfen.«

»Woher weißt du, was sie gesagt hat?«

»Ich habe sie gefragt.«

War er gekommen, um sich für ihre Unhöflichkeit zu entschuldigen?

Ich nickte. »Na ja, dann vielen Dank, aber ich komm schon damit klar.«

»Das weiß ich doch, Nic. Aber verstehst du, sie hätte all das nicht sagen dürfen, weil es nämlich nicht stimmt. Thalia und ich sind schon seit Monaten nicht mehr zusammen. Lange vor Weihnachten war sie schon so schwierig, hat vorgegeben, ihre Mutter sei krank, damit sie bei ihr bleiben konnte. Sie hat mich wieder und wieder belogen. Ist zu den unmöglichsten Zeiten bei mir aufgetaucht. Es ist definitiv vorbei.«

James trat einen Schritt näher. Jetzt nahm er meine Hand.

»Du bist also … frei?«, hakte ich nach.

»Das wollte ich dir gestern sagen, nur für den Fall, ja, für den Fall, dass du Interesse hättest. Und dann sah ich diesen

Mann – der, wie mir Caroline inzwischen erklärt hat, dein Bruder ist, aber den ich zu dem Zeitpunkt für deinen … du weißt schon … für deinen Freund gehalten habe, oder …«

Ich sah zu James auf. Ich sah in sein wunderbares, freundliches, offenes Gesicht und lächelte aus tiefstem Herzen, zum ersten Mal seit langer Zeit.

»Also bist du gekommen, um mir zu sagen, dass du solo bist, falls ich mich für dich interessiere?«

»Genau. Caroline hat mir erzählt, was du vorhattest, und ich konnte dich einfach nicht gehen lassen, ohne dir zu sagen, dass … also bin ich wie ein Irrer zum Flughafen gerast. Und da bin ich.«

»Um mir zu sagen, dass du derzeit zur Verfügung stehst?«, stellte ich klar.

»Also, eigentlich hatte ich gehofft, ich könnte mit meiner neuen Freundin verreisen«, sagte er und zog mich an sich.

»Ach, tatsächlich?!« Wieder lachte ich. Mein Körper fühlte sich lächerlich leicht an, als würde ich zur Decke schweben, sobald er mich losließ.

»Wir sind doch schon am Flughafen.« Er hob die Schultern. »Da wäre es unhöflich, nicht zu verreisen.« Er steuerte mich auf die Abflugtafel zu. »Wohin möchtest du denn gerne?«

Ich lehnte mich an ihn und spürte seine Arme, die mich umfingen.

»Ich war noch nie in Florenz.«

»Ich auch nicht.«

Er nahm meine Hand und ging mit mir zum Ticketschalter.

»Zwei Flüge nach Florenz, bitte.« Er reichte seine Kreditkarte über den Tresen. »Erster Klasse, bitte.«

Während die Tickets ausgedruckt wurden, strahlte James mich an wie ein Kind. Er drückte mich an sich. Ich schmiegte mich in seine Arme.

»Hey.« Er löste sich und grinste mich an. »Weißt du, dass morgen Valentinstag ist?«

»Aber ja.«

Er nickte. »Also, eigentlich wollte ich damit warten, bis wir ungestört sind, aber ich kann mich einfach nicht bremsen.«

Und damit senkte er unendlich langsam den Kopf. Ich schlang die Arme um seinen Hals, und unsere Lippen trafen sich zu unserem ersten erstaunlichen Kuss.

Danksagung

Vorsicht, Leute: Das wird überschwänglich.

Also, zuerst mal danke ich den beiden tollen Frauen, die meine ersten Entwürfe gelesen und mir wertvolle Ratschläge erteilt haben, Rachel Hawes und Amanda Murphy, für eure Zeit und eure Großzügigkeit. Dank auch an Richard Campbell, meinen Schriftstellerkollegen, für eine inspirierende Lektoratssession via Skype. Und Dank an ein paar Freundinnen, die hier nicht genannt werden sollen (Olivia Solon), für ihre Berichte über desaströse Dates. Wir fühlen mit euch, und seid versichert, dass sie zumindest einen großartigen Lesestoff abgeben.

Für Novelicious Books zu schreiben war der Hammer, ich wüsste nichts, was mehr Spaß machen könnte. Dank an Louise für ihre Adleraugen und ihre ermutigenden Verbesserungsvorschläge. An Jade, die so gut Korrektur gelesen hat. Und Dank an Kerry natürlich – wie hätte ich sonst all die coolen Magazine und Blogs kennengelernt, hey?

Ein riesiges Dankeschön in Form einer Umarmung an Kirsty von Novelicious Books, denn sie war die Erste, die an das Buch geglaubt hat und mir urkomische E-Mails und Anmerkungen schickte. Und an Edd für sein tolles Cover-Design, die Website und all den technischen Kram, den er so perfekt beherrscht.

Ein dickes Danke an das ganze Team von Darley Anderson für die Unterstützung – ich kenne keine bessere Agentur. Besonderer Dank gilt Mary, die mit viel Zeit und Energie die Werbetrommel für den Rechteverkauf ins Ausland gerührt hat, und Sheila David, die einen Filmdeal an Land ziehen will (mein Mantra: »HEY SHEILA, HEY, DU SCHAFFST ES, GLAUB AN DICH«), und natürlich meiner wunderbaren Agentin Clare, die einfach die beste Agentin ist, die ich mir wünschen könnte. (Diesen Satz hätte sie auf jeden Fall korrigiert.)

Ich widme dieses Buch meinen Eltern, die mich die Überzeugung gelehrt haben, dass nichts unmöglich ist. Für dich, Daddy – ich hoffe, ich habe nicht zu viele getrennte Infinitive verwendet –, und für dich, Ma »Basia«, weil du achtzehn Manuskriptfassungen gelesen hast und so ein Schatz bist wie deine Namensschwester im Roman. Dank an meine Schwestern und an meinen Bruder für ihre Sticheleien: Gut gemacht, ich hoffe, ihr hattet riesig viel zu lachen. Und nicht zuletzt danke ich meinem supergeduldigen Mann Ben. Es ist nicht einfach, mit einem Menschen zu leben, der einen Fulltime-Job und eine Fulltime-Obsession hat, und es ist wirklich klug von ihm, mich nicht anzumeckern, wenn im Haus das Chaos herrscht und im Kühlschrank gähnende Leere. Liebe dich ganz doll. Umarme dich.

Und natürlich danke ich den vielen Bloggern, den anderen Autoren und den Lesern, die mir geschrieben oder getwittert und zurückgetwittert haben und so viel Begeisterung für mein Buch zeigten. Meine Online-Freunde waren einfach fantastisch – ihr seid wirklich ein unglaublicher Haufen großzügiger, bücherbesessener Nerds.

Ruthie Knox

Wie für mich gemacht

Roman

Heiter, romantisch, sexy!

Kuratorin Catherine Talarico zieht nach London, um ein neues Leben zu beginnen – und sich von Männern fernzuhalten. Doch als sie dem Bankier Neville Chamberlain begegnet, gerät ihr Entschluss gefährlich ins Wanken. Nev ist attraktiv und wohlhabend und die Verkörperung von all dem, was gerade nicht zu Cath und ihrer wilden Vergangenheit zu passen scheint …

Frech, sexy und absolut unterhaltsam.« *Julie James*

20 Seiten, kartoniert mit Klappe
9,99 [D]
SBN 978-3-8025-9305-5

w.egmont-lyx.de

LYX
EGMONT